暖暖春风江上来

上

殷寻 著

重庆出版集团 重庆出版社

图书在版编目（CIP）数据

暖暖春风江上来 / 殷寻著. -- 重庆：重庆出版社，2023.8
ISBN 978-7-229-16356-3

Ⅰ. ①暖… Ⅱ. ①殷… Ⅲ. ①长篇小说—中国—当代 Ⅳ. ① I247.5

中国国家版本馆 CIP 数据核字 (2023) 第 038591 号

暖暖春风江上来
NUANNUAN CHUNFENG JIANGSHANG LAI
殷 寻 著

策　　划：李　子
责任编辑：李　雯　刘星宇
责任校对：杨　婧
封面设计：冰糖珠子

**重庆出版集团
重庆出版社** 出版

重庆市南岸区南滨路 162 号 1 幢　邮政编码：400061　http://www.cqph.com
重庆市国丰印务有限责任公司印刷
重庆出版集团图书发行有限公司发行
E-MAIL:fxchu@cqph.com　邮购电话：023-61520646
全国新华书店经销

开本：890mm×1240mm　1/32　印张：22.875　字数：850 千
2023 年 8 月第 1 版　2023 年 8 月第 1 次印刷
ISBN 978-7-229-16356-3
定价：89.80 元

如有印装质量问题，请向本集团图书发行有限公司调换：023-61520678

版权所有　侵权必究

目录

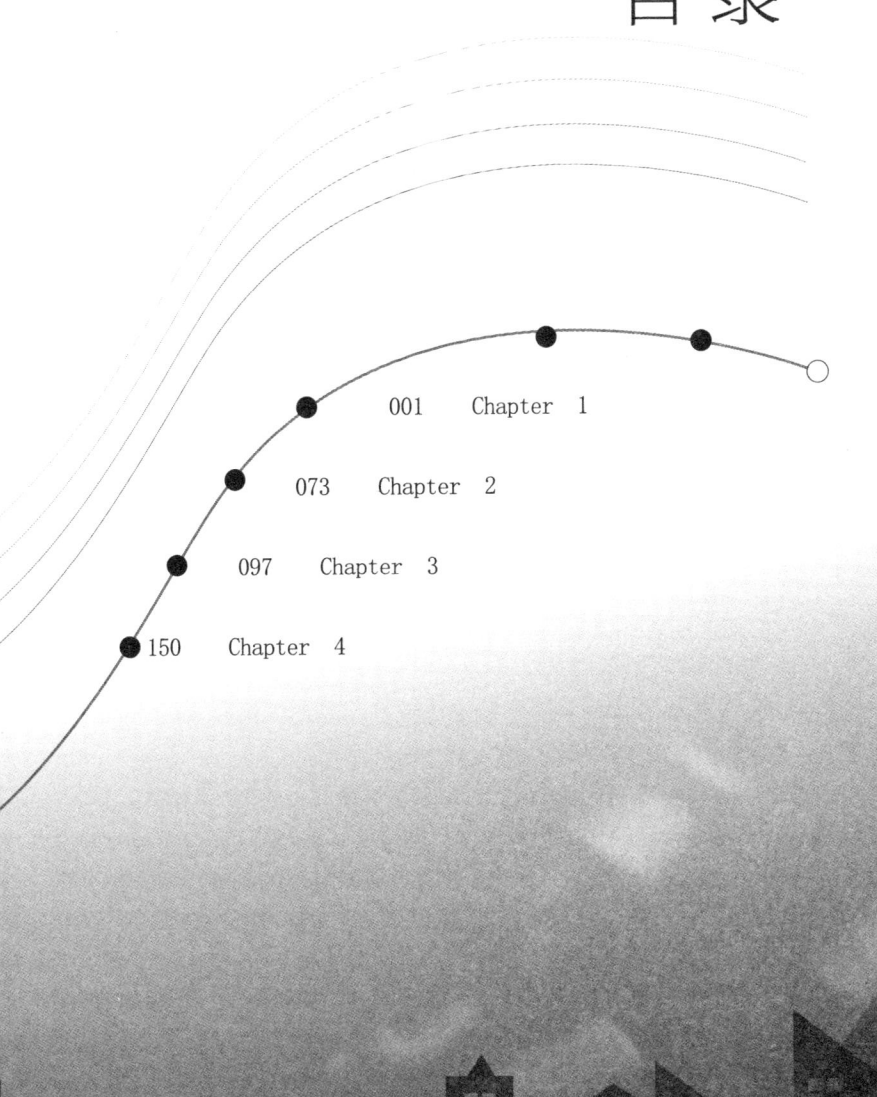

001　　Chapter 1

073　　Chapter 2

097　　Chapter 3

150　　Chapter 4

Chapter 1

周五晚高峰，车水马龙，堵得三环水泄不通。

庄暖晨许久不说话，在听音乐。一首老歌，被尤克里里的琴弦奏出异样风情，慵懒中还带着点伤感。思绪像是扯不住的风筝一直飘，飘到曾经的大学校园里，飘到梨树下那个白衣少年身上。

"庄小姐？"

风筝的线陡然被人用剪刀剪断，庄暖晨抬眼："对不起，程先生刚刚说了什么？"

程少浅含笑："庄小姐喜欢这首歌？"

"听着好听，谈不上喜欢。"庄暖晨轻描淡写间从包里拿出化妆镜，手指轻轻一扣，化妆镜弹开，遮住了男人的视线。

镜中的她像极了陌生人，本是清水一摊，经过"精心"的浓妆艳抹后大变模样。眼线笔描绘出的眼眸像是拉长了的杏仁，海藻般的长发也被一丝不苟地盘在了脑后，成了努力装高雅又透着朴实本质的女青年，也难怪艾念在见到她这副"尊容"后恨得牙根痒痒，直骂她"有眼不识泰山"。

艾念口中的"泰山"就是坐在她对面的男人程少浅。30岁，海外国籍，年轻有为，俗话中的钻石王老五。

这种场合，一对儿陌生男女大眼瞪小眼的也就只有相亲。只是，这个程少浅出落得优雅俊朗，怎么就偏偏落得相亲的地步？化妆镜轻轻一转，镜中是坐在不远处艾念怒瞪的眼神。

艾念，她大学室友兼闺蜜，当年因是文科状元直接被录取，毕业后倒是没有发挥自己的笔杆子文采，反而像是一个挥舞着长鞭的驯兽师似的盯着她的每次相亲。

"程先生什么星座的？"她又当着他的面涂起了口红，不消回头她也能感觉到艾念那两道足可以杀了她的目光。

程少浅轻轻一笑："我对星座不是很了解。"

庄暖晨放下化妆镜和口红："你的生日？"

"7月15。"

001

"巨蟹座。"庄暖晨故作惊讶，身子微微前探，"我是白羊座，咱俩不合适。"

"为什么？"

庄暖晨从烟盒拎出支烟："白羊座是火象，巨蟹座是水象，水火不容，相冲。"将烟叼在嘴里，"不介意吧？"

程少浅淡笑："当然不。"

庄暖晨对他的好脾气叹为观止。烟刚点燃，她还没来得及被烟呛到烟就被只大手夺走，她窃喜着天使大姐终于开眼了派个人拯救她时，一抬头对上表兄颜明不悦的目光。

"闹够没有？能不能给我留点脸面？"颜明看向程少浅，解释，"见笑了，其实我这个表妹平时压根就不这样儿。"

庄暖晨低叹，她从来没见颜明这么急过。听表哥跟她说，大学期间他和程少浅是一个篮球队的，毕业后程少浅就出国了，颜明则做起了酒店生意，经过几年的打拼生意越做越好，北上广一线城市陆续开了五家分店，总部就坐落在北京三环边上，也就是她今天相亲的场地。颜明这么紧张必有所图，否则，他才没工夫搭理她的终身大事。

程少浅笑说："没事，令妹挺可爱的。"

庄暖晨疑惑，他从哪里看出她可爱了？

颜明听着这话高兴，见这门亲事八成有戏，便冲着不远处正在忙碌的服务生高喊了一句："你，过来，客人的酒杯都空了。"十足老板架子。

服务生很快上前。倒酒时庄暖晨被服务生的这双手吸引，手指修长，骨节分明，伴着倒酒的动作轻落，她眼尖地看到他的智慧线几乎划过掌心。刚要抬头，却听程少浅说："颜明，你们酒店能请来条件这么好的人做服务生实在不简单。"

这下庄暖晨更要看看了，一抬头却怔住。

服务生宠辱不惊："两位慢用。"

"那是，我们酒店的服务生一定要高素质的。"颜明转头看向服务生，"你叫什么名字？"

服务生眼神淡定："江漠远。"

"江漠远？"颜明对服务生哪会有印象，清清嗓子，"好好干，干好了给你升职加薪。"

服务生轻轻欠身，将酒樽摆好后退了下去。程少浅若有所思地盯着服务生的背影。

"少浅，你们继续聊，今天的厨师手艺不错，我让他给你上个拿手菜。"颜明离开之前捅了庄暖晨一下，用口形警告她：配合点。

一顿饭吃了近两个小时，大多数时候都是程少浅在说，庄暖晨在听，偶尔也会发表一点意见，晚餐后程少浅坚持要送她回家。

已过十点，空气里依旧透着余热，从北三环穿过高速，车子沿着辅路滑入了一处小区。程少浅熄了火，透过车窗环视了一下小区的周围环境："这是五环开外了。"

"没错，所以今天谢谢你送我回来，最起码替我节省了挤地铁的时间。"他的疑惑是有道理的，她有个有钱的姑妈，表哥又是做酒店生意的，所有人都认为她日子应该过得好些，可是，表哥是表哥，她是她，没人喜欢认穷亲戚。

"你电话多少？"

她微愣，随即一笑："程先生，我们不是一路人，电话还是免了吧。"

"我倒觉得你挺可爱。"

"你从哪里看出我可爱了？"

"把自己弄得跟鬼画符似的来逃避相亲，这样的女孩儿不可爱吗？"

她面色尴尬："那个……再见。"还以为自己的手段有多高明，原来早就被人看穿了。

"庄小姐——"车窗落下，露出男人的脸。

庄暖晨顿步看他。他似乎在考虑着如何说下面的话，庄暖晨等了半天，问了句："程先生还有事？"

"你表哥的酒店……让你表哥最近注意点。"

"什么？"

程少浅意味深长："可能有人意图收购他的酒店。"

星期六，轧马路的人不多。隔着玻璃窗，庄暖晨看着楼下一对正在拌嘴的情侣。

"艾念，今天不行啊，我今晚有事。"一边跟电话那头解释一边轻叹，有情的话吵架也是甜的。

"怎么又有事？这一年来你怎么了？一到周末就有事？你是加班还是怎么的？"

"庄小姐——"

庄暖晨回头冲着正举着一件礼裙的工作人员示意了一下后接着对艾念说："明天陪你还不行吗？"

"是不是昨晚那位帅哥约你了？"

"别八卦了，先挂了，这边有点忙。"

工作人员笑着上前："您看这件礼裙怎么样？您皮肤白，穿这件一定很好看。"

一件淡粉色晚礼裙，庄暖晨拿过来，轻抚料子，柔软如细纱："就这件吧，不用试了，老规矩，刷这张卡。"

"好，稍等。"工作人员心中羡慕，她经常来这里定做礼裙，每次都出手阔绰甚至连价格都不问一下，真不知道是做什么职业的。

晚七点半，庄暖晨被车接走了，朝着北辰方向驶去。对方将时间掐得刚刚好，车子开得快速平稳，到达指定的宴会厅正好八点整。

庄暖晨跟在一个西装革履的男士后面，男人的面孔对她来说并不陌生，这一年多的时间，很多场合都是他来带路。

"您稍等，我进去通知一声江先生。"他又说了这一年多单调而重复说的话。

庄暖晨点头，待他推门进了会客厅后拉了拉裙角。不消一会儿，男人走了出来："您可以进去了。"

"谢谢。"

会客厅的温度低一些，她的出现令在场的几位男士停止了交谈，目光纷纷转落在她身上。这些目光都透着怎样的讯息她并不想去关注，她压下心头的情绪扬唇含笑着看向坐在不远处黑色沙发上的男人。

他身后是大片的城市夜色，手臂悠闲地搭在沙发扶手上，西装外套随意搭放在一边，五官深刻英挺。

他冲着她一伸手。

又是这双眼，看似温和却透着凌厉。一年多她看惯了这双眼，但怎么也不及昨晚在表哥的酒店看到的一幕震撼。如果不是记得这双眼和名字，她一定误认为昨晚的服务生不过是个跟他长得相似的人。

服务生的制服显然太不适合他了，今晚的他是她一贯见到的，领带打得工整，精致的领带夹、金属袖扣，每一处配搭都恰到好处。

挨着他坐下后，男人十分自然地揽过她的肩膀，一如这一年多每次见面的样子。

她忍不住打了个冷战。

"冷了？"

庄暖晨点头，算是吧。

一件外套披在她裸露在空气中的肩头上，外套上沾染着男人的气息，他拉过她的手，十指交缠，丝毫不介意在人前流露暧昧之意。

"江先生但凡应酬,必然是要带上庄小姐的。"

"是啊,两位是不是好事将近了?"其他人也搭了讪,"到时候别忘了通知我们一声。"

庄暖晨保持微笑。会客厅的这几人很面熟,在电视上或商业、财经杂志上经常见到。她没说话,因为很清楚这种场合是轮不到自己说话的。

身边男人淡淡一笑:"生意要大,女人要少,这样才不会惹麻烦。"

许是有了女人在场,这几人便开始了天南地北,或军事或运动,唯独不再过多谈公事。身边的男人话不多,只是微笑倾听,时不时也拉过她的手似随意地玩弄着。

庄暖晨并没有太多感兴趣的话题,唯一感兴趣的就是身边的男人。他究竟什么身份?从事什么职业?

在他身边一年多,她从未想过这个问题,这原本就是各取所需的工作,什么该问什么不该问她很清楚,可自从昨晚她就有了不解,既然他在商界看上去有一定地位,怎么会出现在表哥的酒店里?是的,她只知道他叫江漠远。

江漠远低头,正巧对上她探究的眼眸。她一惊,想要别开眼已经来不及,他浅笑,低头吻了她额头。

庄暖晨有一瞬的恍惚和措手不及,在接触到江漠远深不可测的眼底时恍然,是她太大意了,这一切不过是在做戏罢了。

周围人免不了奉承和打趣,江漠远自然是四两拨千斤地搪塞过去,庄暖晨小鸟依人地靠在他的身侧,做个称职的花瓶还是很简单的事情。

服务生敲门进来,礼貌地通知诸位宴席已经开始了,一行人出了会客厅。

每场宴会,都不是一场简单的相聚。

庄暖晨一直跟在江漠远身边,三三两两的商贾从不间断上前攀谈,她便借机走到一边休息。

江漠远,这个无意闯入她生活的男人,从严格意义上讲,他俩的关系却简单得不能再简单了:宴会陪同。

一年前,她因急需钱在网上发布了做兼职的消息,消息发出去之后便石沉大海,中间也有零星电话打进来,但都是一些不知名的小中介骗钱的。后来一通电话找上了她,对方的口吻很郑重,庄暖晨也便答应了见面。当时与她见面的是个年轻男人,穿着正式,询问她有没有意愿做宴会陪同。

庄暖晨不明白什么是宴会陪同,那男人倒是耐心地加以解释,是要她以伴侣身份陪在雇主身边,同他参加任何宴席。

她惊呼这年头还有花钱雇伴侣的。那男人笑:"我老板他不喜欢被人烦。"

庄暖晨考虑再三后才答应，但也提出要求：只是雇用和被雇用的关系，只是宴会陪同的关系，陪吃赔笑，但不陪睡。

男人说了句："放心，我老板不会对你提出过分要求的。"

与江漠远见面的第一次，她是顶着浓妆去的，宴会情人必然是妖娆万千的，哪有清汤挂面的就去面试？再加上这份工作虽是兼职，可对方给出的酬劳十分丰厚，她必然要使出浑身解数获得这份工作才行。

只是她万万没想到江漠远会那么年轻，初见时第一直觉就是这个男人的脑袋被门挤了吧，长得这么帅还需要花钱雇伴侣。

他对她的形象很满意："从今天起记住我的电话号码，需要你出席的场合我会通知你。"

一句话奠定了她和他此后的关系，直到今天。

一年多来，她谨守本分，不会问及他的生活、他的工作，人前她和他尽显暧昧，人后却只是陌生到仅知道彼此的电话号码。江漠远倒始终是个正人君子，这么久没有对她提出任何的非分要求，这令庄暖晨感到释怀。其实她也明白，他雇她不过就是想找个挡箭牌。

不想在女人之间惹麻烦的男人绝对是个聪明的男人。

再后来庄暖晨才知道，当初约她见面的男人就是江漠远的助理周年，在江漠远身边做事做了很多年，他也学得像江漠远那样的沉稳冷静。

在这座城市，庄暖晨只有两个最知心的朋友，一个是艾念，另一个是夏旅，她和她们无话不谈，可唯独对做宴会陪同这件事闭口不提。

庄暖晨喝了一口红酒，目光下意识随着江漠远笔挺的背影游弋，不经意想起了昨晚那人的警告，这件事跟他有没有关系？

在利益驱使下，人与人接触往往都套上了面具，正如她在面对江漠远的时候都是浓妆艳抹的形象，正如江漠远在众人面前与她如胶似漆的形象，一切不过做戏而已。

宴餐开始时，小提琴声换成了明快的夏威夷调子。庄暖晨在江漠远身边坐下时这个调子也刚好响了起来，手一战。

是尤克里里的声音，很纯粹。所有人都在谈笑风生，她的大脑却是一片空白。尤克里里的每根弦跳跃出来的声音都像是水滴一样一点点穿透她的心，让她恍如又回到了学生时代。

"这是什么声音？真好听。"

"尤克里里啊。"

"很难弹吗？"

"还好吧，不过你肯定弹不来。"

"我才不信呢，喂，顾墨，如果我学会弹尤克里里了怎么办？"

"你想怎么办？"

"嗯，如果我学会了，你就做我的男朋友吧。"

肩头忽地温热了一下，思绪被打断，她这才恍然自己陷入了沉思。

"饭菜不合胃口？"他的手臂圈在她的肩头。

她压下心头仿佛被割裂般的疼痛："不，挺好的。"

江漠远目光中透着探究。

庄暖晨被他看得心里发慌："对不起，我去趟洗手间。"

尤克里里的调子蔓延各个角落，即使关上洗手间的门还能听到，慵懒中还带着一点点伤感。

看着镜中的自己，妆容那么妖娆，却怎么也遮不住来自心底深深的绝望和孤独。

顾墨。这个已被她深藏心里足有四年的名字，每一个笔画都是那么清晰，清晰到足以令她难以呼吸。那时候的她多大胆啊，为了这个男生，她一遍遍练习尤克里里，最后曲子没练成，男生已经成了她的男朋友……

再后来，就没有后来了。

她跟跟跄跄冲出了洗手间，胃痛了，这就是一整天没吃饭的后果。她一手扶着墙，心也跟着痛，跟着音乐痛。直到男人伸过一只手来。

庄暖晨愣愣地望着他，江漠远就这么一动不动地出现在她面前，梦境中的男人始终无法与现实中的重合。

江漠远眼中疑惑，但还是极有耐性地伸手等待。

庄暖晨这才反应过来，刚要道歉，胃没由来地抽痛，连着心一起绞着。

悲伤像张大网铺天盖地席卷而来。她知道，在听到尤克里里声音的那一瞬，她就很想见顾墨，很想很想。

"你不舒服？"江漠远伸手将她扶稳。

她张了张嘴，疼痛和呼吸的艰难令她不得不妥协："带我离开。"话落，眼前一黑，什么都不知道了。

庄暖晨醒来的时候天色已是大亮，秋阳温暖如纱，透过窗帘透着一股子清爽味。

室内的陈设仿古，花形地毯一直延伸到她看不见的地方，屏风案几、字画楹联，每一处设计都显得独具匠心，再看自己身下躺着的也是锦绣芙蓉床，盖着的是闻名世界的苏绣精致被面。

她吓得一骨碌起身，老天爷不会是见她穿越剧看多了特意戏弄她吧？不过很快冷静下来，她是传播行业出身，多少认得些设计品牌，如四角棱窗旁摆放的Cassina的躺椅、东南面的Moroso的沙发，还有她叫不上名字的落地灯、休闲椅、吊灯等等。

正想着，房间管家敲门进来，将托盘中的早餐放到一边礼貌微笑："庄小姐您醒了。"

庄暖晨如同看到了救星："请问，这是什么地方？"

"庄小姐，这里是云观。"

"云观？"她迟疑地环视了一圈，指了指周围。

"哦，您现在住的是空中四合院。"

庄暖晨腿一软，差点跪在地上。她听说过这个空中四合院，当时可谓是轰动全城，这些四合院光租不售，租金一天就是一百万。

她曾经还跟艾念和夏旅笑谈，哪有人会花一百万住一晚上，更别说是一年了，在这里住个两三晚都能买套房了，除非是有人脑袋被门挤了才住这儿——可是，她竟然就住这儿了。

"那个，问一下，我是从昨晚就住这儿的吗？"

"是的。"

犹如五雷轰顶，她欲哭无泪："可是，我、我没想住这儿。"怎么办？要不要打电话给夏旅她们来赎她啊？可是叫她们来也没用，她们哪有那么多钱？

管家笑了笑："昨晚是江先生带您来的，当时江先生还为您请了医生，庄小姐，您的胃不好，江先生特意吩咐我们备些软食给您做早餐。"

"江先生？江漠远？"庄暖晨像是抓住了救命稻草，"他、他走了吗？"

"江先生在中厅喂鱼呢。"

二层只是卧室，中厅要穿过一层，相比二层，一层的设计更是中西合璧。朝北是个中堂，太师椅等物件一应俱全，天花板垂落下来的却是施华洛世奇水晶灯，纯手工意大利沙发配有红木案几，水晶莲花烛台像是星子般遗落各个角落，地面上仍旧是祥云腾龙的奢华地毯，从屏风中穿过，出了门便看到坐在中厅的那道男人背影。

庄暖晨揉了揉熊猫眼又补了妆才敢出来。

一出来就能闻到秋天的味道，淡淡的有点甘冽，晨光将江漠远的身影拉得很长，他背对着她，正悠闲地喂着鱼，身上纯白色衬衫被晨光映得剔透干净，与她邋遢的形象成了鲜明对比。

她轻步上前，一时间竟不知道说什么好。还是江漠远先开了口，指了指身边的白色木椅："醒了？坐。"

她坐了下来，不自然地拢了拢发髻："江先生，昨晚我对不起……"

江漠远拿了几粒鱼食扔到池里，几条金鱼欢快游了过来。将鱼食放到一边后，他拿过服务生递上来的毛巾擦了下手。"现在感觉怎么样了？"他的声音低沉稳重。

庄暖晨见他没有不悦的迹象后说了句："已经没事了，谢谢你。"

"医生说你有胃溃疡，平时要注意饮食。"

"啊？啊，我知道了，谢谢。"

池面扩散开一圈圈的涟漪，两人在晨光中静坐了一会儿后，江漠远起身："先吃早饭，吃完后我送你回去。"

她赶忙起身："不用这么麻烦了，我自己回去就行。"

"顺路。"他轻声说完走了进去。

她站在晨光中，愣怔了好半天。

跟江漠远达成"工作协议"那天以来都是司机单独接送，今天是第一次他跟着送她回家。

车内庄暖晨极不自在，所幸江漠远一直闭目养神这才让她稍稍舒坦些。她和他认识了一年多，却还没熟到可以坦诚交流的地步。

电话铃声响了，吓了庄暖晨一跳，江漠远也睁眼，她赶忙从包里将手机掏出来按下接听键。

"你是怎么着？前儿到底看没看上人家啊？"是姑姑的声音，尖锐直接，在安静的车厢里十分聒噪。姑姑年轻那会儿就在北京扎根，嫁的姑父是当地人，所以姑姑自然学得一嘴京片子味儿，又向来喜欢指手画脚，也包括对她。

庄暖晨连跳车的心都有了，赶忙将手机移到另一只耳朵上："姑姑，我现在不方便讲电话，一会儿我给您打过去——"

"你别跟我打马虎眼，今天不从你嘴里套出点实话，以后还不定你怎么找补呢！你可老大不小了，要不是看在你爸的面儿上我哪有那么多闲工夫管你？我可听你表哥说了，人不错，年轻有为，有车有房的，就差个本地户口，不过人家那么有出息，还差户口钱吗？你还是——"

"姑姑，替我谢谢表哥，我跟那人不合适。"

"什么叫不合适？"那边急了，"那你想要什么样儿的？你知道你表哥花了多大力气才搭上线吗？昨儿我还跟你爸妈拍着胸脯说这次一准儿成，你现在说不合适让我怎么跟你爸妈交代？"

庄暖晨被震得耳膜生疼，偏头将手机离耳朵远一点，没承想扫过江漠远的神情,他似乎想笑没笑出来。

里子面子全都丢光了,她尴尬地缩到一边对那边道:"您听我说——"

"你都26了,再不嫁人的话就只能找个二婚的,你怎么就不掂掂自己的分量呢?你说你,一个外地人,没本市户口,没房没车,工作又不是铁饭碗,你想攀高枝也攀不上啊,趁着还年轻赶紧找,要不然过了这个村儿就没这个店儿了,明不明白?你在哪儿?实在不行再跟那个小伙子见一面。"

"不不,我不见了,姑姑,那个,我已经交男朋友了。"话刚出口就后悔了,因为她知道依照姑妈的脾气一定不会善罢甘休。

果不其然,电话那头兴奋了:"你已经交了?交了就好,这样吧,这周五晚上你带过来让我瞧瞧。"

"周五晚上我加班。"

"加什么班?人生大事重要!就这么说定了,不来可不行,我会第一时间通知你爸妈。"

庄暖晨欲哭无泪地看着手机,良久后才缓缓放进包里。周五晚上,短短这几天让她上哪儿找男朋友去?自己真是哪壶不开提哪壶。

"遇上麻烦事了?"

她这才意识到身边还有个男人,刚刚那通电话想必他也听得很清楚。

"相亲。"这是她第一次在他面前提及私事。

江漠远抬手微微松了松领带:"男大当婚女大当嫁,很平常的事。"

"你觉得一对陌生男女抱着结婚的目的而相亲很正常?"她反问。

江漠远看向她的眼神中多了探究:"不然呢?"

她一时语塞,是啊,不然呢?相亲不就是为了结婚吗?

江漠远见她不说话了,也就不再继续这个话题:"相比艳色的礼裙,淡一点的颜色更适合你。"

一句话点醒了庄暖晨,赶忙从包里掏出各类报销凭据一张张交到他手里:"这是礼裙钱,这个是美容院的,这个是鞋子钱,这个是……"

"直接告诉我多少钱就行了。"江漠远看也没看说了句。

"等等啊,我算一下。"她查看账单,一张张看得仔细。

她一向跟江漠远算得清楚,他是雇主自然要找他报销了。待算出个金额后,冷不丁想起了昨晚,叹了句:"算了!"

江漠远奇怪:"怎么了?"

"我知道昨晚上的房费有多贵。这样吧江先生,以后我可以免费做你的陪同,直到赔完为止。"

"你要赔房费?"

她点头:"不瞒你说,我只是个打工的,平时也攒不下什么钱,让我一下子拿出那么多钱还不如要了我的命。不过事先说好,我只拿一半的钱。"

"为什么?"江漠远的兴趣倒是被她提起来了。

她指了指他的衬衫:"你没换衬衫,昨晚也一定是住在四合院里的,房费当然要一人一半。"

他嘴角隐隐含笑:"随便你吧。"

"那就好。"她转身看着车外,突然之间感到天塌地陷,她只是想赚个外快而已,没想到却背上了外债。忽然,她冒出一个主意来,转身,"江先生,我可不可以从你身上赚点钱?"

他疑惑地看着她。

她勇敢开口:"周五晚上,你能不能假装一下我的男朋友?"

"假装男朋友?"男人眉梢划过惊愕,"你想让我帮你骗你家人?"

"这绝对不是骗,是……善意的谎言。"庄暖晨解释,"而且你也不是白帮,我是雇你假扮我的男友,就像你雇我假扮情侣一样一个道理。"

"这我就不懂了,你雇我,你就是雇主。怎么成了你从我身上赚钱?"

"像假扮情侣这种事儿,不是说谁是雇主谁就要掏钱的,我认为从严格意义上说,名誉上受到诋毁和威胁风险的一方才理应被赔偿。"

江漠远眯眼道:"你认为,我雇用你,让你在名誉上受到诋毁和威胁?"

"只是有这个风险。"庄暖晨生怕令他不悦连忙解释,"你雇我假扮情人,你不会受到诋毁和攻击。而我就不同了,在宴会上要承受那么多嫉妒的眼神,万一有人认出我来,到外面一宣传,我的脸往哪儿搁?周五假扮情侣也是一样,这种事瞒得了一时瞒不了一世,到时候我肯定会跟家里人说是你甩了我或是我甩了你,但大家都会认为是我有问题,那么,我自然有承担名誉受损的风险。这种事对你一点影响都没有,从这个角度上看,你说这笔钱是不是应该你出?"

江漠远被她这一番强词夺理外加歪理邪说说得哭笑不得:"你嘴皮子够利的了。"

"我是在讲道理。这个社会本来就男女不平等,大龄男青年找不到对象,大家就说他有事业心;大龄女青年找不到对象,大家就会怀疑她是不是出了什么问题。男人在外面拈花惹草的就说是风流倜傥,女人在外面多跟异性说句话就被骂作不检点,这什么跟什么嘛?"

见她越说越义愤填膺,江漠远笑了笑:"只是想在我身上赚些钱而已,不用这么骂社会,周五晚上几点?"

庄暖晨还没反应过来。

江漠远挺有耐性,重复了一遍:"周五晚上几点?我来接你。"

"啊?你同意了?"典型的后知后觉。

"就当帮你还昨晚的房费了。"

"真的?太好了,谢天谢地。"庄暖晨没想到这么容易将他说服,"周五的时间我再通知你吧。"

周一,对上班族来说都像是一场战争的开始,闹钟一响就如同吹响了征战沙场的号角,大批的上班族们便开始了一周的厮杀,从早高峰到晚高峰,从挤上大巴或地铁到晚上躺在床上入睡,神经由紧绷到烦躁再到死气沉沉。

德玛集团,明晃晃地杵在CBD黄金位置。

还差0.1秒,庄暖晨挤出电梯大喊着"让路"急速冲到前台终于扫下了指纹,时间刚刚好显示在9:00,前台的莉莉冲着她竖了竖大拇指,庄暖晨松了一口气,还好没迟到。

将包放在工位上开了电脑,庄暖晨到了咖啡间,早上的时间宝贵,她都用在了睡觉上,根本没时间吃饭,所以每天来公司喝一杯咖啡提神。

夏旅推门进来,将一份早餐扔给了庄暖晨:"你不要紧吧?又素面朝天地来上班?"

她很自然地接过早餐:"化妆至少要耽误十分钟时间吧?有这个时间我还不如多睡一会儿。"

夏旅与艾念的性格不同,都是她的好朋友,二人各有千秋。她们三人来自不同地方,却考进了北京同一所大学的新闻系,毕了业后各自零零散散地进了几家媒体,然后又不约而同地来到德玛集团供职,这种缘分令她们倍感珍惜。夏旅有点激进,甚至说凡事都喜欢出头,她的理想是做个女强人;艾念是个简单的姑娘,这辈子最大的心愿就是做个全职太太。

她们三人同时应聘了活动部的策划工作,这一做就做了两年多的时间,当然,两年的时间也没有令夏旅得到心理安慰。也很正常,学新闻的人毕业后自然想进传媒,谁都没想到要转行做传播。虽说传播行业听上去光彩靓丽,薪水丰厚,但传播永远是乙方。以前夏旅都是以媒体人的身份出席公关活动,而现在她要作为工作人员来接待媒体,自然会有心理落差。

跟夏旅不同,庄暖晨最大的心愿就是能够独立策划出一幕大型活动,活动现场的一切一切都是由她亲自调配。

"女人三分靠天生，七分靠打扮。庄暖晨，"夏旅在她对面坐下来，"德玛最讲究的就是外在形象，你看看你，化妆前和化妆后真是天壤之别。"

"哪有天壤之别？"庄暖晨抗议。

"化妆后你就是个小妖精，化妆前呢……"

"什么？"

"就是只兔子！"

庄暖晨嘴巴吃得鼓鼓的，随她怎么说了。

"哎，听说你周六相亲了。"

庄暖晨一个换气没换明白，呛得直咳嗽。

"我说你也不用这么激动吧。"夏旅起身帮她捶背，又倒了一杯水给她。庄暖晨好不容易才捯过气来，刚要开口说话，艾念风风火火地推门走了进来，一屁股坐了下来。

"你怎么这副德行？"庄暖晨见她一脸的不高兴。

艾念是出了名的好脾气，今天却义愤填膺："太可恶了，我的包带被挤断了，那是我新买的包！"

"地铁一天比一天人多，你还没习惯啊？告诉你们搬得离公司近一点了，房租虽贵但起码省下车费和时间了，一中和都差不多。"夏旅坐了下来喋喋不休，"你这不算什么，媒介部的齐云才倒霉呢，新买的LV，在公车上就被人硬生生划了个大口子。要我说她也是活该，你说你背个LV去挤巴士地铁的，就算是真包别人也不信啊。"

"好了好了，人家小姑娘也不容易，艾念，你东西没丢吧？"庄暖晨不是很喜欢在背后议论人，再加上传播公司的员工大多都喜欢拼名牌，齐云那种心态八成也是被逼出来的。

艾念摇头："幸好我的包不是什么名牌。"说着聊起正事，"很奇怪啊，行政部那边安排大会议室呢，好像是我们三个部门一同开会。"

她们所在的公司以前不是外企，被德玛集团进入中国市场后收购了，属于德玛集团的子公司，德玛总部在美国，她们的公司也被更名为德玛传播。三人分别在三个活动部门，庄暖晨在一部，艾念二部，夏旅三部，三个部门分别参与不同品牌活动的策划及运作，三个活动部门又统称为"事件运营中心"。除此之外，德玛传播公司还设有品牌事业部、媒介部等部门，分别负责不同品牌在不同阶段的策划和运营、包装。

庄暖晨一愣。

夏旅倒不以为意："别告诉我你们连邮件都没看，九点半，大会议室，三个部门共同开会。"

"出什么事了?"庄暖晨还真没来得及看集团内部邮箱。

"高层裂变啊。"夏旅一向消息灵通,小声道,"我也是听说啊,王总不是调走了吗?听说总部今天指派了一位总经理过来,专门负责我们活动部的运营。"

"空降兵啊?那梅姐和安琪可有的闹了,你们两个部门又要死掐了。"艾念笑了笑。

庄暖晨所在的活动一部总监叫穆梅,大家都叫她梅姐,她一路打拼坐上了总监的位置,与夏旅所在的活动三部总监安琪势如水火,两人同样为能够晋升打破了头,这下子空降了一位总经理过来,还不定两人怎么闹呢。

夏旅无奈摇头:"我们只是虾兵蟹将,哪管得了那么多?只要到时候别裁员就行,哎别说了,时间快到了,赶紧收拾一下开会吧。"

庄暖晨将早餐的袋子赶紧扔进垃圾箱里,跟她们两人出了咖啡间。

"对了,暖晨——"艾念一下子想起了什么,回头看着她。

庄暖晨知道她要问什么,忙将话打住:"先承受高层裂变的狂风暴雨吧,你要问的事等中午吃饭再说。"

不到九点半,大会议室里已经坐满了三个活动部门的人员。

这间会议室是进行全球视频会议的地点,是分公司与总部交涉的枢纽,也是很多时候公司中高层领导商讨公司发展战略的必要场所。巨大的环形办公桌几乎占据了整个房间,每一个座位席上都带有微型麦克风,借以让在座的每一位都能听见彼此的发言。

环形办公桌被悄无声息地划分成了四处阵地,其中活动一部与三部处于相对位置,这好比平时两个部门的紧张关系,二部坐在了正中间,与会议桌的首要位置正好相对。

二部总监杨天宇早早就来了,不同于梅姐和安琪,他的性格很温和,常常与下属打成一团,可也因为太过文弱的性格而缺少刚硬的管理手段,二部的成绩并不理想。

梅姐和安琪还没来,这两个显然是在拼架子,一部和三部的人也就私下开始议论起来。

"暖晨,听说前天三部的人做了一场别开生面的秀,我认识的媒体朋友跟我透露真的很不错,还听说安琪因此当晚就去买了今年积家的限量版,全白金镶钻,价值不菲呢,今天还不定怎么拿她的秀来压咱们部门呢。"

高莹与庄暖晨在一部的职位一样,同属活动策划,小姑娘没太多心眼,但就是话多，再者就是对目前市面上的品牌极为敏感，公司谁购买了什么新名牌、谁喷了什么新款香水统统逃不过她的眼睛。

庄暖晨一早上挤车就像是打仗似的，赶到公司灌了一肚子的凉风，又急匆匆地吃了早餐，很快肠胃就有了反应，哪还有工夫理会高莹说些什么，捂着肚子皱着眉头道："高莹，见梅姐来了之后一定要晃我下手机，我从后门再溜进来。"

她的肠胃自小就敏感，平时沾点辣的、太过油腻的统统会闹肚子，甚至饭菜有一丁点不干净也不行，同事们由此给她起名为"饮食清洁过滤器"，到哪儿都拉着她，因为有了她，大家就知道哪家餐厅的饭菜做得干净了。

高莹一把揪住她："你想让新上任的总经理把你抓个现行啊？到时候就算是梅姐也保不住你。"

"我——"

会议室的门被推开了。安琪走了进来，她的每次出场都伴着惑人的花香，一头精心打理的波浪齐腰卷发尽显女人的妩媚娇柔。能与梅姐一较高下的安琪并非像外表看上去那么强悍，相反她娇小妖娆，笑容满面，说话也细声细语，乍一看就是那种令人很想亲近的人。

她亲切地与大家打着招呼，庄暖晨看到她的手腕明晃晃的一现，果然是积家的限量版。

刚想着要不要现在就冲出会议室的时候，会议室的门又一开，这次是梅姐。

梅姐的气场俨然要比安琪强很多，同样是三十五岁的年龄，可彰显出的气质是不同的。一头利落的短发、高挑的身材、举手投足间的果决、说话时的干脆利落，一看就是个雷厉风行的人。

所有人都一一跟梅姐打招呼，梅姐只是微勾嘴算是打过招呼，见自己部门的人都来齐了后才满意地点了点头，落了座，与安琪正好是对面。

"梅姐，你今天来得似乎晚了些。"安琪笑了笑。

梅姐看着她不以为意笑了笑："是吗？真是不好意思，如果不是因为要停在808的车位上，我想我应该会比你来早那么一点点，你也知道，808的车位总是要比你停的那个车位高一点点嘛。"

公司上下的人都知道梅姐喜欢将车子停在808，她似乎对这个数字情有独钟，但安琪不知为何突然跟她争起了808车位，很显然安琪没有争过梅姐，最后只好将车子停在梅姐的下一层。

安琪笑容微凝但很快又勾唇："也是，怎么说梅姐都是比我早来公司的，好东西当然要先孝敬老人家了。哦对了，我订了你最喜欢的补水面膜，国内都断货了，顺便我也给你买了同款的黄金面膜，新出的，对你脸上的法令纹有很大帮助呢。"

梅姐打开手提电脑冷冷回应："卖了这么大的人情给我还真不好意思，既然黄金面膜是给我的我就收着了，那个补水面膜我就转赠给你了，你有几天没做补水了？眼纹都出现了。"

两人你一句我一句，笑谈中透着一股子较量。

"好了好了，你们两位那么年轻貌美都喊老，让我这张老脸往哪搁？安琪、梅姐，你们有没有什么妙计拯救一下我满是皱纹的脸？"杨天宇一如既往地做起了和事佬，又随即命了身边一个小丫头去看看外面的情况。

"天宇，你现在被爱情滋润得哪里显老啊？"梅姐爽朗一笑。

杨天宇也跟着笑起来，安琪抿着唇浅笑，这场风波才算是暂停。

"安琪含沙射影说咱们梅姐老，她也三十五不是吗？只是比梅姐的生日晚一个月而已，她有什么了不起的，那么了不起不也一样给别人打工？"高莹愤愤不平地小声说道，又像是突然发现新大陆似的拉住庄暖晨，"呀，你快看，梅姐今天戴的表是百达翡丽。"

庄暖晨已经听不进去高莹的话了，她只觉得肚子在一阵阵翻江倒海，胃里跟打劲似的，这时候走也不是，不走也不是，最后刚要跟梅姐说一声，就听梅姐开口道："新上任的总经理马上就要来了，大家都坐好一点儿。"一句话说得庄暖晨不好意思请假了。

很快二部的小丫头风风火火地跑进来嚷嚷："来了来了，新上任的总经理好年轻好帅啊，我看到他从车子上下来了，老总亲自去接的呢。"

杨天宇闻言后与梅姐、安琪面面相觑："真是奇怪，这个人什么来头？竟然是老总亲自去接？"

梅姐也疑惑。

安琪轻轻一笑："别是什么皇亲国戚来的，到时候，梅姐你想上位都难呢，哪有几个像王总那样容易被挤走的人？"

"你太抬举我了，连你都挤不走，我哪还有什么本事挤走别人？"梅姐不动声色地回击。

"梅姐真是说笑了。"

两人正你一句我一句的时候，时钟正正好好指向了九点半，会议室的门被推开了，先是老总进来，随后是行政人员，最后进来的是一道颀长的身影。

会议室里顿时安静了下来。

高莹发出一声难以置信的低呼，扯了扯庄暖晨："他好帅啊。"

庄暖晨肚子痛得钻心，哪还有心思看这些，烦躁地说了句："帅不帅的跟我有什么关系？"

"不是，他真的好帅啊，快看啊。"

是那个周五晚上跟她相亲的男人！

他叫什么来着？

肚子又猛地蹿疼，她开始冒冷汗。

"这位便是接任王总经理的程总，从今天起，他将全权负责公司活动部的整体事宜。"老总开了口。

男人走到会议桌中央，扫了一眼全体成员，庄暖晨赶忙低头。

"大家好，我是程少浅，从今天起，我将和大家一同作战。"

所有人鼓了掌，帅哥始终是吃香的。

老总介绍了三个部门的负责人和他们各自负责的事项后离开了。程少浅坐了下来，瞧着面容温和可一看就不是任人消遣的主儿。

"每人都自我介绍一下吧，说说各自目前负责的项目及在项目中所负责的工作范围。"

庄暖晨一个头两个大，也心存侥幸，他应该认不出她，化妆前后的她相差还是蛮大的；再者连她都忘了他叫什么了，他这种每天阅人无数的高层肯定也不记得她的名字。

三个部门的人迫不及待地介绍自己，看得出大家面对帅哥的心情还是很愉悦，程少浅细心倾听，点头微笑。

终于轮到庄暖晨，见避也避不过，她只能硬着头皮用最快的速度简单说道："我是庄暖晨，目前配合高级客户经理完成快消饮品在超市的堆头策划工作。"她能明显感觉到程少浅的目光落在她身上，暗里攥了攥手。

"很好，请坐。"程少浅语气轻柔，像是没认出她。

庄暖晨松了一口气。

待大家都介绍完，程少浅言归正传：

"在上任之前，我已经看过大家的相关资料，也对各自的工作表现有了一定的了解，希望日后我们能够合作愉快。大家都知道，德玛品牌运营管理最出色的便是Event品牌行销方式，也就是说，我们所在的部门是重中之重。品牌事业部为客户提供创意，通过对公关传播做战略性、前瞻性分析，明晰阶段目标与长远关联，而我们部门是最直接能够使用户品牌价值得以体现的渠道，建立独特的活动策划方式，进而提升用户品牌、产品品牌以及其他目标形象。那么我很想知道在座的各位，问问你们自己，在为用户提升品牌形象的过程中究竟付出了多少努力？"

所有人面面相觑，初见英俊上司，很多人都抱着"他不过是个花瓶"的眼光来看他，可一番话下来才察觉到他对这行的了解，在座的各位提心吊胆了。

安琪首先开了口："程总，我没明白您的话，您不会一上任就要裁人吧？"

程少浅不疾不徐："安琪是吧？一个公司能够健康稳定地成长，能够在绝对的竞争环境中发展，需要的是力量，其中一项最基本的就是新鲜血液。"

安琪的脸色变了变，对面的梅姐仔细打量了程少浅一番后将电脑"啪"地关上，冷笑："程总这是新官上任三把火啊，我很想知道，我们三个部门中哪一个是你准备要开刀的？"

她的性格一向如此，硬得跟钢一样，有时候跟老总也会直接拍桌子。

一个公司，尤其是一个大公司，最忌讳的就是裁员，这对员工长期形成的归属感有着极大的伤害，同时也会在外界造成不小的影响。庄暖晨疑惑地看着程少浅，像她这种小员工都明白的道理，怎么他会不清楚？

面对梅姐的咄咄逼人，程少浅云淡风轻："你认为，王总调任的原因是什么？"

梅姐一愣。

程少浅调整了一下坐姿："标维国际公开招标一事在座的各位都清楚吧？正因为王总主观臆断轻视了这场招标，才使得我们的竞争对手奥斯公关有机可乘，让原本就属于我们德玛的单子成了国内几家公关公司有机会共同分享的蛋糕。目前标维国际还在招标，他们需要一个具有国际背景的，能够对品牌管理、产品营销及企业传播都有着最专业化操作的传播机构，而我要你们做的就是成功竞标！"

众人大吃一惊。

良久后杨天宇开口："以标维对我们的印象来看，想要成功竞标的概率几乎为零。"

标维，有着国际雄厚资本背景的上市集团，旗下有汽车、建筑及奢侈品产业链，是诸多国内乃至国际公关公司想要去签单的对象。听说今年标维的高层有了变动，开始大力进军中国市场。

"所以我才要看看各位的本事。"程少浅双手一摊，"别忘了竞争对手在等着看我们的笑话。奥斯公关自2001年收购了玛雅公关后，就完成了本土化策略的最重要一步。我自认为我们德玛有足够能力与之抗衡，别忘了，我们拥有覆盖全国的各级供应商资源和强势的战略合作伙伴关系网，与诸多国际商会组织、使馆、国际性金融机构、政府机构、各基金会以及新闻机构都有广泛的合作关系，我们有实力接下标维国际这个甲方。公司发展不在人多，而在精，所以我只看结果，三个活动部门，哪个能将标维的合作意向书最先拿到我办公室，哪个部门就有优先留下的权利。竞标中最不能实现价值的部门，我将整体砍掉。"

庄暖晨倒吸了一口凉气，这人也太狠了吧？这样想着，肚子又开始绞劲疼。

安琪冷着脸看向程少浅："程总，我们部门可是刚刚完成一个大秀，是不是可以从优考虑呢？"

还没等程少浅开口回答，梅姐就冷笑："我们部门可是刚刚签下一个五千万的单子，照你这么说是不是也要拿出来炫耀一下？"

"你这话我就不爱听了，大家都是为公司做事，什么叫作炫耀？"安琪脸色一变。

程少浅也没急着劝，等她们吵完后说："标维，是我上任后给你们的第一个任务，至于你们之前的成绩和辉煌在我这里统统归零。还是那句话，胜者留败者走，在我手下能留下来的，无论奖金、分红和薪金都将会是现在的三倍，因为，精英，我只要精英！"

"这个程总的口气可真大，他就不想想标维是什么来头？"高莹小声在庄暖晨耳边说了句，却看到她满头大汗，吓了一跳，"怎么了？"

庄暖晨的五脏六腑都在闹革命了，哪还听得进程少浅刚刚说了什么？她忍不住站起来，不但将高莹吓了一跳，就连正在说话的程少浅也怔住了。

"对不起，我……"庄暖晨也顾不上多加解释就冲了出去。

"什么？程总就是上周跟你相亲的对象？"夏旅一脸的不可置信。

庄暖晨支着脸懒洋洋点头，看着夏旅和艾念吃饭，她跑了一上午的洗手间，现在什么都吃不下去。

"今早上我看到程总的时候吓得魂儿都快出来了，这事也太巧了吧？"艾念一想起那晚庄暖晨在相亲时那样就后怕。

"我认为一点都不巧，我表哥什么人，他怎么那么好心给我介绍男朋友？想必早就知道了。"庄暖晨无精打采，"不过他也未必认出我来，周五我画得跟鬼似的，连我都不认识自己了。"

"你傻呀，那么好的男人干吗不抓住？"夏旅气得拍了一下她的头。

庄暖晨瞪了她一眼："办公室恋情多危险啊。再加上这个程总也不是省油的灯,你们也看到了,才第一天上任就大刀阔斧,逼得咱们三个部门要自相残杀。"

艾念笑:"貌似我们三个部门一直在自相残杀,只不过这次不用藏着掖着了,话又说回来,那个标维究竟什么来头?怎么会让程总这么重视?"

标维国际就像是一匹黑马,无声无息杀进了国内市场,等到大家都察觉的时候,标维国际已经占有一席之地。

这时候夏旅发挥了她打探消息的本领:"我听说啊,标维国际这次能够果断进军中国市场,跟他们的高层变动有关系。以往的标维只是国外名不见经传的小公司而已,但从去年开始,标维任用了一位挺神秘的首席执行官,从那天开始,标维就像是气儿吹的一样迅速成长、上市,一直到今年开始分摊中国市场。"

"什么叫挺神秘的首席执行官?"庄暖晨不解。

夏旅耸肩:"商圈里的人都这么形容啊,标维任用首席执行官一直都是风传,大家都没有看到此人出面。后来有人爆出,这人专门接手不成气候的公司来运营管理,每一个经他手的公司最后都能成为上市公司的大鳄。此人最擅长的就是玩资本运作,通过并购、收购、合并等手段以小变大,以无生有,在资本市场上无往不利,被视为救星或者灾星。"

庄暖晨听得一愣一愣的,对于资本运作她几乎是在听天文。"说得像拍电影似的,要真这么厉害,这个人怎么不露头呢?"

"高人往往就要保持神秘啊,要不然叫什么高人?我想程总这次是立功心切了,这个单子啊我看不好拿。"夏旅叹了口气。

庄暖晨咬着唇。

手机响了起来,艾念碰了一下她:"想什么呢?你电话响了。"

她这才反应过来,接通后刚"喂"了一声脸色就变了,放下电话后整个人都木了。

夏旅和艾念面面相觑,怎么了这是?

良久,庄暖晨拿过艾念的热奶茶喝了一口,惊骇地说:"刚刚是程总的电话,他、他让我去他办公室一趟……"

"啊?"

艾念和夏旅也愣住了。

庄暖晨脸色苍白得像纸片儿似的:"我完了,真的。我就怕他认出我来打击报复,今天在会上我又冲了出去,丝毫没给他留情面,他叫我去办公室一定是为了炒我鱿鱼,他想杀鸡儆猴……"

周年站在室外游泳池旁，手里拿着份文件。泳池中的水纹一圈圈扩散，池中的男人游完最后一圈上了岸。他接过毛巾随意擦了把脸，用力甩了一下头发，坐下后，接过周年手里的文件翻开，另手拿过烈酒抿了口，尽是从容。

"江先生，程少浅今早刚刚上任。"周年汇报了一句。

江漠远晃了晃杯子："老头子动作挺快的，没想到他会用程少浅，这么快用上杀手铜似乎不是他的作风。"

"程少浅早晚要来中国市场，只是时间问题。"周年说了句，"他这次盯的就是标维国际。"

碎光揉进了江漠远的眼，映出了沉稳背后的锋利，他将杯中酒一饮而尽，淡笑："越来越有意思了。"

庄暖晨在办公室门口足足徘徊了十分钟之久，腹稿打了一遍又一遍，终于鼓足勇气，敲开了办公室的门，心里哀嚎：自求多福吧。

程少浅见她进来了，随意说了句："门关上。"

"啊？"

门关上，突然有种窒息的感觉。

"坐。"程少浅将文件整理好放到脚下的抽屉里，示意了一下旁边的沙发。

她硬着头皮紧挨着沙发扶手坐下来，这种感觉怪极了，周五晚上还一身休闲的男人此刻却成了她的顶级上司，她看他需要一种仰视的视角。

程少浅似乎不急着表明目的，拿过一份文件看了看，然后在上面写了些什么。她的心提在嗓子眼里，大脑拼命运转，想着有没有工作上的把柄会让他抓到。

墙上的钟表一格格跳动，每跳一下都让她心惊肉跳："程总，请问您找我有什么事？"

程少浅停住笔看着她，平静的眼眸里看不出他的心思来，阖上文件倚靠在椅背上，这种注视令她无所遁形。

"怕我？"良久，他开口。

她摇头，心却坠入万丈深渊，完了，他一定不会给她好果子吃。

程少浅起身朝她走过来，她也不敢抬头看他，明显感到头顶凉飕飕的。

"程、程总。"

程少浅双臂优雅环抱在一起，轻笑："你说你挺清秀的丫头，怎么就把自己画得跟女巫布莱尔似的？"

她脱口而出:"你、你认出我来了?"

程少浅忍不住勾唇:"说实话,第一眼还真没认出你来,不过,我记得你的名字。"

她心里更没底了:"所以你要打击报复是吗?"

"打击报复?我看过你在人事部和行政部的档案,虽然没什么大功但也没大过,每天倒是兢兢业业来上班。"

"那……"

"你坐下,我没让你罚站。"程少浅被她的样子逗笑,走到了办公桌旁。

她又蹭着边儿坐下来,见他从抽屉里拿出了一盒药走上前:"中午吃饭了吗?"

"没……"

"去吃点东西,饭后半小时把这药吃了。"将药放到她面前后他又走回办公桌。

庄暖晨一看竟是治疗肠胃的药,脸腾地一红,丢死人了:"你叫我来就是要给我这个?"

程少浅看着她:"那你以为是什么?以为我会开除你?"

她真想挖个洞跳进去:"谢谢。"

"先不用谢得那么早,虽说你是颜明的妹妹,但在公司里我也不会给你特殊照顾,如果你在这次招标中表现得不理想,我照样会辞掉你。"

"你放心,我不会让你有机会辞掉我。"不蒸馒头争口气。

"好,我等着。"

庄暖晨转身要走。"等等。"他叫住了她。她心又一紧,回头看他。"药拿上。"他浅笑。

下午,梅姐召开了紧急会议,会议从下午两点一直开到五点半还没散,会议室一直占着,气得安琪只能用小会议室给部门开会。

梅姐要强的性子就体现在团队作战上,会上集中讨论了有关标维这次竞标的项目,并逐一与部门的成员讨论实现的可能性。

活动一部的成员共有五人,其中庄暖晨和高莹负责的是活动方案策划,做的是头脑风暴的工作,齐嫒嫒是高级客户经理,在项目跟进、竞标、与客户交流沟通上具有十足经验,还有两名是活动执行,别看只是活动执行,这两人手中的资源可不容小觑。

"标维国际这次是先以高档车为项目进行公关传播,这款车以往在中国的品牌形象和用户、销量情况我已经做过分析，虽说是高档车，在中国市场上的知名度与美誉度情况并不理想，在一定程度上影响了销售。那么如果我们要竞标的话，在策划方案上就要偏重于如何提高这款车的知名度和美誉度，当然，品牌策划部那边我已经沟通好，他们会全力配合我们出套针对这款车型的品牌包装策划书，也便于我们根据品牌形象进行活动或事件的策划。"齐媛媛是个精明能干的女孩子，只比庄暖晨大两岁，在客户分析上她一向具有真知灼见。

梅姐点点头看向大家："我想我们的眼光还要放远一些，标维国际以往的公关活动从来都不外包，这次公开招标，那就意味着标维意识到公关公司已经具备了相当专业的策划能力。我相信高档车的推广只是试水，如果这步走得好，那么接下来他们旗下更多的产业将会参与其中。我们要做的就是全力拿下标维国际，成为他们公关活动最重要的合作伙伴，这块蛋糕只能是我们德玛，而且还是德玛活动一部来包揽！"

所有人都郑重点头，尤其是庄暖晨，她在部门中的工作担子可不轻，竞标除了提案人要头脑灵敏外，方案也是重中之重，所以她不能有所闪失。

"下面，大家要重点关注一个人，这个人我们无论如何都要抢到先接触的机会。"梅姐更换了投影仪的内容，是份个人调查资料。

"梅姐，这人是谁？怎么资料这么少？"庄暖晨问了句。只有名字和极少的履历，资料中这人连照片什么的都没有。

梅姐点头："文森特，这是他的英文名。我向媒体打听过，他从来不接受媒体采访，所以我们得不到他一张照片，他就是标维国际现任的首席执行官。"

"我不明白，我们只要接触对方宣传部就够了，他是首席执行官，怎么可能直接插手公关传播的事情？"高莹提出异议。

"大家有所不知，标维在上市前不过空有名头，但上市后所有产业开始齐头并进，这一点我想与这位新上任的首席执行官有直接关系。听说，这个人对标维国际目前的产业链亲力亲为，这次竞标既然是标维进入国内市场最重要的一步，那么我们能够第一时间跟他达成共识是最好的办法。别忘了，因为王总的缘故，标维国际宣传部已经对德玛抱有抵触情绪，我们倒不如曲线救国，直接拿下高层的合作意向。正所谓'小鬼难缠'，我们尽量避免与宣传部打交道。"

众人恍然点头，庄暖晨盯着屏幕上"文森特"这个名字，心头却没由来地一阵发紧，文森特，征服者之意："只有这些资料我们很难办。"

"他目前就在北京，想必是为了竞标，只要在北京我们就好办，哦对了，还有他的中文名字，大家一定要记住了。"梅姐敲了一下键盘，屏幕上赫然出现了个人名。

庄暖晨惊讶出声："江漠远？"

"你认识他？"梅姐和所有人都看着她。

她赶忙矢口否认，心却早已经狂跳不止。

"暖晨，这次你和媛媛、高莹先试着与这人接触一下，有什么问题随时打给我。"梅姐下了任务。

她一听头发丝都要竖起来了："梅姐，为什么是我？"

"很简单，第一，你是方案的策划者，要第一时间了解客户的心理；第二，你有六级英语水平，万一对方的汉语不流利，你完全可以跟他交流无碍，所以你是最佳人选。"梅姐果断冷静，"还有其他问题吗？"

"没了。"她无力地瘫在会议桌上，支着发涨的脑袋，深深体会到造化弄人的含义了。她千猜万猜他的职业，就硬是没想到有一天他也会成为她的客户。

德玛上下陷入了一场从未有过的部门与部门之间透明的、理直气壮的战争之中。

接下来的三天对于庄暖晨来说如同人间炼狱，每晚几乎都加班到凌晨，第二天再顶着熊猫眼继续战斗。

在梅姐的强势要求下，品牌策略部也未能幸免于难，他们几乎是二十四小时不停歇，终于先出了一套针对标维旗下高端车推广的品牌战略构想方案，庄暖晨和高莹再根据品牌规划的大方面来商讨和策划相关的活动配合。

在活动策划方案出来之前，根据梅姐的指示她们要先见到对方的执行官才行。这两天，庄暖晨除了构思策划书外，还要跟着齐媛媛、高莹一趟趟跑标维，但每次都吃闭门羹，要不就是被告知执行官目前不在北京。

周四天空晴朗，当车子终于穿过拥堵车群奔向机场高速的时候，齐媛媛松了一口气："师傅，咱能再快点儿吗？"

"我也想快，但您得看路况啊，瞧见没，那边就有摄像头，再快我就超速了。"计程车司机说，"不过您呐就放心吧，那个点准到。您三位这是赶飞机呢还是接人？"

"我们去劫人！"齐媛媛烦躁地说了句。

"啊？"

"师傅她逗您呢，我们真赶时间，您尽量快点吧。"庄暖晨坐在后座，说完这话后偏头看着车窗外的风景，都说秋天是收获的季节，她不知道今天是否能有收获。

梅姐消息灵通,打探到对方执行官今天整十点飞回北京,她们三人就像是号角下的战士们勇往直前地往T3航站楼里扎。

其实这几天庄暖晨一直想拨打那个电话号码,但她又不确定,万一只是重名呢?她不知道自己在盲目地担忧什么,只是有时候会突然感觉事情总会朝着无法预期的方向发展。

"媛媛,你能认出他来吗?"庄暖晨问。

"这要归功于我们神奇的梅姐了,虽说没这人的照片,但梅姐已经跟机场工作人员取得了确认——江漠远确定是十点多伦多的航班。头等舱共有五位客人,其中两个是女的,一个是老的,剩下的两个我们撞撞运气。头等舱的客人出舱早,再加上对方是执行官,必然会有人来接,我们要认出谁是江漠远应该不难。"齐媛媛逐一分析着。

庄暖晨没再说什么,身边的高莹倚过来笑眯眯地看着她:"我还是第一次见你化妆呢,别说,你化了妆的样子好妖艳啊,跟平时模样相差十万八千里。"

"你是在夸我呢,还是在贬我呢?"庄暖晨用肩膀顶了她一下,"我是怕吓到客户,大姐,我已经连续三天没好好睡觉了,不化妆的话,人家还以为你们要偷运国宝呢。"

其实这只是原因之一,她怕的是,万一那个江漠远真的就是这个江漠远,她这副尊容还是让他看着眼熟比较好。

T3航站楼接机的拿花举牌的人不少,显示屏上不断翻动着各类航班信息,有准点的有延误的。

庄暖晨三人在出闸口挤了个好位置,方便第一时间看到人。航机正点抵达,等了好一会儿有人陆陆续续走出闸口。一名红衣女人快步走了出来,戴着太阳镜,高莹拉了拉庄暖晨:"我看着她怎么那么眼熟呢?是不是哪个明星啊?"

还没等庄暖晨开口说话,齐媛媛就立马提醒:"大家集中精力点,我们不是来找明星的。"

又有两个男人一前一后走了出来,走在前面的男人几乎一路小跑,看得出在赶时间,不是很高,穿着休闲衬衫。

"这个是不是啊?"齐媛媛自言自语。

庄暖晨看过去,深吸了一口气:"不是他,他身后的那个才是江漠远。"

不远处又走出一名男子,在出闸口的人影中,他挺拔魁梧,浅灰色短袖衬衫，宽阔的肩膀蕴藏力量，下身是笔挺有型的西装裤，右手臂搭着西装外套，左手拿着公事包大踏步前行，身后跟着一个穿长裙的女人，追上他的脚步后拉了他一把。

男人暂停脚步，看向女人的神情略显薄凉，女人下意识松手，男人头也不回地出了闸口。

果然就是他。

齐媛媛惊异："这么肯定？"

高莹也觉得庄暖晨说得太肯定了："你认识他？"

庄暖晨圆话："你看头等舱出来的这几个人就数他最人模人样了。还有，看那边，有人接。"刚刚一直没看到，原来周年也在这里，要是早看见他的话，她也不用心里七上八下的了。

"肯定是他没错，再不上去拦的话人就走了。"见她们还在迟疑，庄暖晨道，又看了一眼那女人，见她朝着另一个方向去了，这才明白想必是机上跟他搭讪的。

齐媛媛一个箭步冲上去，高莹也拉着庄暖晨一同跑了过去。

"江先生，请等等——"

走在前方的江漠远顿步回头，见身后跑得气喘吁吁的三个女人略显惊讶。站在原地等着她们上前后，目光从齐媛媛脸上滑了过去，落在庄暖晨的脸上，语气略有清冷："找我有事？"

直接问庄暖晨。

齐媛媛和高莹感到疑惑，看了一眼庄暖晨后又看了看江漠远。

庄暖晨怕她们两个误会，从包里拿出名片，硬着头皮走上前双手递上："江先生您好，我是德玛传播集团的活动策划庄暖晨，想要打扰您些时间，跟您谈一下有关德玛想要竞标标维公关项目的事。"

江漠远盯着她看了良久，接过她的名片看了一眼后交给了身后的周年。

"江先生，我们不会浪费您太多时间。"齐媛媛总觉得他们两个之间蹿动着不正常的气流。

庄暖晨也赶紧说："我知道我们这么做很唐突，但没办法，标维对德玛存在误会，我们想要见您也只能选在机场。"

"你们一直在等我下机？"江漠远问话的同时目光也只是落在庄暖晨身上。

庄暖晨点头。

江漠远思索了一下，转头看周年："会议是几点的？"

"是下午两点。"

江漠远抬腕看了一下，又看了庄暖晨："十五分钟，应该够吧。"

齐媛媛一听高兴坏了，连连点头。庄暖晨则有些吃惊，她没料到他会痛快答应。

周年走上前低声提醒了句："江先生，李总他们都等着给您洗尘呢，刚刚打过电话来，他们已经到了饭店。"

这话也被庄暖晨听到了，她看着他心里直打鼓。

江漠远吩咐了句："跟李总他们打声招呼，说我稍微晚点到。"

周年一愣，看了一眼庄暖晨后点点头，走到一边去打电话了。

"说吧。"江漠远的目光温和。

庄暖晨明显感到齐媛媛和高莹的目光都在打量着自己，清嗓："江先生，其实是这样的，之前因为王总他——"话到一半，她轻轻一颤。

江漠远略感惊讶，刚要询问就见她突然跑出大厅。

"暖晨！"

除了周年，在场三人的声音同时扬起，虽然混在一起，但男人异常的称呼还是引起了齐媛媛的注意，她回头看着江漠远，心中起疑。

人来人往中，庄暖晨拼命找寻。就在刚刚，她看到了那道影子，那道在她梦中出现过不知多少次的影子。一辆辆车子在她眼前经过，却唯独看不见他了。

"顾墨！"终于她喊出了压在心底的名字。周围的人和事都变得恍惚，她似乎又看到了大学校园里花瓣漫天飞的美景，白衣少年无忧无虑地笼罩在晨光中，让她想要靠近却又不敢。

"好吧，我答应做你男朋友，你别再虐待我的耳朵了。"

"你答应了？我连半首曲子都没练会呢。"

"算了，我教你。"

"不收费吧？那么好心？"

"当然没有那么好心，有个条件。"

"什么条件？事先声明啊，卖身我可不干。"

"思想怎么那么复杂呢？我的条件很简单，做你男朋友可以，但从今天起，没有我的允许你不准离开我身边，不准爱上其他人，听到没有？"

"我才不会。"

庄暖晨压着心口，如果没有相恋过，如果誓言可以更改，她是不是就不会这么痛，顾墨，这个让她疼了几年的男人，今天真的见到他的话，她会不会潇洒地跟他说句好久不见？

一辆商务车在对面缓缓停下来，江漠远看着对面蹲靠在玻璃窗旁的影子,眉心蹙了蹙。

"江先生,要不要叫庄小姐上车?"周年的眼神飘向外面,这个庄暖晨,今天玩的是哪一出?

江漠远没有说话。不远不近的距离,庄暖晨的泪水明晃晃的如同珍珠。良久后他淡淡开口:"走吧。"

"啪!"

庄暖晨跟着办公桌上的花瓶同时颤抖了一下,花瓶溢了些许水出来,百合花也晃了晃。

"上午你抽什么风?打兴奋剂了?"梅姐的嗓音几乎可以掀开房梁。

庄暖晨低着头,不用想也知道办公室门外多了多少双偷听的耳朵。

梅姐压了压心头火,从烟盒里拿出支烟点燃,大口吸了一下后吐出,这才稳定下来:"你跟江漠远早就认识?"

"我……"她抬头看着梅姐,想否定却在瞬间改了口风,"我和他只见过一面,挺偶然的,当时也不知道他的身份。"

齐媛媛是个聪明的丫头,恐怕她早就对上午的情况产生质疑,高莹心直口快,梅姐很轻易能从她们两人口里打听出实情来,就算不问,梅姐是何等精明的女人,这种事瞒着她无疑是低估了她的智商。

梅姐盯着她:"既然你认识他,那么把机会再找补回来很容易,我不想让其他人看我们部门的笑话。"

"梅姐,我——"

"来公司时间不短了吧?职场有职场的规矩,就这么跟你说吧,拿下这个案子,你就可以升职加薪,高级客户经理的位置你不会不想坐;但如果这个案子拿不下来,那么你就可以直接回家了,明白我的意思吗?"

庄暖晨最后点头应允,她了解梅姐的性子,说一不二。

夜色蔓延了整条长安街。

庄暖晨靠在椅子上,死死盯着电脑上的品牌推广方案。艾念将泡好的桶面端到了她面前,瞧着她一副半死不活的模样真可怜:"梅姐也够狠的了,让你先去跟江先生提一下活动推广方案,这是有点想先入为主吧?又没到竞标的日子。"

接过桶面,她拿着叉子无力地搅了搅,明明很饿却没了胃口。她没说话,只是看了一眼头顶上明晃晃的灯管,这个时间其他部门都已经下班了,陪着她看方案的只剩下艾念和夏旅了。

夏旅转了一下椅子面向她们，将吃完的泡面盒子扔进垃圾桶里："这事也怪不了梅姐，暖晨，你的心理建设有待加强啊，只是一个背影而已就激动成那样？说不定是看错了呢？"

"是啊，顾墨不是出国了吗？你怎么可能见到他？"艾念跨坐在办公椅上支着头看她，"而且你别忘了，当初分手这两个字可是从你嘴里说出来的，这么多年了，你不会还想着他吧？"

庄暖晨吃了一口泡面，无滋无味的，怏怏道："我又不想分手。"

"不想分不是也分了吗？不是我说你，你就太相信男人了，如果他真的非你不可的话怎么可能接受分手？"夏旅翻了下白眼。

艾念道："夏旅，你不能一竿子打翻一船人，顾墨和暖晨是青梅竹马，又跟咱们是同学，他是怎样的人你还不了解吗？"

"人是会变的，尤其是男人。"夏旅不依不饶，"艾念，你跟你们家陆军真能白头偕老吗？毕业这么久了，如果他真是潜力股的话，你们早就在买车买房了，你还至于这么辛苦吗？"

陆军是艾念的男朋友，也是她们的学长，宏观经济学出身，毕业后在一家外企任职直到现在。大学期间的山盟海誓、灿烂憧憬全都抵不过现实中的柴米油盐，陆军也由最开始的雄心壮志到对现实的妥协，每天怏怏不得志。

艾念倒是不觉得有什么，毕业后就跟陆军同居了，两人的日子过得不咸不淡，就是这样，艾念对陆军还抱有希望："我觉得这样挺好的呀，我就是普普通通的人，想嫁豪门那也是做梦啊。"

"你呀就是一条路走到黑，趁着年轻赶紧去找蓝筹股，要是等到三十好几你再找，找到的也是垃圾股。"夏旅瞪了她一眼，"跟人家暖晨学学，该断的时候一定要断，难不成等男人把你卖了再断？"

"夏旅，别胡说了，人家陆军挺好的人。"庄暖晨将桶面推到一边。

"算了，不提这个了，你就是这样一个人，断的时候挺干净，结果还是几年都忘不了。"夏旅耸肩，"我听高莹说，那个江先生超帅啊。"

"你别犯花痴了，说不定他都结婚了。"庄暖晨无力说了句。

夏旅不以为意道："跟对方约好了吗？用我陪你去吗？"

庄暖晨一下子拉过她的手，语重心长："我还真需要你陪。"

"……我只是开玩笑。"

"方案你比我还熟，你跟我配合的话事半功倍。"说通江漠远是第一步，部门和部门之间的合作是最重要的，竞标才会产生竞争关系。

夏旅做头疼状，艾念笑了推了她一把："死样儿，给你机会看帅哥还不把握？陪暖晨去吧，用你的风情万种迷死他，一举成功。"

快十一点的时候庄暖晨才从公司出来，待夏旅和艾念全都打车走了之后，她才慢吞吞地拿出手机，迟疑了许久拨通了那个电话号码。

手机那头响了两声后接通。

"江先生，我、我想见你。"

"现在？"他似乎在低笑。

"不，明天。"她赶忙纠正，说完又觉得唐突，"明天你有时间吗？"

那头沉默了几秒钟，她以为他会拒绝的时候，他开口了："下午两点可以。"

她有点吃惊还有点窃喜，对他说了句谢谢后挂断电话。夜晚，秋天的味道更浓。看着车来车往的街道，她暗自在心里给自己打气：庄暖晨，加油！

标维国际与电视台新址遥相呼应，这是她第一次来江漠远的办公室。

没有她想象中的夸张，更没有她认为与他职位相符的奢华，午后的阳光斜射进来，无声地落在脚感十足的地毯上，气氛安静得令人昏昏欲睡。

"暖晨，他会不会放我们鸽子啊？"夏旅小声问了句，手指无聊地摆弄着咖啡杯。

她看了一眼时间，他是个挺守时的人啊："来都来了，等着呗。"

夏旅捏了她脸一下："今天化得这么妖艳，想勾引谁呀？"

"见客户当然不能素面朝天了，你不也化了吗？"庄暖晨躲开她的手，隐约听到了高跟鞋的声音，连忙做噤声状。

办公室的门被推开，江漠远走了进来，身后跟着位漂亮的小秘书。

"让两位久等了，不好意思，刚刚散会。"江漠远说着将外套随意搭在椅背上坐了下来，对秘书吩咐了句，"给两位女士换杯热咖啡。"

秘书点头，又压低了声音："您到现在还没吃午饭呢，给您订餐吧？"

"不用，给我倒杯咖啡。"

很快咖啡端了上来，庄暖晨下意识看了江漠远一眼，他喝的应该是黑咖啡，这一年多她也看出些他的习惯，黑咖啡，不加糖不加奶。

"两位可以尝尝，标维新进的咖啡豆，口感还不错。"待秘书出去后，江漠远抬手稍稍松了一下领带说了句。

夏旅点头，喝了一口咖啡。

庄暖晨暗自碰了她一下，没有动咖啡杯，看向江漠远："江先生，我们是否可以言归正传了？"

夏旅放下咖啡杯，将方案拿了出来。

江漠远正襟危坐，深灰色衬衫将他的脊梁勾勒得笔挺："好，说吧。"

夏旅马上起身将方案送上去："这是我们对标维旗下高端车型的初步品牌定位，您看一下。"

江漠远接过翻开，看了几眼后见夏旅还站着，笑了笑，客气地说了句："请坐，不用拘谨。"

夏旅退回到沙发旁坐下。

庄暖晨微微坐直了些，遮住了夏旅垂涎三尺的模样，见江漠远将方案粗略看完后马上开口："其实标维国际进入国内市场之初就选择了德玛，之前是王总的疏忽才使得德玛和标维之间有了误会，我们德玛很希望能够成为标维品牌树立的重要合作伙伴。"

江漠远笑了笑，将方案推到办公桌外沿："如果谈品牌推广合作的话，我建议两位到企划部门。"

庄暖晨一愣。这两次他都很好说话，在机场也好，昨晚的电话中也罢，都爽快地给了她机会，可现在他是明显地拒绝。

"江先生，企划部能够静下心来听我们说的话，我们也不用三番两次来找您了。"夏旅开口。

江漠远朝后一靠："我尊重每一位年轻人想要寻求机会的心态，但机会都是掌握在你们自己手里，别人就算给也要看你们的真正实力。你们今天将方案都带来了，这点我很欣赏，不过有些事还是要讲究公司程序。"

庄暖晨手指紧紧攥着："如果我们将方案直接送到企划部，那么结局肯定是被扔出来，江先生，你是商人，应该很清楚时间的宝贵性。"

江漠远没立刻作答，随手端起咖啡杯喝了一口，放下："目前，我可以肯定德玛的诚意。"

"只是诚意？"她难以理解他的心思。

夏旅转头看着她，眼里费解。

她敏感察觉，赶忙调整了语气："江先生，我不明白你的意思。"

"想听我的意见吗？"

"当然。"她迫不及待地说。

"首先，我很欣赏德玛的办事效率，能够在短短时间里先出一套初步方案实在不容易，但是，"江漠远话锋稍稍一转，"只能说这套方案在宏观上做得很好，但标维真正需要什么你们并没找到。"

她拧着眉："可你并没有仔细看方案。"

"相信我，我绝对尊重你们的劳动成果。"江漠远态度坚定认真。

"我们只想争取一个平等的机会，德玛有足够能力来了解标维究竟需要什么。"

江漠远略做思考："这样吧，方案你们先拿回去，至于德玛，我会考虑一下。"

庄暖晨见他下了逐客令，也不想再强求什么，只能离开。

出了大厦阳光有些刺眼，她遮了遮眼睛，心头却堵了一口气："夏旅你没事吧？平时跟客户谈不拢的时候你恨不得祖宗三代地骂，刚才没声了？"

"看在他那么帅的分上我忍了啊。"夏旅笑道。

"不过是长得顺眼点而已。"

"你不懂，内外兼修的男人才是最迷人的。"夏旅手舞足蹈。

"夏旅同志，你要清醒地认识一点，再好看的皮囊终有衰老的一天。标维是他的吗？不是，他不过是首席执行官而已，换句话说他只是行政总裁，是要向董事局交答卷的，做不好的话照样卷铺盖走人。"

"你说话真恶毒，比起陆军，江漠远已经站在浪尖上了。同志，将心比心啊，他看上去顶多三十几岁吧，前路可期啊。"夏旅瞪了她一眼。

"你倒是一门心思为他说话啊，不想想我？！"

"那是因为我不担心你，哎，庄暖晨，"夏旅顶了她一下，"老实交代，你们是不是早就认识？"

庄暖晨一激灵："别瞎说了，我都头疼怎么跟梅姐交代呢。"

"哎，等等我，你转移什么话题呀？"

周五晚高峰，车流像洪水般漫延，无论是出京方向和进京方向全都堵死了。

庄暖晨看着脚下的车水马龙，脑子里却乱成了一团，梅姐去见客户一直没回公司，她也不敢轻易离开，就在刚刚又接到了姑姑的电话，不到八点钟她就开始催促。

周五假扮情侣的计划应该流产了，世事弄人，只是短短几天时间，她和江漠远的关系又来了个翻天覆地的转变。她情愿跟他没有太多交集，这样今晚上也能在姑姑面前顺利过关。

正想着手机响了，庄暖晨以为是梅姐，谁知看了一眼来电显示后愣怔了。

庄暖晨气喘吁吁跑到公司楼下的时候，江漠远正靠在车旁抽烟，见她下来了转身将烟熄灭。

"你怎么来了？"

他应该是从公司直接出来，身上还是那件深灰色衬衫，不知是不是因为夜色，此时的他看上去倒不那么疏离了。

"不是去你姑姑家吗？"江漠远拉开车门，将副驾驶位上的西装外套放到了后座上跟她说了句，"上车吧。"

她下意识说了句："我还得等梅姐。"

江漠远看着她眼神略显深远，淡笑："别等了，走吧。"伸手将她推进了车里。

她头一次见到能够在优雅中还透着强势的男人，江漠远就是如此。她不是没坐过他的车，但都是司机开车，她和他坐后面；今天他是自己开车，同样是坐在他身边，只不过是多了异样。

"没想到你会赴约，我以为你忘了。"忘了是其次，她以为他会因公事避嫌。

"我答应你了。"江漠远轻轻一笑，"安全带系好。"

车座上还残留着西装外套的清新气息。车开后她问了句："为什么？"

她其实是感动的，忙得连午饭都没有时间吃的人却能记得对她的承诺，这令她对他开始重新认识。

"什么为什么？"江漠远稳稳握着方向盘转了一个弯。

"其实你今晚完全可以不用履行承诺。"

前面红灯，车子缓缓停了下来，江漠远没说什么只是淡淡笑着。

庄暖晨见他不说话，又鼓足勇气问他："标维究竟需要什么？"既然人就在身边，她倒不如问个明白。

江漠远转过头看着她，神情没太多浮动。

她强迫自己跟他对视，这么久了还是第一次如此近距离地看他的眼，墨黑如夜，深邃如海。

但这种感觉很快就消失了，他的唇角扯动了一下，在红灯和绿灯转换的前一秒突然抬手搭在她的后脑轻抚了一下："工作上的事别着急，慢慢来。"

她微愣，他的动作温和，让她恍惚有了一丝被宠溺的感觉，随后自嘲：庄暖晨，你瞎想什么呢？很显然他并不想谈公事。

姑姑居住的小区最近在修路，所以通往小区的路比较狭窄，快到小区的时候，庄暖晨提议将车子停下来。

"你的车太招摇了。"其实她是怕姑姑太八卦。

江漠远倒是听了她的，将车子停在了路边，熄了火："那就走过去吧。"

两人下了车，庄暖晨见他从后备箱里拿出一些东西来倍感奇怪。

"我总不能空着手上去吧！"江漠远笑了笑。

庄暖晨没想到他会如此细心，赶忙说："不用拿这么多的。"说完从中挑了个果篮，"拿这个就行。"

"只拿水果？"

"是，水果就行。"

江漠远也不好勉强，便提着水果篮跟着她深一脚浅一脚地走进尘土飞扬的小路。

"一直有个问题想问你。"她道，"上周五，你为什么会在我表哥的酒店里做服务生？"

这个问题纠缠了她好多天，以前不知道他的身份也就不方便盘问，可现在她知道他擅长资本运作，难道程少浅那天的话就是针对他说的吗？

她以为他不会痛快回答，没想到江漠远微微一笑："有个远房亲戚在你表哥的酒店工作，那天我原本是去看他，没想到那小子忙着谈恋爱想要翘班，硬拉着我替他做了一天服务生。"

这个回答有些出乎意料。

"还有什么问题吗？"

"没了。"也许就是一场误会，她抬头看了一眼楼上，"上去吧。"

不到万不得已，庄暖晨是不愿踏进姑姑家的，就像今晚。

"暖晨啊，这就是你男朋友吧？"姑姑的高嗓门，一双精明的眼像是 X 光似的上下扫描着站在门口一身西装革履的男人。

江漠远唇角泛起微笑："您好。"

"啊，好好，这小伙子长得真精神，快进来。"姑姑伸手便将江漠远拉了进来。

庄暖晨跟着走进来，被姑姑一把扯住，指着她的脸大嗓门又开了："你瞅瞅你，化成什么鬼样子？"

江漠远朝这边看了一眼，她头皮一紧，不接话茬，但愿今晚上能好过点。

"阿姨，这是给您和叔叔带的水果，不成敬意。"江漠远礼貌有加，将水果篮递上。

姑姑上下打量了一下他又看了看水果篮，半天才接过来："哦，暖晨她表哥天天往家里送水果，吃都吃不完，你还浪费这钱做什么？"

庄暖晨马上岔开话题："姑父呢？"

"你姑父做饭呢。"姑姑扯开嗓子喊了句,"老颜啊,暖晨他们来了。"

系着围裙的姑父从厨房走了出来,一手拿着菜勺热情招呼:"呦,外面堵车吧?你姑姑不到六点就开始着急,就盼着你们来呢!到家就好,小伙子,别拘着,一会儿尝尝我的拿手菜。"

江漠远是挨着庄暖晨坐着的,见姑父出来后又站起身,温润有礼地回了句:"谢谢。"

姑姑走上前一把将姑父推进厨房喝了一嗓子:"赶紧做你的菜去。"

庄暖晨将江漠远拉坐下,低声:"姑父做西餐的手艺超棒,不过他最擅长的是做官府菜。"

"那很厉害。"江漠远轻轻笑着。

她不再说话,其实她早就后悔将江漠远带过来了,姑姑人倒是不坏,但就是太势利,说话犀利毫不留情。姑父就好多了,骨子里有着老皇城人的乐观和开朗,最喜欢的就是古董,退休后没事就去潘家园逛逛,要不就跟一些古董行业的人瞎贫。她喜欢跟姑父接触,人简单,相处起来自然就融洽。

她现在担心一会儿姑姑不知道如何刁难江漠远。

身边的男人像是读懂了她的心思,拉过她的手十指相扣。她一怔,抬头看他,他轻笑,目光沉稳充满力量。

心口像是被什么东西撞了一下似的,她马上收回目光,脸却发烫。

开饭的时候姑父拿出了茅台,庄暖晨一脸担忧,高度酒啊,他行吗?

姑姑却开始了"盘问"。

"小伙子,怎么称呼?"

"江漠远,阿姨叫我漠远就行。"

"小江啊,今年多大了?"

"三十二。"

庄暖晨转头看着他,她还是头一次知道他的年龄。

"三十二岁了?"姑姑上下打量着他,"你离过婚?有没有孩子?"

"姑姑,您说什么呢?"

"我问问怎么了?三十二哪有没谈过恋爱的?离婚的一抓都能抓一大把呢。"姑姑瞪了她一眼。

她尴尬极了,身边的江漠远却只是淡笑:"我是单身。"

他的嗓音轻柔干脆,她的心却没由来地蹿动一下。

姑父对于这番盘问不满意,一个劲撺掇江漠远尝尝他的手艺,又给他满了一大杯的酒,吓得庄暖晨肝颤,她可从没怎么见过他喝白酒。

035

江漠远轻揽了她的肩膀笑道:"这杯的确应该干了,叔叔亲自下厨辛苦了,来,这杯我敬您。"

他的爽快令姑父满意,干了杯中酒,话匣子也就打开了:"小江啊,别看我现在退休了,可不少餐厅一天三次地来请我。嗨!我就偏不去,好不容易退休了,我去受那个罪?你平时喜欢什么啊?对古董有研究吗?给你看样好东西。"

姑父说着撂筷起身走进书房,没一会儿就抱出个烛台来。

江漠远接过来看了一眼:"绿琉璃黄地粉彩浮雕花叶纹烛台,的确是好东西,如果推断没错的话,应该属于祭天器物,出自紫禁城内的宫廷艺匠之手。"

庄暖晨诧异地看着江漠远,古董他也懂?

姑父乐得直拍脑袋:"你年纪轻轻竟然一眼能够认出物件真是厉害,我在你这个年龄可没这么大的本事。既然你对这个物件这么了解,估个价。"

"这个,"江漠远仔细看了一番,看向烛台底时眉梢挑了挑,"物件是上品,只可惜烛台底有磕碰,起码在原价值上折了十万。"

"厉害!"姑父拍了一下他肩膀,"古董鉴定师也是这么说的,唉,不过我也想了,就算没有磕碰,就算是天价我也不卖。小伙子,你懂得不少啊。"

"过奖了,只是家父也对古董感兴趣,我也是跟着凑点儿热闹。"

"是吗?那有机会一定要跟你父亲切磋一下了。"

姑姑这边可算找到了机会,马上问:"小江啊,你父母是做什么的?"

又来了……

庄暖晨头疼。

江漠远十分有耐性:"家父家母只是自己做点小生意,现在二老都退休了,没事可做。"

"哦。"姑姑上下打量了一下他,目光落在他的裤脚上,"你没开车进小区吗?"

庄暖晨顺势看去,原来江漠远的裤脚沾了灰尘,不仅是他的,她的裤脚上也有。小区门外修路,他们是一路走过来的,裤脚沾灰也是正常。

"没有。"江漠远如实回答。

"没买车啊?"姑姑误会了他的意思。

"姑姑——"

"那房子呢?"

江漠远浅笑："在北京我没买房子。"

姑姑拉过庄暖晨小声呵斥道："你搞什么？找个年龄大的不说，没房没车的！你跟着他喝西北风啊？不说那个镶金边的程少浅，就单拿顾墨，这小子也赶不上他一半儿啊。"

"姑姑，您没事老提他干什么？"庄暖晨心头一沉。

客厅的门开了，颜明从外面走进来将车钥匙往旁边一扔："家里来人了？"

庄暖晨心头一咯噔，一下子想起了那晚表哥见过江漠远。

姑父高兴地扯了一嗓子："难得你这小子周末回来。"

姑姑走上前，拿过他的公文包迫不及待说了句："回来得正好，暖晨带着男朋友过来了。"

"是吗？那我得看看。暖晨——"颜明一听起了兴趣，快步走进餐厅，在见到江漠远后微怔。

"哥——"她起身，有些没底气地叫了声。

江漠远也起身，平静淡然："你好。"

"你……"颜明看着他只觉得眼熟，一时间却想不起在哪见过。

江漠远朝他伸手："我是江漠远。"

颜明伸手与他相握，死死盯着江漠远看。

庄暖晨的心都提到了嗓子眼上。

"颜明啊，你还愣着干吗？"姑姑新添了一副碗筷。

这话刚落就听颜明惊呼一声："我想起来了！你不就是我酒店里的服务生吗？"

庄暖晨最怕的事情还是发生了。

姑姑最先反应了过来："小江是做服务生的？"

"没错，他就是我们酒店的服务生，我说看着这么眼熟呢？"颜明气得一拍桌子指着庄暖晨，"你拒绝程少浅是不是就因为他？你脑袋短路了？"

"原来如此啊——"姑姑不依不饶，"我还想这都多大了怎么还一穷二白，原来是做服务生的！暖晨啊暖晨，不是我说你，你表哥给你介绍有房有车的你不要，偏偏看上一个服务生，你看上他什么了？顾墨家境都比他强，你让我怎么跟你父母交代？"

她有口难言。

"哎呀，我说你也让暖晨说句话啊。"姑父心疼庄暖晨。

姑姑的嘴巴像是炒豆子似的不停，态度强硬："好，你就给我一句准秤儿的话，你是不是就非他不可了？"

"你们别这么不讲理行吗？"她连跳楼的心都有了，江漠远何罪之有啊！

"你——"

"两位言重了。"江漠远不动声色地将庄暖晨拉到自己的身后，"照两位的观点，结婚生子只能是有钱人才有的特权？据我所知，颜先生也是从服务生做起的，现在怎么反倒瞧不起服务生了？"

颜明盯着他："你跟我比？你以为自己有多大能耐能跟我比？不说以后，就拿现在来说你能给暖晨幸福吗？能吗？"

"哥，你别逼他了。"庄暖晨实在看不下去了，"他其实是——"

"我可以给她幸福。"江漠远淡淡说了句。

她惊愕地看着江漠远的侧脸，这也太入戏了吧？这家伙绝对是个好演员。

颜明伸手拿过桌上的茅台咣当一声放在江漠远面前："说得冠冕堂皇，好，你今天把这瓶酒喝了我就没意见！"

"哥，你这是做什么？"庄暖晨吓了一大跳。

"我这是为你好！"颜明指着酒瓶子，"我就看看他有没有这个魄力！在社会上拼，想要往上爬，你总要学会应酬吧？"

姑姑火上浇油："你哥说得没错！"

"我说你们就别为难他们两个了。"姑父无奈。

颜明直盯着江漠远，与他对峙。

江漠远没说什么，伸手就拿起酒瓶。

庄暖晨上前一把夺过酒瓶，瞪了他一眼低语："逞什么能啊？"说完看向姑姑和颜明，"我喝，你们别为难他。"

折腾得酒劲彻底散了，叫了代驾，江漠远一路抱着庄暖晨离开了小区，凭着印象让代驾开着车找到了她居住的小区。

熄了火后，待代驾离开，他转头看着身边的女人。精致的妆容经过一整天的折腾淡了不少，显得有点楚楚动人了。她的脸颊酡红，这是她豪爽地喝下几口高度白酒的战果。

半晌后，他唤了句："暖晨？"

她睁眼，头昏脑涨，好半天才发现自己不知道什么时候已经在车里，身上还盖着一件男人外套。

江漠远拿过一瓶矿泉水拧开瓶盖后递给她："喝点水清醒一下。"他以为她酒量很好，没想到只是几口就醉了，竟还说他逞能？

"谢谢。"她咕咚咕咚喝了几口，这才缓了神。

江漠远靠在车座上："你还挺女中豪杰的。"茅台啊，说喝就喝。

她豪气万丈："今天让你受委屈了，实在不好意思，不过你还挺仗义的。"

江漠远被她逗笑，心里泛起一丝异样："我送你上去。"

"真当我醉了？"她懒洋洋一挥手，"我只是头有点晕，又不是醉得不省人事，今天谢谢你啦。"庄暖晨将身上的衣服递给他。

江漠远说了句没事接过外套直接放到前车座上。刚一偏身手臂却被她给拉住。

"能可怜可怜我吗？"她的神情一转。

江漠远忍不住问："你要我怎么可怜你？"

庄暖晨眨着醉蒙蒙的双眼看着他："提醒我一下就行，标维到底要什么？"

江漠远一愣，这女人的脑子究竟什么构造？喝醉了还不忘工作。

"拜托，否则我会死的，我死了你还要重新找个拍档，还要重新磨合，多浪费时间呀。"摇了摇他的手臂，"求你了。"

这轻轻一摇，就如同石子滑入了心湖，漾起清清浅浅的涟漪。

她的要求十分不合理甚至近乎赖皮，可他非但不觉得厌恶反而心生恻隐，叹了口气妥协："情感诉求。"

"情感诉求……"庄暖晨将手指叉进头发里皱着眉头。

江漠远一时间竟担心她因为醉酒而忘记。

"啊，我明白了！"她突然愉悦，近乎手舞足蹈，"我知道方案怎么做了！"

江漠远唇角微微上扬，思考了一下后开口："方案好好做，这样在竞标中才有希望。"

"你的意思是标维接受德玛的竞标请求？"

江漠远以笑默认："机会给你了，能不能脱颖而出就看你们的本事了。"

"放心，我一定不会白白浪费这次机会的！"她乐疯了，"今晚我就做方案。"笑嘻嘻地要开车门。

江漠远拉住她，身子前倾替她解开安全带："今晚好好休息，什么都不要做了。"

她的心随着安全带的解开而蹿跳了一下。

"谢谢。"她低头说了句。

江漠远微转侧脸看着她，似笑非笑："要怎么谢我？"

"啊？"她抬眼。

两人的呼吸一时间也胶着成一团，一向正派优雅的男人一旦有了痞态着实可怕。

头晕晕沉沉，心也聒噪起来，她不清楚是酒精作用还是什么，心底却隐隐有种预感。紧跟着，预感应验了。

江漠远低头吻下来的时候，她听见大脑嗡地一声响，紧跟着空白一片，呼吸不畅。

江漠远是清醒的，很清楚自己在做什么，察觉怀中女人后缩，他伸手扣住她的后脑。

这一吻变得越来越危险的时候，她没由来地惊恐，用力将他撑开："江先生，别这样……"

江漠远没抽身离开，依旧将她锁在怀里，她避不开，悄悄探出手摸索着车门。

他低问："顾墨是谁？"这个名字从她姑姑口里听到过，又在颜明嘴里吐出过，不错的名字，他却见她情绪有了变化。

她轻颤一下，下意识扭开脸，他却扳过她的脸，逼她不得不看着他。

她心里慌乱不知所措，也许他并不像表面看上去那么温和。可是，他也没权力明晃晃地解剖她的内心。

"很晚了，我、我要上去了！"她迅速打开车门，逃似的跳下了车。

身后是车门关上的声音："站住。"

她整个人杵在原地，见他朝她走过来，后退了几步。

她的警觉令江漠远哭笑不得，站在原地温和地看着她："包不要了？"

庄暖晨快速上前拿过男人手里的包："谢谢。"转身要走。

江漠远伸手拉住她："我送你上去。"

"不，不用了，江先生，你、你也早点回去休息吧。"她挣脱他的手飞快跑远了。

夏旅出事的时候庄暖晨正好完成手上的工作回到公司，艾念拿着一包零食扔给她，拉过转椅在旁边坐了下来："夏旅这次悬了。"

"她怎么了？"

"她把客户给得罪了，那个万德，知道吧？"

万德是一家专做体育器材的公司，活动策划一直是三部负责的，这个项目不是很大，只是因为跟德玛合作有一年了，今年续约的话其实就是进行品牌维护。

"万德的负责人今天来谈续约，安琪就把这个项目交给了夏旅。那个负责人在跟夏旅商谈的时候动手动脚的，你也知道夏旅的性子，刚开始还出言劝阻，再后来干脆翻脸了，把合同往桌上一摔，跟客户说了句'滚，我不做你的单子了！'万德的负责人当然咽不下这口气，直接就找到程总投诉，刚走没多久，闹得公司上下都知道了。"

艾念压低了声音："说实话，夏旅还真是给咱们乙方争口气，我们是凭专业能力做事，别以为做公关的就是卖笑。"

庄暖晨可以想象夏旅大发雷霆的模样，万德有多难伺候是众所周知的，一个方案反反复复不通过，负责人今天这种想法明天又换种想法，传播组出的新闻稿也经常被批得狗血淋头，要不他们就是经常大骂媒介部请来的媒体不够专业等等。

当然，这种难缠的客户已经司空见惯了，但最让人不能忍受的是万德负责人的品性。所有跟万德接触过、提案过的同事全都反感其这种动手动脚的行为，之前夏旅一直没有接触万德，没想到今天就点了导火线。

"这阵子真是犯太岁啊。"先是她一脚踩了雷，现在又轮到夏旅。

这个周末她过得几乎水深火热，江漠远"服务生"身份引发了她家前所未有的战争！

先是姑姑不依不饶地打电话继续炮轰，然后表哥亲自出马一路狂杀到家将她从被窝里拎出来，动之以情晓之以理地和她谈判。好不容易打发走了表哥又接到了父母的电话，二老更是声泪俱下，要求她必须要跟"服务生"断开关系，然后再试着跟程少浅相处一下。

短短一个周末，一听到电话声响她就肝儿颤。

那晚江漠远也打了电话，她没接，不是不敢，只是觉得发生了亲吻事件后挺尴尬的，这么一个一年多都对她彬彬有礼的男人突然有了行动，她还真无法当作什么事都没发生过。

"那夏旅人呢？"

"被程总叫进办公室了。"艾念担忧，"程总是新官上任，恨不得大刀阔斧整顿呢，夏旅倒好直撞枪口。暖晨，你说程总会不会炒了夏旅？"

艾念的担忧也正是庄暖晨的，这种事她怎么好预测呢？两人正焦灼，夏旅拉着脸从程少浅办公室出来，两人赶紧上前询问情况。

"爱怎样就怎样，我本来就没错。"夏旅说着眼圈就红了。

庄暖晨和艾念也不清楚程少浅到底跟她谈了什么，一时间不知怎么安

041

慰好只能给她递纸巾，静静等她哭完。

"程总什么意见？"好不容易等夏旅情绪稳定了些，庄暖晨轻声问了句。

"他只是了解了一下情况，还说要跟安琪谈。"夏旅抽泣。

话音刚落下，就听到一阵急促的高跟鞋声，紧跟着是安琪的惊呼声。

"夏旅没事吧？"她快步蹿了过来，安慰道，"我才知道这件事，放心，你是我带的人，我绝对不会让你背这个黑锅。我现在就去找程总，如果为了这件事他要炒你，我一定得跟他理论理论。"

"安琪……"夏旅哽咽。

"放心吧，没事。"安琪拍了拍她的肩膀，快步走向程少浅办公室。

身边的同事炸了锅，议论纷纷。

艾念伸手搂着夏旅："放心吧，有安琪挺你呢。去洗把脸吧，妆都花了。"

趁着她去洗脸的空当，艾念忧心忡忡地对庄暖晨说："你说安琪能说服程总吗？"

"应该可以吧。"其实她心里也没底，要是王总在还好说，可这个程少浅底子到底有多深谁都不清楚。

高莹笑了笑："放心吧，安琪平时对下属都是笑眯眯的，她怎么可能看着下属受委屈？这事要换作是梅姐的话，那就不好说了，你们知道梅姐是铁腕——"

"你们很闲吗？"身后一道严肃的嗓音扬起，几人同时回头吓了一跳，是梅姐。

高莹的脸瞬间煞白。

"通知一部的人开会！"梅姐的态度冰冷冷的，吩咐了一句后转身离开。

良久后高莹才缓过神："完了，梅姐肯定听到了。"

"叫你平时口无遮拦的，开会吧。"庄暖晨打了她一下，抱起电脑笔记本走进会议室。

标维国际，足足四个小时的股东视频会议。

江漠远正襟危坐，在向各位股东通报上半年业绩数值后，时间已经到了晚七点。

标维是以汽车零件起家，最初只是家小公司。经过了几年发展，公司决定启动职业经理人的管理模式延伸产业链。江漠远在最初任职的时候，标维的老人见他年轻，也曾迟疑，但他上任没多久便开始大刀阔斧发挥他的集资、融资特长促使标维在最快的时间内自主上市。

标维国际的老人和第一批员工全都拥有了公司原始股，超过一定股额的股东成立了股东大会，虽说他们有时候对江漠远这个空降的行政总裁在态度上还抱有一些质疑，但在工作能力上他们并无异议。

"漠远，对于你所提出将标维定位为策略性投资集团一事，我们也整体考虑过，如果能够切实为股东和股民带来效益的话，我们当然没有意见；不过担忧还是有的，我们从上市那天起就相当于跳进了鳄鱼池，如果集团转型的话会不会带来太多风险？"视频中，一位老股东抛了个问题出来。

江漠远将身子倚靠在椅背上："上市本身就存在风险，没有风险大家如何赚钱？既然已经进了鳄鱼池，那么我们也只能做最大的那条鳄鱼，没得选择。标维实业要发展，就要增加有利的投资项目，这就相当于买了双保险。现在德玛集团和蓝光也纷纷上市，另外德玛集团今年的动静很大，有两个强大的竞争对手在赶着我们，我们只能进不能退。这件事本也很赞同，想必他已经很清楚地表达了自己的意思。"

本是标维国际的老板兼最大投资人，他在中国生活了一段时间，即使到了晚年也对中国念念不忘，这也是江漠远能够轻松说服他转战中国市场的原因。

股东们点点头，他们自然清楚江漠远的做事风格，表面温和，可雷厉风行的手段又快又狠，对投资市场有着敏锐的洞察力和果断的决策力。他就像是一头狼，永远在对方看不见的位置上极快地掠夺、侵占，且从未失手过。

"既然你提到了德玛集团，我想起了一件事。"另一位股东面色严肃，"今早上企划部通传了邮件，是你同意了德玛传播可以参与竞标？"

江漠远擎着下巴："是。"

视频另一边炸开了锅："按理说集团你在打理我们不应该操心，但这次你的做法太离谱了！先不说你个行政总裁去直接插手企划部的程序，单说对方是德玛传播你也不应该同意。你不会不知道德玛传播是隶属于德玛集团的吧？你更清楚德玛集团自从上市后就跟我们有了产业链上的交集和竞争，这个时候你选择和对头公司的乙方来合作是什么意思啊？这只是你的个人行为，本并不知道这件事！"

股东们众口一词，强烈反对江漠远的这个决定。他始终保持沉默，从容喝着咖啡，等到那头的情绪平复后放下杯子："各位，说完了吗？"

一时间，股东们被他的态度弄得有点尴尬。

"我们需要一家本土经营又具备国际背景的品牌包装机构作为合作

对象，这类机构是不少，但能够符合我们条件的就只有德玛传播和奥斯公关。"江漠远的声调不高却具备十足权威性，"奥斯公关的前身是广告公司，经过收购内地公关公司进行扩大规模后迅速发展，的确可以与德玛传播的公关资源相提并论，但德玛传播具备了奥斯甚至是我们标维都无法拥有的两大优势，其一是政府关系，其二是财经公关。"

说到这儿他顿了顿，敲了敲桌面，一针见血地指出问题所在。

"中国人做事一向讲究人情关系甚至是政府关系，这也是很多外企无法在中国市场存活的原因，所以德玛集团才收购了内地传播机构作为自己的下属公司。而我们跟德玛传播公司合作目的就是为了借势，打开这层人情关系网。财经公关是我们最需要的手段，标维的转型也需要配合财经公关来施行，德玛传播完全有能力调整上市公司和投资者之间的关系，围绕着投资人的形象做一系列的公关推广活动。持股人的信心增强了，标维在中国市场上才能站稳脚跟。"

"漠远，你要考虑到标维和德玛在国际上的竞争关系。"

"做生意又不是结仇家，往往都是难为知己难为敌，相同利益下也未必一定要争个鱼死网破，借势而为也是一种相处手段，上市后更要如此，谁的头脑够冷静谁就能成为池中大鳄。"江漠远道。

"江漠远，你在生意场上是有手腕，但在做什么决定之前是不是要跟我们股东商量一下？至少要让老板知道吧？"

"本那边我会亲自打电话沟通，标维在进入中国市场之初也的确考虑过德玛传播，说明本跟我不谋而合。"江漠远耐着性子说了句。

"这么说，公关竞标也不过是个噱头了？"还有股东紧揪着这个问题不放。

江漠远的身子微微前倾，严肃道："我再强调一遍，德玛传播不过是获得竞标权，至于究竟哪家能够成为标维的合作伙伴，这就要他们各凭本事了。"

会后，周年略感担忧地说："本和南老爷子这几年斗得挺厉害的，他会接受你的建议吗？"

江漠远起身拿过外套穿上："本要的很简单，他只想赚钱，南老爷子动用程少浅一事本已经知道了。虽说我的确倾向于德玛传播，但最后这家公司能不能胜出我也不敢保证。"

周年点头。

"饭局是几点的？"江漠远问了句。

周年抬腕看了一看："我们现在赶过去就差不多了，发展银行的许行长已经在路上了。"

"走吧。"江漠远点头，上市后铺好银行关系是关键。

一场新闻发布会把庄暖晨累得半死，媒体散了后她便趴在记者席上。

这几天她既要跟着活动执行跑超市，又要完成手里负责的品牌发布会，更重要的是标维的案子，连续加班已经让她悬得只剩半条命了。

由于人手不够，二部总监慷慨借出艾念等人前来帮忙。夏旅也来了，看上去心不在焉的，公司对她的处理意见还没尘埃落定。

场地收拾得差不多的时候，艾念走过来："发布会完事了，你们部门晚上不出去庆祝一下？"

庄暖晨懒洋洋地抬头："梅姐恨不得让我们拿出二十四小时来工作，哪来的庆祝啊？真有那个庆祝时间我宁可回家睡觉。"

"你呀！总是两点一线的哪能找到男朋友？多出去聚会嘛！"艾念碎碎念，"实在不行我给你在电视相亲节目上报个名吧？"

庄暖晨斜眼盯着她："你说真的？"

"真的啊。"

庄暖晨伸手扒拉了一下她的脸。

"干吗？"

"给你嘴角贴个痣你就是王婆啊。"她认真地说了句。

"去你的。"

两人正说笑身后传来一声："请问哪位是庄暖晨小姐？"

庄暖晨回头一看，眼珠子差点惊出来——是个男人，抱着大束配着米兰草的白玫瑰。也太招摇了，所有同事见了立马八卦地围了上来，弄得庄暖晨好生尴尬。

"给我的？"她已经好多年没有收到鲜花了，是哪位这么有闲情逸致来消遣她？

签完字后同事们纷纷好奇，庄暖晨将花放到一边，拿过花束中央的精美卡片，卡片上没有任何的祝福语，只落款一个名字，钢笔字苍劲有力，她愣住。

"我看看是哪位真命天子。"艾念一把夺过卡片。

"艾念，别——"庄暖晨起身去夺但已经晚了，她看到艾念盯着落款上的名字有明显的愣怔。

花是江漠远送的，落款江漠远三字。

"艾念……"

艾念没等她说完话却将卡片一合，大声说了句："连个落款都没有，我说这个送花的也太粗心了吧？"

八卦的同事们纷纷笑场，看挖不出什么料来也就散了。

庄暖晨心生感动，拉过艾念的手轻声说了句："谢谢你。"

艾念压低了声音咬牙切齿："这件事你得一五一十地交代清楚，刚认识怎么就送花了？"

她刚要开口，手机却适时响了。

"找时间我再跟你解释。"说罢，她匆匆走到角落里接通了电话。

手机那头听上去很安静："收到花了吧？"

"收到了，可我不明白你的意思。"

"只是不想让你躲着我。"他补上了句，"为那晚我的行为。"

"我才没有躲着你呢。"她的心差点到嗓子眼。

"没有吗？"

庄暖晨尴尬："总之，谢谢你的花。"

"喜欢就好。明晚有个商宴，你准备一下，八点我来接你。"

她眼前浮现出他的脸："我能不去吗？"一年多，她第一次没有对他顺从。

"为什么？"

"竞标马上就要开始了，我不想耽误时间。"其实她明白，真正让她逃避的就是那晚他的行为。

"商宴没多长时间，我们提前走也没有关系。"他的声音听上去永远风平浪静，"这样吧，明晚你陪我出席，你欠的房费全免，怎么样？"

"真的？"

"真的。"

"这话可是你说的，不准反悔。"她再确定一下。

"放心。"

挂断电话后，她有种想飞的感觉，果然是无债一身轻。

不过等等，江漠远送花的目的，是跟她道歉吗？

江漠远挂断电话后，周年不可思议地看着他，良久后才将文件放到他面前："庄小姐欠江先生你的钱吗？"

"是她自己以为欠我钱。"翻开文件，江漠远摇头忍不住笑。

周年微微挑眉："是上次在云观的时候？"他听到"房费"二字。

"嗯。"

周年明白了，笑了笑。事实上是江漠远与那边有交情，那晚因为庄暖晨突然昏了过去，负责人知道她是江漠远带来的便特意调出一套空房，并无所谓的房费。见江漠远提到庄暖晨的时候心情尚好，周年便试探地说了句："庄小姐是挺可爱的，这点跟沙琳小姐不一样。"

江漠远拿笔的手停滞一下，但一瞬便恢复平静，大笔一挥在文件上签下名字。

长安街的红灯又连成了片。

电脑前，庄暖晨戴着夸张的大耳机听着重金属，却盯着桌上的大束玫瑰发呆，从发布会现场回到公司，她只发了两封邮件给客户，剩下的时间都在神游太虚。

其实这束花谁送都可以，可偏偏就是江漠远送来的，这着实让她感觉怪怪的，怪在哪里一时间又说不上来。

正想着，肩膀被人轻拍了一下。她吓了一跳，转头一看竟然是程少浅，赶忙摘下耳机慌乱起身："程、程总。"

程少浅见状也愣了一下："吓到你了？"

"……没。"

"你怎么还不走？"

庄暖晨看了一眼长安街："这个时间坐什么都会挤成半条人命。"

程少浅被她逗笑："那就跟我走吧。"

"嗯？"

"下属辛劳工作，上司请客吃顿饭似乎不为过吧？"

庄暖晨是典型的不喜欢跟领导走得太近的人，刚要婉拒，程少浅却伸手拉过她："走吧。"

她一时间没反应过来，被他拉走了几步后才恍然："等等，我的包。"

三里屯，北京夜生活的开始。

"这里的牛排不错，尝尝。"前餐撤下待主菜上来的时候，程少浅主动介绍。

两人选择了露天位置，复古的铁艺烛台，烛光在夜色中摇曳，现场的演奏乐队，悠扬的小提琴沁着光的影子，旋律拉长而空灵。

庄暖晨素面朝天："只是一顿晚饭要不要这么浪费啊？"

"人生苦短，所以要及时享乐。"程少浅说话间已将牛排分好放她面前。

"享乐是要钱的，领导。"她笑了笑，心里却在嘀咕着一件事，摆弄了几下刀叉道，"程总，能问件事吗？"

"有关夏旅的？"

不愧是做领导的，眼睛就是毒，她的心思有这么明显吗？

"你之所以答应陪我吃饭，不就是想问夏旅的事儿吗？"程少浅爽朗一笑，倒是一点领导架子都没有了。

"那我能问吗？"见他笑了，她忽然也没那么大的压力。

程少浅示意可以。

"公司不会开除夏旅吧？其实这件事一点都不怪她，那个客户真的很讨厌，跟他有过接触的同事没有不烦他的。如果因为这件事开除了夏旅，那么岂不是宣告对方的行为没错？我认为一点都不公平。"

她噼里啪啦地说了一大堆，程少浅只是悠悠喝着咖啡，待她音落，他笑道："对方有对方的不对，但处理办法有很多，夏旅选择了最极端的一种，进而连累公司丢了一个客户。暖晨，如果你是老板的话会怎么做？"

庄暖晨半晌没开口。

"有关夏旅的处理意见还没下来，所以你也不用那么着急，关心朋友没错，但要先将自己的事情完成。"程少浅语重心长说了句。

她心里嘀咕着，剥削者就是剥削者，这几天她都快累得吐血了，他倒好，只轻描淡写的一句话就交代了。

"想什么呢？"

庄暖晨吃得没滋味："程总，你是不是早就认识江漠远了？"

"我觉得工作之余，你可以叫我的名字，程总？这个称呼太见外了。"程少浅突然说了句。

庄暖晨笑得尴尬，没叫出口。程少浅也不为难她，接着她刚刚的问题答了句："之前跟江漠远打过交道，所以那晚有点奇怪。"

"可你那晚说什么让我表哥注意点之类的话……"

"也许是我想多了。"

她这才将心放进肚子里。

"暖晨，该轮到我来问问题了吧？"程少浅拿起餐布优雅地擦了一下嘴角，眼中带笑。

庄暖晨疑惑地看着他。

程少浅身子微微探前："有没有想过，其实我和你可以试试。"

"试试？试什么？"她脑子没转过来。

程少浅勾唇："试试在一起，试着谈恋爱。"

她手一颤差点把饮品打翻："程总，别开玩笑了。"

"这怎么是开玩笑？"程少浅笑了笑，"我未婚你未嫁，在一起很正常。"

庄暖晨盯着他半天没开口，程少浅也没有移开目光，平静地与她对视。

良久后她忍不住笑："我知道了，那天晚上让你很没面子对不对？这样吧，我跟你道歉还不行吗？别消遣我了，领导。"

一句"领导"叫得程少浅略显无奈："你有喜欢的人？"

一针见血，扎得她心头生疼，眼神转暗："不是喜欢，是爱。"

程少浅心里有点不舒服："是怎么的一个人？"

"一个很好很好的人。"她喃喃，这还是她第一次在异性面前提到自己的曾经，"我和他是大学同学，我很爱他。"

就在庄暖晨无法摆脱那晚暧昧的阴影时，与江漠远的商宴之行还是如期到来。

江漠远接她时拿了块芝士蛋糕给她。

她是典型的无甜食不欢，尤其是在饿着肚子的情况下，因此一把夺了过来，她早就把对江漠远的紧张和尴尬抛在脑后，一口下去，蛋糕没了大半块儿。

司机抬眼惊了一下，刚才江先生亲自下车选的蛋糕，他还以为是江先生吃，原来是给庄小姐准备的，不过她的吃相有点一言难尽……

她吃得很痛快，整个过程江漠远一直饶有兴趣地看着，见她消灭了一整块蛋糕后揶揄："我还是头一次看到有女孩子只用三口吃完一块蛋糕。"

庄暖晨最后一口吃得太急顶住了，江漠远给她喝了几口水。气喘匀了她才心满意足地咂了咂嘴巴："没吓到你吧？"

"有点。"江漠远倒是实话实说，在他印象里她吃东西一直是斯斯文文的。

"啊？"

"怎么了？"这个样子很好，不做作不矫揉。

她哭丧着脸："你知道吗？网上流传了一句话挺经典的：'当一个女人把所有丑的面貌都暴露在一个男人面前时，她除了嫁给那个男人就只有杀了那个男人。'"

江漠远被逗笑："那你是准备杀了我还是准备嫁给我？"

她心口猛蹿一下，原本也就是闹句笑话，可这么一句原本玩笑的话得到的回答却令她慌乱。

见她面露尴尬，他也没再继续刚刚的话题，车子拐了个弯后江漠远从公文包里拿出个长方形的精致盒子递给她，打开一看，竟是条手链。

"送我的？"她愣住，他头一次主动送她东西。

江漠远笑而不语，为她戴上。

手链采用宝石和粉钻相组成，以山茶花的纯洁动人为灵感，用宝石雕刻成晶莹剔透的花卉形状，花瓣以轻盈舒展的姿态在手腕间绽放，花冠嵌着一颗罕有的粉钻更是增添了腕间的灵动。

"很好看，戴着吧。"

车子一路开进一处私人会所，会所外面没有任何的标志，但进去了之后却是一派新的世界。

虽然看上去是小型聚会，但能够在这里露脸的均是各界精英，庄暖晨看得眼花缭乱，这次宴会的嘉宾似乎比以往的来头更大。

江漠远简单应酬后揽过她的腰："去那边拿点吃的吧，不用陪我。"

男人温热的语息落在耳际有点痒，她点头微笑离开。宴会上他从不忌讳跟她上演暧昧，她早就习惯了不是吗？可为什么今天觉得心里惶惶的，只因为他有点不同寻常？

以往，是司机接送；

以往，单独相处时她和他很少说话；

以往，他不会送她花和礼物；

以往，他不会关注她有没有吃东西。

宴会厅有些嘈杂，正准备拿水果的庄暖晨瞟了一眼后吃惊，南老竟也来了，敢情这场宴会还真不简单。

南老，她只在财经杂志上见过，这位是收购了她所在的传播公司进而成功进军中国市场的华裔企业家。听说集团在收购德玛传播之初，这位老人专程回国视察过，但当时她还没进公司，没能一睹他的风采，没想到今天在这儿遇上了。

南老精神矍铄，走路的时候身子挺得直直的，备显企业家不服输的精神。

很多人上前与他打招呼问候，他只是微笑点头，最后走向江漠远。庄暖晨好奇地看着这一幕，又觉得站在南老身边的女人背影眼熟。

端着果盘尽量靠近他们，不是她想偷听他们在讲什么，只是纯粹地想要靠近她的偶像南老。集团最大的老板近在眼前，她怎么可能不兴奋？

两人小声聊大声笑，具体聊了什么她也听不清楚，只是隐约听到南老问了江漠远一句："小江啊，有没有过来帮我的打算？"

"南老别取笑我了，您手下人才济济。"

南老语气略感遗憾："标维给了你什么好处？"

"欠别人的人情总要还的。"

南老在他肩膀上拍了拍，像是无奈又像是赞叹："你呀你，跟你父亲一模一样，不过你江漠远更是青出于蓝啊。"

"南老过誉了。"

庄暖晨惊讶，江漠远究竟欠了什么人情？

正想着又听南老身边的女人开口了："江漠远，我父亲请了你几回了都拒绝，真是无情。"

江漠远礼节性地说："两位不好意思，我还有事，失陪一下。"转身看向庄暖晨这边，唤了句："暖暖。"

暖暖？

叫得太暖昧了吧？想来这次是拿她做挡箭牌了。

放下水果盘，庄暖晨上前，他顺势将她揽在怀里，动作亲昵自然。

"庄暖晨？怎么会是你？"女人一脸的不可置信。

她一愣，目光落在女人脸上也转为震惊，南优璇！怎么会是她？

岁月是雕琢人的利刃，再见面后，她和南优璇全被刻成了妖艳妩媚，曾经的单纯天真早就如同水银泻地，不留一丝痕迹。

她恍惚回到了大学时代，南优璇身穿梨花般洁白的长裙，细碎的阳光落在她的发丝，美得像个洋娃娃。

"嗨，你叫庄暖晨？很温暖的名字啊。"

当时的南优璇也很温暖，声音温暖，笑容温暖，庄暖晨知道她应该出身不错，可没想到她的父亲竟是南老。

"庄暖晨，如果不是跟你一起参加过大学舞会，今天我还真认不出你来。"南优璇眼里有冷笑。

庄暖晨哑口无言，是她大意了，她以为化上妆判若两人后便可以假装陌生人，她差点忘记，大学时期的第一次舞会就是南优璇为她化的妆。

"好巧。"她好半天才吐出两个字。

"是好巧，巧得很啊。"南优璇脸上带笑，言语不善。

"优璇，你朋友？"南老笑呵呵问了句。

"她是我大学时期的小学妹。"南优璇盯着庄暖晨，"世界真是小啊，没想到咱们还能见面。庄暖晨，六年前你抛下顾墨原来就是想攀高枝啊，你想得够远的。"

庄暖晨死死攥拳。

"不好意思，我们还有事，先告辞。"江漠远不动声色开口，拉过她紧攥的拳头带她离开。

"庄暖晨。"身后南优璇撂下一句,"顾墨回北京了,你知道吗?"

她的脚步,蓦地停住!

男人亦停住脚步,低头看着她。

庄暖晨整个人杵在原地。

"来的路上我碰到他了。"南优璇的声音很冷。

一股锥心的痛迅速贯穿了庄暖晨的五脏六腑,这个消息太过意外,以至于她根本不相信自己的耳朵。

顾墨回来了,这么说,那次在机场看见的就是他?他就在附近?

"如果你还有良心的话就去跟他说声对不起,你根本就不知道,"南优璇冰冷地开口,"顾墨当时已经被清华择优录取了,可他为了你才选择了你的大学,甚至改了专业。"

"什么?"庄暖晨回头,满脸的震惊。

她从来都不知道,顾墨没有告诉过她。她以为,是她先爱上的他。

"走吧。"江漠远意外开口,体贴地揽过她颤抖的肩头。

他永远不急不躁、不愠不怒、平静如水,似乎所有的事情都不曾入他的眼。

就这样,她几乎是呆愣着被他拉出了会所,一片枯黄的叶子落地轻触脚踝时,她才有了反应。

"我送你回去。"

她的手指直发抖,摇头喃喃:"不、不用了。"转身跑出了会所大门。

霓虹灯下的街道,人来人往,庄暖晨提着裙角冲到马路上,紧跟着被身后追上来的男人拉住。

"放开我。"

"放开你做什么?满大街找他?"江漠远用力圈住她。

她仰头,几乎用哭腔哀求:"南优璇说刚刚才见过他,他没有走远,没有……"

"北京这么大你上哪去找他?听话,回家好好休息。"

庄暖晨发了疯似的推搡着他:"不用你管,放开我、放开!"

"就算被你找到又怎样?六年,足够将一个人彻底改变。"他微微抬高声调。

他的话似一盆冷水从高空泼下来,击垮了庄暖晨,她的眼泪就下来了。

是啊,六年了。

六年前,当她冷着心跟他分手的那一刻,他已经恨透了她不是吗?六年后,她还有什么资格再去见他?

江漠远心头没由来地一软，轻叹了一声将她拉在怀里。

"上车吧，我帮你找。"

江漠远开着车从二环绕到了三环，又从三环到了四环，最后堵在了大望桥底，近十点的路况依旧糟糕，他看了一眼前面的红灯，方向盘一转上了辅路，一路朝北继续前行。

庄暖晨毫无声息地看着车窗外，一盏盏路灯从她眼前闪过。刚上车的时候她还在努力着，几乎看穿熙攘的人群，直到此时此刻，她已经不抱有任何希望。

失去的，永远找不到；能找到的，根本不叫失去。

她身子缩得更紧，手臂环抱着腿，良久后喃喃开口："算了，找不到他了……"

江漠远盯着前方没说话。

车厢死寂，静到只能听到彼此的心跳声。

"你知道离星星最近的地方在哪儿吗？"

江漠远放缓车速，沉思了半刻也想不出答案。

"顾墨说是海边，他说海边的星星格外清澈，顾墨还说海边的日出很美，如同红玉。"她看着他，"你相信吗？太阳初升就红得惊心动魄。"

"也许吧。"他平时忙得哪会去关注日出是什么颜色。

"我没见过，因为我怕海，顾墨说一定要带我去看，可惜这个承诺一直没有兑现。"

江漠远将车子靠边停下，侧身看着她没有说话。

她敏感察觉车厢里流动着一丝异样，喉头紧了紧，低下头——她是傻了还是疯了？竟让他开了两个小时的车子。

"对不起……"

他伸手扳过她的脸："真想去看？"

她一愣。

他淡淡一笑，揉了揉她的头，踩下油门，车子转了个头朝着相反方向驶去。

夜色下的南戴河，宽阔水域平静如同镜子。

过了凌晨的海域宁静得吓人，再往深看便是黑压压的一片，庄暖晨心生畏惧，可满天的星斗真如顾墨讲的一样，璀璨得像是天人随手撒了一把钻石。

脱去鞋，赤着脚踩在沙滩上，却被逼近的海浪吓得连连后退。

身边的江漠远忍不住笑："别碰海水，太凉了。"将外套脱下来给她披上。他很高，西服外套披在她身上几乎到了膝盖。

"谢谢。"顾墨是促使她来这里的最大动力，可到了这里才发现，江漠远的陪伴才是令她克服对海水恐惧的坚定力量。

"谢我什么？"他站在她面前，壮实的身躯足可以遮住吹来的海风。

"谢谢你陪我一起疯。"这样的自己她没想到，这样的江漠远她更没想到，只因为一句话，他竟连夜带她到了海边。

"还想看日出吗？"江漠远淡笑。

她用力点头，于沙滩上坐了下来。

江漠远也在她身边坐了下来："在这等？"

她点头。

"傻。"他低叹将她揽在怀里。

她没有挣扎亦没惊讶惶恐，他的胸膛充满魔力，抚平了她心底的不安和彷徨悲伤。

"忘了他吧。"

她轻颤了一下，良久后说："如果忘不掉怎么办呢？连我都讨厌这样的自己。"

那个她从上初中就暗恋的男孩子，清爽干净、性格倨傲的大男孩儿，他从来都不好好学习，可每次都能拿到全年级第一名。三年初中生活，她和他从未说过一句话，但每次放学都要走一条路，他在前面走，她在后面默默跟着，像个影子。

高中三年，他逃课成了家常便饭，她经常独自走在回家的路上，可也会偶尔看到他跟在后面的身影。

高考前夕，他走到她面前，吊儿郎当地问了句："庄暖晨，你考哪所大学？"

她想都不想回答了一句，北大。

高考放榜那天她哭得最凶，新闻系她考进去了，可不是北大。他皱着眉头上前，依旧吊儿郎当说："考上一本还哭？我不幸也是跟你一所大学同一个专业，四年啊，我是不是也要哭？"

一直以来她都认为他跟她同样落榜。

海面起了风，她缩了缩身子，男人的手臂恰到好处地收紧。

"是你给自己的选择不够多。"他轻描淡写了一句。

她抬头，眼神疑惑。

"不是要看日出吗？"江漠远没有继续这个话题，抬腕看了一眼，"还有三个半小时。"

两人静坐在沙滩上,海面映月,男女的身影完美和谐。良久后她说:"完了,我有点困了怎么办?"

"靠着我睡吧。"江漠远的嗓音宽厚带着一丝纵容。

"可我还想看日出呢……"

"日出的时候叫你。"

"那你也睡着了怎么办呢?"

"我不会睡着。"

"那你记得叫醒我,要不然白来一趟。"

"好。"

庄暖晨这才放心靠着他闭上眼。他说过,他答应了她的事情就一定能够做到,她相信。

庄暖晨懒洋洋呻吟了一声,温暖舒适的感觉令她舍不得睁眼,好闻的气息,结实坚厚的胸膛……

等等,胸膛?

她蓦地睁眼,这才发现自己已经不在沙滩上。

她和江漠远两人都身处车后座,他倚靠着,她整个人在他怀里。她什么时候上的车子?

江漠远没睡实,察觉怀里有动静,睁眼:"醒了?"

庄暖晨赶忙起身,见江漠远的裤子被她口水打湿了,脸唰地红了。

江漠远顺着她的目光看了一眼。

她真想去死了:"我、我一直压着你吗?不,我的意思是问……呃,你腿是不是被我压麻了?"

越描越黑。

"还好。"他算是好意理解了她的意思。

"对不起、对不起,我负责干洗。"她连连道歉,"我没想到会睡得这么死,都天亮了,天亮了?"

等庄暖晨站在沙滩上时,太阳明晃晃地挂在头顶上。

最终还是没能看见日出。

身侧振动了一下,她一愣,竟从他的外套口袋里掏出自己的手机。

手机里有一段视频。

淡而柔美的光亮渐渐蹦出海面,是日出的画面。

天际最先有蓝绿色的光线,沿着边缘渐渐散开,成了耀眼的黄,最后变成了"火红如玉"的太阳。

"当初给你承诺的人有没有告诉过你,初升的太阳并不是红色?"江漠远不疾不徐走上前。

她心头一震。

"现在你亲眼见到了,感觉还一样吗?"

"我……"

江漠远软下了心,拥她入怀。

他也是疯了,竟破天荒载着一个女人大半夜到了海边,撇下公事直愣愣地盯着海边的日出。

像是被他一语戳破了要害,庄暖晨抬头,神情迷惘又想哭:"我、我只是想跟他说声对不起,只想这样。"

她的脸楚楚动人,江漠远心头泛起怜惜,情不自禁低头吻上了她的唇。

她没想到他会再次吻了她,伸手去挡,却被他用双手箍紧。

不同于上次的温柔缠绵,她被迫仰头接受他的来势汹汹。

良久后江漠远才放开她。

庄暖晨低垂着脸不敢看他,脸色绯红。

他捏起她尖细下巴,淡笑:"吓到了?"

她依旧垂着眼没说话,他也没勉强,将她的头揽过来靠在胸前。

强吻事件发生后的几天,庄暖晨都在浑浑噩噩中度过。有时候做做案子,脑里又蹦出那天的情景。

一年多来,她眼里的江漠远无论对谁都是客气有礼,性格温和淡定,让她一直相信他是无害的,可那天,她对他的陌生感超出了想象。

如果说第一次的接吻是情不自禁,那么第二次就是有意为之,现在想想还令她心烦意乱。

除了江漠远的事外,她还要接受父母的逼问,他们生怕她还跟"服务生"剪不断理还乱,几乎隔天一遍电话。

这阵子倒是没姑姑的动静,问过才知道,表哥的酒店这阵子生意不好,正在四处拉投资,想来姑姑哪还有时间搭理自己。

马上要竞标了,各部门加班加点相互配合,大会小会商讨会从未断过,庄暖晨和高莹一遍遍修改竞标方案,有了江漠远的提醒,她心里多少有了底。

这几天她也跟江漠远私下沟通过,但都是工作,对于那天的事缄口不提,一来她认为只是一个吻不需要那么矫情,二来时间金贵。

竞争不仅来自奥斯公关，还有活动二部和三部，尤其是安琪的团队，大家各个如狼似虎。她们一部不是没吃过亏，安琪最擅长的就是突击性作战，再加上她与公司品牌部和媒介部的交情甚好，她们部门的方案往往标新立异，上次竞标，梅姐就吃了她一个大亏。

午后，吃过饭的同事三三两两地回到工位，庄暖晨将方案的阐述部分做完后已经下午一点半了。冲了杯咖啡，庄暖晨又在零食堆里拿出一包薯片。

艾念见状道："你中午又没吃饭？"

庄暖晨吃了一口薯片："哪有时间去吃啊，明天就竞标了，梅姐的刀都架在脖子上呢！"

"收到夏旅的短信了吧？"艾念一屁股坐下来。

"夏旅没事发什么短信啊？我手机一直在包里忙得没工夫看。"

"夏旅上午来公司，递了辞呈就走了。"

"夏旅辞职了？"庄暖晨瞪大双眼，"是处分决定下来了吗？"

"夏旅主动辞职的。"艾念叹了口气，"不过也有传闻，夏旅弄丢了一单，三部要集体扣掉不少奖金呢。"

"那她也不能辞职啊，就这么辞职了算怎么回事？"庄暖晨一听急了，"她人呢？回家了？"

"不知道啊，你现在也别去找她了，等晚上见了她再细问不迟，她约了我们去唐会。"

"还有心思去唐会？"

"你也别激动，夏旅只是提交了辞呈，程总能不能批还是两码事，就算批下来，夏旅也得做到月底才走啊。"

"辞呈是送到程总办公室的？"

"是啊，怎么了？哎，暖晨——"

程少浅放下电话的时候庄暖晨闯了进来，他一愣："出什么事了，风风火火的？"

"对不起。"是她太心急了忘了敲门。

"坐吧。"

庄暖晨哪有心思坐下来慢慢聊？走到程少浅面前鼓足勇气说："程总，夏旅是冲动之下才递交的辞呈。"

程少浅微微挑眉，从办公桌一旁拿过一个信封来："你是说这个？"

她看了一眼，一封辞职信。

"这是夏旅的决定，你来找我，是为她说情还是她反悔了？"程少浅

057

将辞职信放到一边。

"我了解夏旅的性子，不逼到一定份上她不会那么做。"

程少浅笑了笑："暖晨啊，你要清楚一点，是夏旅主动提出辞职，这不是公司的决定。"

"听说公司决定扣除三部的奖金，这么做跟主动辞退她有什么不同？"

程少浅微微眯眼："你消息挺灵通的。"

庄暖晨察觉气氛有异，忙道："总之公司这种处理办法我觉得失之妥当，夏旅如果因为这种事离职的话还怎么在这行做事啊？"

程少浅看着她良久后，突然笑了："难道你没想过，夏旅走了也是件好事，你少了个竞争对手。"

"我没想过。"她清晰表达自己的想法，"程总，也许在你看来竞争产生效益，商场规则就是如此，可我认为人情和友谊才最可贵。"

程少浅没反驳，她的回答多少令他惊讶，在这个物欲横流的社会，能够看到这般真性情也实属不易。

"暖晨，要我来告诉你一个事实。"他开口，"利益是友情的杀手。"

"凡事都有例外，我和艾念、夏旅是大学同学，我们一起度过了最宝贵的四年。大学毕业后夏旅先找到工作，学校不让我们继续住，我和艾念都挤在夏旅租来的小房间里，吃她的喝她的，她半句怨言都没有。我们三人经历了彼此的快乐和痛苦，哭过笑过的时候都不曾分开过，我们的友谊，无论别人怎么变，我们三人都不会变。"

程少浅看着她，就这么一直看着，几乎看进她的心里。

"好，我收回刚刚的话，希望你们友谊长存。"他笑了。

"那夏旅的辞呈……"她真是个愣头青啊，就这么把领导给教育了？

"这是她的决定，公司会尊重她的决定，当然，如果是她自愿回来，我也会多加考虑。"程少浅公事公办，"不过暖晨，你今天的长篇大论没白说。"

"对不起，我太冒失了。"领导嘛，都喜欢看到下属服软，他有考虑就行，说明夏旅还有希望留在德玛。

程少浅抿唇："你明天拿不到标维的合作再跟我说抱歉也不迟。"

"我一定能拿到！"

"好。"

下午三点半，庄暖晨接到了开会通知，刚要进会议室时碰到了安琪，问她是否去找了程少浅。

她吓了一跳，这公司还真没秘密啊。

"程总什么意思?"

庄暖晨正迟疑着要不要如实相告,梅姐凑巧撞见:"庄暖晨,你没接到开会通知吗?"

她赶紧一溜烟跑进会议室,心里感激梅姐的出现,否则她真不知道怎么回答安琪。

会议的内容无非是围绕着明天的竞标,梅姐一遍遍过方案,细抠每一页的内容。近三个多小时,梅姐最后做了决定,明天提案庄暖晨主讲,高莹配合。

庄暖晨一愣,一般提案的工作都由齐媛媛完成,她是高级客户经理,与客户沟通她有十足的经验。

齐媛媛果然按捺不住了:"庄暖晨与客户沟通没有太多经验,万一明天出了差错怎么办?去竞标的人不但有二部和三部,还有奥斯公关的人,我听说奥斯那边都是总监亲自提案的,庄暖晨怎么可能比得过?"

其他人议论纷纷。

高莹提出异议:"暖晨的亲和力很强,逻辑思维缜密,再加上方案是她每一页亲自盯下来的,她是最有提案资格的人。再说,如果不是暖晨的话,德玛连竞标权都拿不到。"私下扯了扯庄暖晨的衣角,示意她赶紧开口争取机会。

庄暖晨没搭腔,敛眸凝眉。高莹的用意她何曾不明白?齐媛媛作为主讲高莹半点表现的机会都没有,为了出头,高莹也得向着她说话。

梅姐点了支烟深吸一口吐出,没理会他人意见,凤眼落于庄暖晨:"你来告诉我,行还是不行。"

干净利落,一向是梅姐的风格。

所有人都看着她,各种目光。她与梅姐平视:"行。"

"好,今天大家回去好好休息,散会。"梅姐似乎没担心她会拒绝,"暖晨你留下。"

所有人离开会议室。

"梅姐。"她阖上笔记本,等着梅姐的指示。

梅姐掐了烟淡淡说了句:"夏旅的事情轮不到你来操心。"

她一愣。

"经你这么一闹,自然有人会保她。"梅姐盯着她。

"梅姐,你是指安琪?可是安琪不像希望夏旅走的样子啊。"

"她希望夏旅留下还是走人你怎么知道?你是她吗?"梅姐冷笑,起身拿起笔记本电脑,"在这个自顾不暇的环境,管好自己才是关键。"

唐会是年轻人常去的KTV，夏旅在这订了个小包，要了两打啤酒，三人吃吃唱唱玩起了真心话大冒险，庄暖晨输了。

"说吧，你想要的真命天子是什么样的？"艾念有点醉。

她眉头舒展："阳光清爽，喜欢白色衣服，高高瘦瘦。"

"你说的还是顾墨啊。"夏旅和艾念异口同声。

"是啊。"庄暖晨笑得花枝乱颤。今天她彻头彻尾素颜，如同邻家女孩儿。

"暖晨，你别听南优璇瞎讲，她跟你说顾墨回来完全是刺激你，你还傻乎乎地上当。"夏旅抓过她的手，"手链挺好看的，哪买的？"

庄暖晨抽手，喝了一口啤酒："别说我了，说你自己吧夏旅，你到底回不回公司？程总都松口了。"

"我不想连累人。"

"说什么傻话呢？"艾念也凑过来，"夏旅，无论如何你得留下，因为我可能要走了。"

庄暖晨震惊，夏旅也疑惑地盯着她。

艾念道："这几年在北京打拼，到了现在还什么都没有，家里人一直催着我回去呢。我妈说小学同学全都结婚了、买房了、买车了，再瞧瞧自己闺女，连个稳定的住房都没有。"

"那你呢？想不想回去？"庄暖晨不舍。

"说实话，真不想。"

"那就抗争到底，活得更好给家里那些人看看！"夏旅举起啤酒瓶。

"不知道会怎样，就看陆军什么意思了，总之，在北京一天就好好跟你们相处一天，所以夏旅，你不准走。"艾念举起杯子。

"人生聚散如浮萍，你们放心，就算我走了也会经常骚扰你们的，因为你们是我最好最好的朋友。"夏旅醉得小脸通红，看向庄暖晨，"你也要努力啊，明天一定要成功，暖晨，真的，你要是成功了我会很高兴，干杯！"

从唐会出来已近十二点，夏旅的兴奋劲没过，对着星空大唱："我们都是好孩子，最最善良的孩子，怀念着，伤害我们的……"

"你醉了。"艾念拍了她一下。

"我要嫁个有钱人！"夏旅又喊。

艾念跟着大喊："我要做个全职太太，幸福的全职太太！"

两人喊完看着庄暖晨。

她停住脚步,长久的压抑化作一团动力:"顾墨——"

对不起,对不起。

艾念和夏旅走上前搂住她,三人都没说话。她们都明白,踏出校园的那刻起,所有的情感都能被浮躁的环境所压抑,内心越纠结,伤痛越重,表面上看是风平浪静,背地里伤口早就发炎化脓,一碰就疼。

良久后夏旅故意嘲笑:"真是老套,忘记吧孩子,初恋根本不懂爱情。"

庄暖晨搂过她:"你不是更老套?你以为对着天空喊就能掉下个有钱人?或者掉下一本秘籍来?"

"那怎么办?"

"教你啊。"庄暖晨指着街道上的车辆,"你这样,一会儿看到辆好车后就冲上前装作故意被撞倒,有了第一步后才能嫁个有钱人。"

艾念打了她一下:"净出损招,万一里面坐的只是司机呢?"

"那也是给有钱人开车的司机啊,撞到人车主肯定要出面吧。"

夏旅瞪了她一眼:"心狠手辣,万一我被撞残了呢?"

"你干吗撞得那么瓷实啊?碰到车边马上倒下,我和艾念就跑过去帮腔。现在车流这么慢,你怎么可能会被撞伤?"

"哪有你这么出主意的?"夏旅冲她虎着脸。

庄暖晨笑,不经意朝着街对面一扫,愣住,下一秒冲进车海。

"喂,暖晨——"

艾念和夏旅谁都没料到。

一辆车子蓦地刹住。

庄暖晨的衣角蹭着这辆车车头飘了过去,重心不稳,双手拄在车头上。

"暖晨——"艾念冲到面前,"有没有受伤?快让我看看。"

夏旅也挤了进来,见她没被撞伤松了口气:"你疯了?就算我不相信你的话,你也不用亲自示范吧?"

庄暖晨置若罔闻,迫不及待冲到了街对面,艾念大吃一惊。

街对面,男子的身影修长,被簌簌的银杏落叶隐隐遮住。庄暖晨距离男子几步之遥,她恍惚又见到梨花树下的少年,抱着尤克里里,弹着一首首动人的情歌。

"顾墨?"

前方的男人顿步,回头,一张陌生的脸。

"小姐,你是在叫我?"

秋风蓦起,她的心也跟着被吹走了。

"对不起，我认错人了。"

男人礼貌笑了笑，转身离开。

六年的时间很长吗？长到足以令她认错了人？她眼底一片悲凉，不知是替自己，还是逝去的时光。

再回头，却见艾念和夏旅站在路边，旁边停辆车，车主站在车门旁。庄暖晨愣若化石，几分钟后才过街，"举步维艰"。

车主是江漠远。

是他说的吧，北京城这么大找一个人谈何容易？他在撒谎，正如今晚，她只是和朋友出来玩玩也能遇上他。

许是出来办事，他穿得正式，纯黑色西装搭配烟灰色衬衫，一丝不苟。他十分有耐性地等着，可眉梢隐隐蹙起。

他在生气？

她有点害怕这感觉，这种见到他竟有些微微暗喜的感觉。

正要向他打招呼，江漠远却意外开口："你掉了东西。"摊开手，手心躺着串精美的手链。

她下意识摸了一下手腕，手链掉了，不过怎么会掉他手里？

他语气冷漠，不像平时。艾念走上前碰了她一下，她的脑袋猛地闪过一道光，今晚自己没化妆。

"谢谢……"不知有没有被他认出来，心头突突地跳了几下，伸手去拿。

男人却意外收手，她的手指只触及他的指尖。

她不解。

江漠远居高临下看着她，唇微扬："我们见过，是吗？"前句肯定，后句补上疑问，可听上去只是点缀。

庄暖晨微愣。

承认？太丢脸，刚刚认错人的一幕必然是被看见了。

夏旅不知她葫芦里卖的什么药，解释道："江先生，她就是——"

"我们没有见过。"庄暖晨横插一句。

夏旅和艾念面面相觑。

"是吗？"江漠远淡笑，"我的一位朋友跟小姐你长得很像。"

她稍稍挑眼，想来是真的没认出她来。

"这种搭讪方式已经很老套了。"

路灯下，江漠远的下巴微微绷紧。

"抱歉。"

庄暖晨眼睁着见他将手链装进了西服兜里。

"哎,那是……"将"我的"咽下去,庄暖晨生怕他再东问西问。

江漠远含笑:"怎么了?"

"没。"她拉过艾念和夏旅,"走啦。"

"可是你的——"

"那边有计程车。"

虽说隔了一条街,但芒刺在背的感觉依旧强烈。她知道,江漠远还没走,就那样,站在路灯下一直看着她。

三人抢到了计程车,夏旅按捺不住问了句:"暖晨,你这又是玩的哪一出啊?"

庄暖晨没回话。

是啊,她玩哪一出呢?连她都弄不清楚。

周五,上午十点。庄暖晨下了计程车后深吸了一口空气,寒凉清新。高莹提着电脑跟了上来,手里抱着厚厚的资料:"想什么呢?再不进去该迟到了。"

盯着树上干枯的叶子,她意外问了句:"高莹,你能闻到秋天的味道吗?"

高莹一愣:"秋天的味道?秋天还有味道呢?啥味儿啊?"

"说不上来,但秋天就是有味道,不只秋天,四季都有味道,不同的味道。哪怕不睁眼,凭着空气中的味道浮动就能知道春夏秋冬。"

"咱能先进去吗?等合作意向书拿下来了,我再陪你一起闻行吗?"

"高莹,我想到了!"她拉了高莹一把。

高莹和她都穿着职业装,踩着高跟鞋,被她这么一扯差点重心不稳摔倒。

"你又怎么了?暖晨,你可别吓我,今天咱俩要是有一个不正常的话就彻底废了。"

"放心吧,我对咱们的竞标方案有十足的信心,就在刚刚我终于找到了方案的灵魂!"

高莹一听吓坏了:"你不是要改方案吧?这个时候?梅姐都通过你的案子了,别瞎闹了行不行?"

"可是我们的案子还不够完美。"她强调一句。

"别别别,已经很完美了。就按照这个案子去说,你要是临时改动的话,万一不成功梅姐不得杀了咱俩?"

"我有强烈预感,这次我的感觉是对的,走吧。"

高莹哀嚎一声。

竞标地点设在标维国际的大会议室。

奥斯公关的人早就来了,除此之外,还有艾念和另外的同事在场,杨天宇没来。

乙方公司的人被标维安排到了休息室,各自又发了号码方便入座。

趁着空当艾念走了过来碰了碰庄暖晨:"看到那女的没有?奥斯公关品牌部的总监,真是够漂亮的了,听说在国外有十多年工作经验,会五国语言。"

庄暖晨喝了一口水瞄过去,的确挺漂亮的,一头卷发自然披散,职业装很利落,她在跟标维企划部的一位负责人有说有笑,十分熟络。

"看到没,近水楼台啊。"高莹叹了口气。

庄暖晨不以为意:"私下有交情也没关系,进了竞标环节,一切还是要看案子说话。"转头看向艾念,"今天怎么是你来了?不是杨天宇吗?"

"别提了,他肠胃不舒服,一早就进医院吊水了,我被抓来做临工。"艾念摇头,"我可从没提过案,就看小楠了,她是高级客户经理,她有经验。"

庄暖晨点头,杨总监也够倒霉的了,怎么会挑上这个时候进医院?"时间快到了,我去洗手间补下妆,你们去吗?"她问。

几人点头。

简单补了妆,庄暖晨几人重回休息室,安琪带着三部的一名同事赶过来,庄暖晨一看,不是夏旅。

"暖晨?梅姐真让你提案?她怎么搞的?这么重要的场合不亲自过来?"安琪走上前。

奥斯公关的总监回头看了她一眼,笑了笑,安琪也点了点头算是打过招呼了,完事又看向庄暖晨,一脸担忧。

庄暖晨笑了笑:"梅姐有她的安排,我只需要听安排就好了。"

"那个穆梅也真是的!"安琪叫出了梅姐的名字,拉过庄暖晨的手放轻了声音,"别紧张,一会儿就照平时练习的那么说就行了。"

"谢谢。"

几人正说着,人群有点嘈杂,不知谁发出了声惊叹。

庄暖晨看过去,也不由得想要惊叹。

休息室正对着公司走廊,电梯门打开的时候江漠远走了出来,身后跟着几名高管。不似昨晚穿着正式,在公司他只是穿了件白色衬衫,整个人看上去很清爽。他正边走边跟身边的周年交代事宜,走得很快,身后的几人不得不加快步伐跟上。

惊叹声是从休息室发出来的,毕竟见过江漠远的人不多。

庄暖晨第一次发现原来他穿白色衬衫也极好看,是典型的衣服架子。

安琪上前,主动拿出名片递给了江漠远,又含笑不知说了什么。江漠远停在不远处,礼节回应。

艾念低声对庄暖晨道:"太明显了吧?以前王总吃她那套,江先生会吗?"

庄暖晨不语。

那边,江漠远说了几句后突然将目光转到了这边,四目相对的瞬间,她立马低下头。奇怪,她心虚什么?

"竞标会几点开始?"

"江先生,是十点半。"

"通知企划部那边,我会参加。"

几位高管面面相觑,见江漠远走远后立马跟上。休息室这边议论纷纷,安琪讨了个没趣回来,坐在一边不吱声。

高莹一脸花痴道:"江先生真帅啊。"

"收起你的口水吧。"艾念明面像是说给高莹听,实际却看着庄暖晨,"说不定他都结婚了。"

艾念对江漠远抱有抵触心理源于她看到了那束花,庄暖晨听出她话里有话,笑笑没说什么。

"真是奇怪啊,竞标会嘛,江先生怎么会亲自参加?企划部的人在不就行了吗?"高莹喃喃一句。

庄暖晨也觉得奇怪。

竞标会开始,大家依次而坐。奥斯公关排在最前面,中间还有两家公关公司参与,德玛排在最后,而庄暖晨是被排在了最最后面。高莹面对排名不满,愤愤道:"不公平,标维明显向着奥斯嘛!"

庄暖晨低头看资料没说话,她理解高莹的不满:公关公司的竞标次序很重要,从名次可以看出甲方的重视程度;再者,每个竞标方案都不是三言两语说得清楚的,有的甚至要说上一个多小时,这样下来再有体力的决策者也不免视觉和听觉疲劳,所以往往谁排在前头谁就会很有利。德玛是越过企划部直接拿到竞标权的公司,企划部趁机窜点小私心也正常。

会议室很安静,奥斯公关总监加紧准备,那女人看上去也就三十多岁,但举手投足极其雅致和从容,庄暖晨暗自羡慕,什么时候她也能学会这份从容就好了。

正想着，会议室的门被推开，江漠远果然准时参加竞标会。企划部的人纷纷起身，他示意大家坐下。

"开始吧。"

企划部负责人点头，示意乙方开始提案。

奥斯公关总监起身，走到大屏幕前拉开了竞标的序幕。此人话语干脆清晰，看得出是久经沙场的女人。

庄暖晨刚开始将精力放在奥斯公关上，他们以高科技为关键点铺开整体的宣传包装，做出了奥斯公关的专业性特点。

听着听着她有点走神，下意识看向江漠远。他听得很认真，目光从未转移过。

庄暖晨略感失望，但为什么失望，一时间又搞不清楚。

一上午的时间都给了奥斯公关和接下来的公司，其他两家公司的方案做得大同小异，相比奥斯没什么太大新意。等到德玛的时候，企划部意外打断了流程："江总，您看您要不要中午休息一下再听接下来的方案呢？"

高莹听了咬牙切齿："这人什么意思啊？有病吧。"

庄暖晨扭头看着江漠远。

江漠远神情淡淡的，缓缓道："既然还剩下最后一家公司了，那就继续吧，给诸位添些咖啡。"

从准备咖啡到咖啡倒上，实际上也就耽搁了十几分钟，但就是这十几分钟，庄暖晨觉得注意力和集中力又回来了，不得不说，她要感谢江漠远。

放下咖啡杯，她看了他一眼，没料到他也在看她，目光像是透着了然，她赶忙别开脸收拾心神。

安琪先提案。

她的方案亦是以高科技设计为出发点，提议所有的宣传包装及落地活动都围绕这个主题进行。庄暖晨心中感叹姜还是老的辣，安琪的方案做得的确无懈可击，她用上了奥斯公关无法媲美的渠道和方式，就连奥斯公关的人都忍不住点头。

高莹在一旁直紧张："暖晨啊，三部的方案怎么做得这么完美啊？我们是不是偏离主题了？"

庄暖晨一直在给自己打气："一切等有了结果才能说明问题。"安琪的案子提完后，江漠远没太多表情。轮到二部时，艾念和小楠配合完成提案，但艾念由于紧张多次将方案念错，气得小楠冲着她直瞪眼。时间一分一秒过去，庄暖晨的心越跳越快，在艾念落座后，高莹碰了她一下："轮到我们了。"

这一刻,似乎所有人的目光都落在她身上,她竟紧张了。

"庄小姐,可以开始了吗?"企划部的人态度有点清冷。

庄暖晨使劲捏了下手指,对方不满的态度她听得出来,目光又与江漠远的相触,他朝着她微微点头,像是鼓励。

改变命运,不但要有遇见能够改变你命运的人,更重要的是,你要有本事说服这个人来改变你的命运。

庄暖晨慢慢沉静了下来,她没有像其他人似的上来就开始介绍自己的案子,而是说:"在提案之前,我想让大家欣赏一段音乐。"

高莹配合放了音乐。尤克里里的声音,轻轻浅浅的,没有其他乐器的配合,只有一根根琴弦弹跳的声响。

音乐不长,一分半的时间,停止之后,似乎还有人沉浸在音乐声中。

"庄小姐这是什么曲子?这么好听。"其中一家公关公司的工作人员忍不住问了句。

庄暖晨含笑:"曲子是什么不重要,重要的是它与我即将阐述的方案有关。当然如果你想要的话,我可以下载给你,但要购买使用权,因为这首曲子是我公司广告部的杰作。"她不卖弄却又恰到好处给公司打了个广告。

会议室里有些人笑了,多少缓和了一下原本紧张的气氛。

"好了,接下来我们进入正题。"庄暖晨言归正传,"不知大家听了上段音乐后有什么感觉?温暖、舒适、一段温暖的回忆?还是三者兼有?"

"当一个人疲累时、困惑时或是无助时,往往喜欢在音乐上寻找心灵安慰,为什么?因为它是能够最直接舒缓情绪的方式之一。在高速发展、压力过大的当今社会,心灵的抚慰似乎已经成了奢侈,其实我们每个人都是出色的心理医生,只是我们太善于将别人当成患者而忽略了自己。人心是最脆弱的,所以我们往往习惯用坚强的外壳去保护它,却忽略了人心本是自由的实质。大家试想一下,在某一天,我们给心灵放个假,驾车到了某座陌生的城市,欣赏一段城市风景,在咖啡馆喝一杯不知是什么名字的咖啡,这种惬意是感悟心灵的最好方式。

"我们活着,也许生来并不是为了忙碌,为了竞争,为了压力,只是自己把自己逼上了绝境。那么,当我们驱车追逐心灵自由的时候,何尝不是找回了活着的本质和生活的乐趣?

"寻找心灵,便是我要为这款车子提供的情感诉求主方向,我们会依照这条品牌包装主线来做整体的活动策划、执行以及广告诉求的配合。当然,这条主线也会成为这款车的广告语偏重内容。"

庄暖晨边阐述边观察甲方公司的神情变化，企划部那边的人虽是听着，但脸上并没有太大反应，她心头隐隐一沉。

再将目光落在江漠远那，不同于企划部的态度，他始终看着她，身子倾前，胳膊支在会议桌上手指交叉。

从行为心理学上讲，当一个人对你所讲之事感兴趣的时候，他的身子会不由自主地倾向你。

他是个能将情绪收放自如的男人，而今天却丝毫没吝啬，一个微微前倾的动作已经足以令她重拾信心。

"情感刺激可以间接带来效益，相比而言，这种营销方式更加长远。"

时间一分一秒过去，直到最后一页。

"接下来我要说的是方案上没有的内容，也是我们竞标方案的灵魂。"

高莹一愣，立马反应过来冲她摇摇头，庄暖晨视而不见，只是用询问的目光盯着江漠远。

江漠远不动声色地轻点一下头。

一股没缘由的激情在她心底产生，她阐述："除了主产品的品牌策略外，我们还会进行一系列的财经公关营销。众所周知，德玛传播最擅长和最为专业的便是财经公关。作为上市公司的标维，除了要将产品推向中国市场外，投资人的特定形象和价值定位也至关重要。"

她越说双眼越亮："以往的财经公关营销中，投资人与上市公司均以高姿态高品位的形象出现，但这次我们希望能够将其拉至亲民化，与受众产生共鸣。"这就是她在标维楼下突发的灵感。

高莹无奈暗叹，她不懂，依照方案讲完了就可以了，干吗还要画蛇添足？

除了江漠远外，还有一人对庄暖晨所讲的十分感兴趣，就是奥斯公关总监，整个过程她也是认真在听。

"你的想法很好，但操作性不强。"标维企划部负责人提出异议，"你所谓的拉近实则就是拉低，如此一来，上市公司的权威性在哪里体现？别忘了，我们这次推出的是高档车型，你想走平民化？这什么意思？要我们自降身价？"

庄暖晨看向负责人："如果您刚刚仔细听了我的阐述，那么就应该注意到，我的用词是'亲民化'，并非'平民化'。我想，这两个词有本质上的区别，不是吗？"

一句话说得负责人面露尴尬。

"标维这次推进中国市场的车型是高档车不假，但一直以来在中国享有的声誉并不高,原因在于没有同受众形成强有力的共鸣和给受众拥有感,投资人也是如此。如果我们以亲民化的形象和概念进行一系列设计、推介、解释和沟通等公关推广活动,如此一来自然能够增强投资者的持股信心,当标维股票价格与上市公司真实价值相匹配后,旗下的产业链也会平稳创收。

"汽车,只是标维推向中国市场的其中一项产业。试想,当这种亲民化情绪能够从感染到形成营销,那么受众也会受到情感传递的感染。他们会想,这款车的推出者是不是也曾像他们那样,自由地驾着车享受心灵的自由,呼吸四季的味道?"

会议室里,有人私语。企划部负责人皱了皱眉头:"我想上市公司的真实价值和股票价格如何对比,这是经营问题,并不在你所管辖的范围内。"

庄暖晨没退让:"经营问题自然是标维总裁的强项,但公关推广是扩大营销的方式之一,而公关推广——"

她轻轻一笑,不卑不亢说了句,"徐经理,恕我直言,这是我们德玛的强项,而标维没有这种专业能力。"

竞标会结束后,企划部通知大家先到休息室等候,说是江先生的意思。

庄暖晨趴在沙发上,一小时的洗礼,如同涅槃了一回。

安琪在和奥斯公关的人聊天。

高莹忧心忡忡地走过来坐下:"让我们在这等着是听结果吗?这也太快了吧?有点不符合规矩。"

庄暖晨不语。

"暖晨,"高莹拉了她一把,"说句话呀。"

她懒懒睁眼,侧目:"说什么?"

"说说看我们能不能拿到合作啊。"

"我怎么知道?"

高莹靠在沙发上有气无力道:"不是我说你,好端端的画蛇添足干吗?这件事早晚得被梅姐知道,你打算怎么跟她交代啊?"

"谁说是画蛇添足了?我觉得是画龙点睛。"

"但愿你的画龙点睛能够说服标维。"

"顺其自然吧,尽人事听天命。"

两人正低语,艾念哭丧着脸走过来,一屁股坐在庄暖晨身边,身后跟着小楠,一脸的不痛快。

"怎么了?"

"这次我们肯定没戏了。"小楠瞪了一眼艾念,艾念委屈,眼眶都红了。

"小楠，你也不能这么说，艾念本来就不是负责这个案子的，她不懂程序也能理解。"庄暖晨出言维护。

小楠冷笑："庄暖晨，你自己都是泥菩萨过河了还管别人的事？没看到标维对奥斯更感兴趣吗？打情感牌？笑话，所有人都在做高科技，你做情感？想博取共鸣啊？可能吗？"

"你这话什么意思？别自己心里不爽拿别人撒气！结果还没下来呢你嚷嚷什么呀？"高莹瞪了她一眼。

"行了行了，别吵了。"艾念哽咽着劝架。

庄暖晨被两人吵得心烦，起身去倒咖啡，杯子刚放下，奥斯公关的总监走了过来，一伸手："暖晨是吧？我是陆珊。"

庄暖晨愣了下，赶忙伸手与她相握。

"方案的构思都是你想出来的吗？"陆珊含笑，得体大方。

"是全组人的成果。"

陆珊看着她："现在，像你这种谦虚的人不多了。"

"过奖了。"

"开门见山吧，我很欣赏你，希望你能到奥斯公关来工作，我亲自带你，职位和薪水只会比德玛高。"

庄暖晨没料到她会有此举动，愣了愣道："谢谢您这么赏识我，可我没有跳槽的打算。"

陆珊何等聪明的人，从包里拿出名片递给她："没关系，对于良才我一向愿意等。这样吧，拿好我的名片回去考虑一下，想什么时候过来我随时欢迎。"

庄暖晨只能接过名片。

这时，安琪走了过来，她尴尬得赶忙将陆珊的名片塞进了衣兜里。

"陆珊，公共场合下挖墙脚，不像你的作风嘛。"安琪似亲昵状地与陆珊调侃。

陆珊看向安琪，也半开玩笑半认真："要论挖墙脚的功夫，我可远不及你和穆梅呢。"

"今天穆梅耳朵要痒了。"

庄暖晨看得真切，两人虽有说有笑，但言语之间的暗流也挺明显。

"暖晨，你可能不知道，安琪和穆梅，哦，就是你们组的总监梅姐，她们两个可是在业界被称为'双剑合璧'。谁都知道这两人好得跟一个人似的，哪家老板用了她们可真是幸运。"陆珊唇眼绽笑。

"都陈年往事了还提？你也看到了，江山代有才人出嘛。"安琪不动声色地结束了这个话题。

庄暖晨犯疑,梅姐和安琪原来曾经要好过?

一小时后标维有了结果,企划部通知德玛传播的人员留下,其他人员可以离开。陆珊走的时候对庄暖晨说,有空出来喝茶,庄暖晨笑着回应过去,中国人口中的有空,未必是真的有空。

安琪拉住企划部负责人小声问了句:"用谁的案子了?"

企划部负责人捎带脚地扫了一眼庄暖晨,没给出明确回答只是说了句:"几位到会客厅吧,江先生要亲自跟诸位谈谈。"

德玛三个部门,三个方案。

江漠远没浪费时间,开门见山:"说实话,三套方案做得都很不错,但是,我本人更倾向于庄小姐的方案提议。正如她所讲,标维这次推出的高端车虽然在国际上声誉不错,在中国市场却举步维艰,原因正是与消费者的共鸣不足,庄小姐所讲的情感共鸣也正是我们标维想要的。"

安琪大吃一惊,她没料到会输给一个丫头。

江漠远意味深长地看着庄暖晨:"我相信以你提出的主题进行下去的一系列传播活动,应该很精彩。"

这个女孩儿很聪明,他只是提醒了四个字,她竟能够完全将话说到他心坎上来,财经公关一向是他最关注的,但以怎样独特的方式表现一直是令他头疼的事,她却提了良计。

在她的提案中,没有华丽的言语,没有绚烂迷眼的表达,更没有随大流的高科技包装等概念,她的方案就如同她的人一样,不声不响站在那里,却能吸引他的目光。

庄暖晨傻愣愣地与他对视,好半天才反应过来指了指自己:"你、你的意思是标维决定用我的创意?"

江漠远淡笑:"庄小姐的创意不错,但公司毕竟推出的是高端车,我有个建议,还请庄小姐以专业角度分析是否可行。"

"啊?"庄暖晨没料到他会如此谦虚,"江先生请说。"

"包括德玛两个部门的方案在内,今天大多数的方案都提到了高科技包装,虽说不能完全采纳,但也可以借鉴。庄小姐,如果能将汽车制造中采用的高科技、高环保的概念融入到你的方案中,这样会不会更完美些?"

"是啊是啊,就应该这样!"安琪马上接过话茬,"情感是主牌没错,但再加上制车理念就是完美了。江总厉害,一语就能切到重点!"

庄暖晨没说奉承的话:"这点的确是我疏忽了,谢谢江先生的提醒。"

他给她留足了面子,表面上他在询问她的意见,可实际上她知道他在为她补漏洞。

"暖晨啊，恭喜你。"安琪笑容堆面。

"哪里，有了三部的方案才能叫完美啊。"庄暖晨看着她眼底的惊喜，没错，是惊喜，如果没有江漠远补上的那句话，安琪的命运如何谁都不知道。

安琪转看江漠远："您看什么时候签合同合适呢？"

江漠远看向庄暖晨："庄小姐觉得呢？什么时候合适？"

所有人都盯着她。

"看江先生的时间，而且签合同的话，还是梅姐在场比较好。"

"好。"江漠远又看向周年，"明晚公司是不是有酒会？"

周年微笑点头："是，明晚七点，在万豪。"

江漠远略微思考："这样吧，明晚七点的酒会，我诚挚地邀请诸位参加，不知德玛传播是否赏脸？"

"江总亲自邀请是莫大的荣幸，我们一定会到。"安琪双眼发亮。

"庄小姐明晚没约吧？"

啊？她原本打算去姑姑家问候一下。

"她怎么会有约？她连男朋友都没有呢！"安琪立刻代她回答，"明晚酒会是个好机会，江总如果有单身的朋友，条件好的一定要先想着我们暖晨，别看她工作能力挺强的，但情商低得可以。"

庄暖晨脸一红，碰了碰安琪。

江漠远饶有兴趣地看着她："情商低吗？的确有点。"

庄暖晨心里一咯噔，他不是个幽默的人。

"那就说定了，合作细节我们明晚见面再谈。"江漠远说完起身。

安琪也赶忙起身点头应好，拿过包与几位同事离开。

庄暖晨走在艾念的身后，最后一个出门，江漠远一直目送她们出去，庄暖晨手刚碰到门把手，就一把被江漠远拉住。

"明晚你是主角，打扮漂亮点。"他轻抚她的后脑，"想买什么就买什么，记在我账上，重要的是，戴上我送给你的手链。"

"啊？什、什么？"

"戴着吧，你戴着好看。"

"啊，好……"

Chapter 2

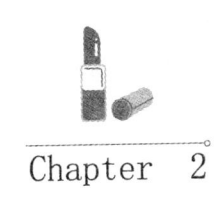

庄暖晨、艾念和夏旅三人从家乐福出来时拎着大包小包，近晚上九点才进家门，又吃吃喝喝地到了十一点。

三人从学生时代聊到现在，从大学导师又聊到今天上午的江漠远，天南地北，无一不谈。

"礼裙都在这儿了，你们自己选吧。"聊得差不多后，庄暖晨打开一直紧闭着的衣橱。

江漠远的邀请，德玛传播的人会去不少，夏旅原本不去，是被她和艾念硬拉着改了主意，除了今天提案的工作人员外，梅姐也会参加。

各色各款的礼裙整整齐齐地挂在那儿，剪裁精致，衣料奢侈贵重。

夏旅惊叫："全都是近一年的新款和限量款，暖晨，你怎么会有这么多礼裙？"

艾念面露狐疑："难怪，每次我和夏旅要来你家，你都支支吾吾的。"

"你们先挑吧，都让你们看到了，我怎么可能还瞒你们？"

因为酒会，艾念和夏旅一直在愁穿着问题，庄暖晨这才将两人带回家，带回家就意味着她要和盘托出。

夏旅没心思挑礼裙："你给我老实交代，这些裙子是哪来的？"

一直未作声的艾念盯着她："是他吗？"

庄暖晨转头看着艾念，点了下头。

艾念提高声调："为什么？"

"我——"

"等等，"夏旅赶忙插话，"什么他？哪个他？发生了什么事情是你们知道而我不知道的？"

庄暖晨被她们两个吵得头疼，给她们两人倒了水后坐下来，看着艾念道："你猜得没错，就是他，因为我和他已经认识很久了。"

继而又转向夏旅："送我礼裙的人是江漠远，就是你同我一起见的那个江漠远。"

"什么？"艾念和夏旅震惊。

"你们不要瞎想,我和他没什么。"

她语速很慢,一字一句条理清晰,从她和江漠远认识到成为宴会陪同,再从她邀请江漠远假扮男朋友到他大半夜陪着她去海边等日出,这一年多来的一桩桩一件件她都逐一道出。

"这就是事情的全部。"

半晌,艾念先开了口:"你觉得江先生的意图有那么简单吗?"

庄暖晨抱着马克杯子:"就是这样。"

夏旅急着问:"他结婚了没有啊?"

"据我所知应该没有吧,是他亲口说的自己单身。"在姑姑家,只是她不清楚这句话是真的还是假的。

"一个在你面前承认了是单身的男人,你觉得他目的单纯吗?"艾念提醒她。

庄暖晨笑了:"亲爱的,你不会是以为他看上我了吧?"

"你别笑,也许是呢?就算不是,他对你也是意图不轨,否则他干吗无缘无故送你花?"

"我靠,他还送过花给你?"夏旅八卦,"什么时候的事?怎么艾念知道我不知道啊?送完花呢?你们做什么了?"

"别听风就是雨行不行?他送我花纯粹就是为了,呃,道歉。"庄暖晨没敢说自己被吻的事,"他是绝对不可能看上我的,他是什么人,我是什么人?就像程少浅,我跟他们都是两个世界的人。还有,我心里怎么想的你们还不知道吗?只有顾墨……"

"暖晨,你长这么大只跟顾墨一个人谈过恋爱,你知道男人心里都怎么想的吗?我就问你,如果有一天他真的要你跟他在一起,你会怎样?"

庄暖晨瞪了她一眼:"没可能的事情我想它干吗?"

夏旅突然起身,先拿出件礼裙,又到墙角将挂在上面的尤克里里摘下来。

"你干什么?"庄暖晨舍不得别人动那把尤克里里。

夏旅将尤克里里和礼裙全都摆在庄暖晨面前:"尤克里里和礼裙,就好比精神和物质,聪明的女人都会选择后者。"

"什么歪理邪说?"艾念瞪了她一眼。

"不是吗?让任何女人来选,她们都会拿走这件礼裙。暖晨啊,你现实点吧,别老抱着顾墨不放了,江漠远多么优秀的一个男人,跟了他你可以少奋斗十年。"

"别乱碰尤克里里。"庄暖晨抢过尤克里里,小心翼翼地将其放回原位。

"你脑袋被门挤了？放着那么好的男人你不要？"夏旅冲着她喊了句。

庄暖晨叉着腰回吼："你以为你朋友我是风华绝代万人迷，闭月羞花的绝世美女啊？你们说得好像是他已经非我不娶了似的。"

"别听夏旅胡诌，他真的有这个意思你也要斟酌，太优秀的男人只能做朋友，做老公太多人惦记了不好。"

"谁说的？自己的男人当然越优秀越好了。"夏旅不同意艾念的看法。

"你认为什么男人算是优秀的？优秀也是相对的嘛。"

"这你就不清楚了，现在所谓优秀的男人都是有标准的。"夏旅笑道，"上得厅堂下得厨房，白天赚银子晚上……嘿嘿，这才是最完美男人。"

庄暖晨听着无语："这么多裙子，再不选我就不给了。"

两人便不再闹了，认真选礼裙。待艾念试裙子的时候，夏旅忍不住问："你跟我们说句实话，你跟江漠远有没有发生过关系？"

"没有！再重申一遍，我和他清清白白什么都没发生过，明白吗？"

"哦……那顾墨呢？"

一个抱枕飞了过来，准确无误地砸在夏旅身上。

"夏旅！你到底要不要试礼裙了？"

"问问嘛，急什么？"夏旅哈哈一笑，赶忙扯出一件礼裙。

镜子前，艾念盯着庄暖晨突然语重心长地说了句："你现在还是考虑一下那个手链的事吧，别忘了江漠远拿走了。"

原本轻松的心忽地绷紧，庄暖晨一脸愁云，到了现在她还没想出个万全之策。

周六晚就这么来了。

宴会大厅，霓裳倩影，美酒馥郁，参加酒会的人不少，有庄暖晨认识的，还有不认识的。

梅姐走上前略显不悦："怎么连妆都没化？一点诚意都没有，今天别看是酒会，但也是我们德玛跟标维签订合同的日子，你多少也要意思意思吧。"

"梅姐，我……"

"刚刚江先生还问我你到没到，快过去打个招呼吧。"梅姐打断她的话，"那边。"

江漠远正与三人交谈，侧身而立，修身西服剪裁合度。他手持酒杯，相谈时偶尔抿上一口。

庄暖晨走近时，江漠远转身，目光正巧落在她身上，交谈的几人见状后识趣离开。

"江先生，"她上前却不敢看他的眼，"对不起，我来晚了。"

下巴被他攫住，他深笑，揶揄："是我的暖暖吗？"

她咽了一下口水，叫法有点怪。

"对不起。"

这是她想了一夜加一白天的结果。聪明如他，既然敢用手链来提醒她，必然早就认出了她。

也许，他就等着她主动承认错误，那么她来了，素着颜就来了。

"别紧张。"江漠远俯下头，"今晚你真漂亮。"

她心头一悸："别、别让人误会。"

江漠远笑了笑，没再为难她，松手："也许他们早就误会了，只是你不知道而已。"

她一惊赶忙回头看，果然，一些目光在触及她后马上转移。

江漠远轻笑，啜了一口酒，看着她的眼神里多了一丝思量。

"你是早就认出我了对吗？"

江漠远浅笑反问："你说呢？追着一个男人就到了街对面，差点被车撞到了都不顾，不是你是谁？"

"我认错人了。"

"你以为是谁？"

"没谁。"

江漠远轻晃了一下酒杯："你可以忘了他。"

跟聪明人打交道就是心惊胆战，她不再隐瞒："忘不掉。"

"我倒有一种办法可以让你忘了，想不想试试？"

男人意味深长，庄暖晨再迟钝也能察觉出来。

"这种事，别人帮不了忙，谢谢你。"装疯卖傻是避免尴尬的最好方式。

江漠远轻笑，没再继续话题。

"手链在车上，一会儿给你。"

"一会儿？"

"酒会结束后，我送你回去。"

江漠远上台的时候，颀长的身影晃动了不知多少异性的眼神。他说了标维的蓝图，又说了对员工们感激的话，最后当着所有人的面声明与乙方公司的合作等事宜。

庄暖晨被他请上了台，掌声如同浪花，瞬间将她吞没，她从未这么受人瞩目过。

合同书很快签好了。

用餐的时候，梅姐带着庄暖晨上前给江漠远敬酒，说了说场面上的话，看得出她很高兴。江漠远倾向于一部方案，三部只是配合，如此一来一部算是拿到了主动权。

"穆小姐，合作意向我们定下来了，接下来是不是该敲定一下跟进案子的负责人了？"江漠远唇角噙着笑。

梅姐在职场打滚这么多年，早就炼成了火眼金睛，揽过庄暖晨的肩膀："江总一向欣赏暖晨的工作能力，竞标权又是她拿到手的，我想没人比她更有资格来负责这个案子了。"

庄暖晨惊愕，这么大的案子要她来负责？

"庄小姐的确有能力，让她跟进标维的案子我当然放心，只是她的职位……"他顿了顿。

梅姐一下反应了过来："其实我早就有意要提升暖晨为高级客户经理，既然她要负责江总的案子，那么下周一就进行职位变更。"

"那就好，穆小姐识人善用的确难得。"江漠远似乎对这个决定很满意，与梅姐碰了一下杯子。

庄暖晨趁机去了洗手间。

一切来得太快，江漠远的一句话让她顺利升了职，从今以后，她就要全权负责标维公司的公关传播，问题是她自己都无法相信自己可以胜任。

头晕，是喝了两杯红酒的后果。

简单整理了一下，她刚要推门出去，就听到有高跟鞋步入的声音。

"没想到江总选的她，咱们可都是看好奥斯公关的。"女孩子在洗手，水流哗哗的。

"咱们看好有什么用？标维现在是江总当家。你说庄暖晨有那么大的本事吗？方案做得那么好？"

标维公司的员工应该是憋了一肚子的话便来洗手间七嘴八舌了。

"方案做得好？"女孩儿有点歹毒的说，"她再牛还能比过陆珊？再不济德玛还有个安琪呢！"

"你也看出来了？"

"瞎子都能看出来了，你想想啊，一个乙方，江总至于那么大肆介绍吗？"

"听说咱们江总还是黄金单身汉呢。"

"就算单身也轮不到庄暖晨吧？江总什么身份？她什么身份？江总想

077

要什么女人没有？看上她？"

"哈哈……"

北京的夜景，有点梦幻。

只是庄暖晨喝醉了，酩酊大醉。

不仅吐脏了江漠远的西服外套，还吐脏了他的车。

要到她家的房门号并不难，夏旅的一条短讯就解决了。

一进门，她又跑洗手间吐了，吐完后就靠坐在浴缸旁，眼泪啪嗒啪嗒地流下来。

江漠远没料到她会哭，开灯进了洗手间，将袖子挽了起来一边替她擦脸，递水给她漱口，一边轻声哄劝。

"你去跟她们说、去说……"

"说什么？"他的耐性极好。

庄暖晨泪流满面："去跟她们说，我没跟你上过床，我是正大光明地力战群雄！"

江漠远突然明白了，轻声安慰："好。你醉了，先休息。"

"我不能睡觉。"眼泪又大颗滑落脸颊。

江漠远赶忙拿过纸巾："怎么了？"

"我不能穿着裙子睡觉。"她哭得上气不接下气。

江漠远松了口气："好了，我给你找睡衣，别哭了。"

将她抱回卧室，她靠在床头，眼角还挂着泪。很快江漠远找到了她的睡衣，良久后坐在她面前。

拉下拉链，她身上的礼裙缓缓剥落……

云微微遮住了月，她的肌肤白得似雪，他克制不住伸手，手指沿着她的锁骨轻轻下滑。

怀中女人如水，纯洁中带点风情，他低头，吻住了她的唇。

庄暖晨被迫仰着脸，身体扭动了一下抗议。

江漠远好不容易放开她，双手捧住她的脸，气息粗重。

她迷迷糊糊地睁眼："你干吗亲我？"

江漠远忍不住低笑，拿过一旁的睡衣裹住了她，收了一室的春光。

等她稍微安静点，他才环顾了一下四周。

房子至少十年前的，衣柜是老式的梨木色，旁边置放了一个方方正正铺着亚麻布料的东西，状似桌子，他看着好奇，起身掀开布料，不由莞尔。

用杂志叠放成桌子，他还是头一次见。

庄暖晨的床是素净的白，连同床单被罩也是统一白色，她置身其中，像美人鱼，一头青丝宛若绵密的海藻。

他不由看了良久，这才决定到洗手间洗把脸，谁知刚一开卧室的门庄暖晨就醒了，醉醺醺道："你要去哪儿？"

"我哪都不去，你好好睡觉。"他的心被她一句话扯得有点疼。

庄暖晨跟跟跄跄下床拉住他："我知道你想走，就是不让你走……"

江漠远放低了嗓音："我不走。"

手机响了，是江漠远的，她却一把夺过手机接通："你想从我这儿逃出去，我不会让你、让你得逞的。"

江漠远生怕对方误会赶忙夺过手机，腾出一手圈紧她："哪位？"

手机那边好半天才开口："先、先生，我、我是洗车行的，您、您没事吧？"

江漠远无奈低叹："没事，谢谢。"

"啊，那就好。先生，您的车子已经洗干净了，您看……"

江漠远看了一眼怀中仍在挣扎的女人："车子先放那，明天我再取。"

掐断通话，手机又被她夺走了，伸根手指在他眼前晃了晃："找救援也、也不行。"

江漠远哭笑不得，这丫头喝醉了还挺闹。

终于等她睡着了，江漠远坐在沙发上，扫视客厅的环境。

面积不大，两平方米的小阳台上还养着一盆开得正旺的米兰。室内布置一目了然，他不用多走也能一眼望尽。

他起身打开窗子探头朝上看了看，六层，容易高空作案的位置，房东在做防护栏的时候显然不用心，他稍稍用力拉了一下就松了。

关好窗后，江漠远的目光落在一旁闪着亮灯的电脑上，碰了一下鼠标原本想替她关上，没料到右下角有个小标在闪，好奇点开一看，令他哭笑不得。

她竟在网上售卖二手晚礼裙？通过聊天记录江漠远可以判断这姑娘不是经商的料儿，有一件竟被她几百块钱就卖掉了。

夜将小区笼罩，如同化不开的墨。

江漠远的目光被墙角悬挂的尤克里里所吸引，走到跟前，伸手取下。手感很好，看得出是用过挺多年了，他从不知道她还会弹尤克里里。转了一下尤克里里，他的唇角微微僵了下，琴弦下方的位置刻着一个名字：顾墨。

这名字他已经不陌生了，因为从她口里不止听过一次。

名字是用刀子刻上去的，每一笔都深刻，好像要刻进心里一样。

江漠远按着琴弦的手指加重了力气。

庄暖晨醒来的时候头晕沉沉。

有些昨晚的记忆在，但大多都断片了。打着哈欠出了卧室，进了客厅哈欠没等收回她就僵住了。

客厅沙发上，躺着江漠远。

他人高马大，腿长脚长，使得沙发看上去小得可怜。

她的家，从来没来过男人，江漠远是第一个。

茶几上搁着他的手表。

她不禁想到一句话：习惯戴表的男人视表为贴身物件，只有在他认为比较轻松和舒服的环境下才会摘表，比如说他自己家。

有一丝异样在心头滑过，很快，不待庄暖晨细细琢磨便消失了。

庄暖晨蹑手蹑脚去洗漱，在自己家竟跟做贼似的。

昨晚是江漠远送她回来的，然后，见证了她醉酒后的"德行"？

拖着无力的身子走出洗手间，下一秒她惊叫出声。

江漠远醒了，就站在洗手间门口。

等她惊叫声落，他好笑道："闹腾一晚上还这么有精力。"

庄暖晨后退一步："你干什么？"

江漠远见她像个刺猬似的警觉，笑了笑："你总得让我洗把脸吧？"

她侧身让道，顺便闻到他衬衫上阳光的气味。

江漠远站在水池旁，挽起衣袖，洗着脸。她倚在洗手间的门口，憋了好半天才问了句："昨晚上是你送我回来的？"问完又后悔，这不废话吗？

"我能用哪条毛巾？"江漠远淡淡问了句，额角的发被冷水打湿，他看上去很是清爽。

她赶忙拿过一条干净的白毛巾递给他。

镜中，江漠远擦完脸笑了笑："你两个朋友跑得比兔子还快，会场只剩我一个，你说呢？"

庄暖晨心头一沉，完了："那个……"

"有备用牙刷吗？"江漠远又问。

"啊？不好意思，没、没有。"她又补了句，"不过我有漱口水。"

"好。"

漱完口江漠远道："你想问我什么？"

庄暖晨硬着头皮看着他："我……那个……昨晚上失态了吗？"

江漠远不动声色地回了句:"还行,没怎么失态。"

她暗自松了口气。

"只是吐了我一车,还有外套上也被你吐了,你十分豪爽地将洗车行的小子给打了,抱你上楼的时候,左邻右舍都听到了你动人的歌声,更重要的是——"江漠远忍笑看着她。

她听得目瞪口呆,好半天颤着声儿问:"重要的是什么?"

江漠远拍了拍她的脑袋意外说了句:"你应该多吃点东西,太轻了。"

庄暖晨愣了好半天才反应过来他话里的意思。

"你可以放下我就走呀。"她跟着他进了客厅嘟囔着,"也不用在我家过夜。"

这个小区老年人居多,平时小区进了什么陌生人他们都知道,万一她留男人在家里过夜的事情被左邻右舍知道,该多丢脸。

"我想走,是你不让我走。"

"什、什么?"

江漠远伸手将靠垫下面的皮带拿出来,放到茶几上。

这一刻,她几乎石化,脸唰的一下就白了,战战兢兢道:"我……把你给绑了?"

江漠远含笑。

她窝在沙发里恨不得将脸藏起来。

"怎么了?"他发现逗逗她还挺有意思。

"没什么。"她没脸了,真的。

"好了,我又没笑话你。"

庄暖晨抽个抱枕压住了脑袋,都这么说了,他肯定就乱想了。

江漠远见她好半天都不好意思抬头,想了想问:"你不想知道睡衣是怎么换上的吗?"

这句话成功地令她抬起了头:"不会是我当着你的面儿换的?"如果真这样,她一定去跳楼!

"那倒没有。"他倒是回答得挺诚恳,坐在她旁边。

庄暖晨松了口气,还好,不用跳楼了。

"那,"她迟疑,见他盯着自己瞧,心头咯噔一声,"不会是、是你吧?"

紧跟着尴尬地笑了笑:"你就当我乱讲,你、你是个君子吗。"

江漠远略做沉思:"人前男人都是君子,人后什么样儿你清楚吗?"

人后……

庄暖晨使劲攥着抱枕的一角,她觉得江漠远话中有话。男人的目光盘旋在头顶,她朝后缩了缩,察觉到江漠远似乎要靠近的时候,猛地起身。

"那个,上次毁你一条裤子,昨晚又毁你一件外套,这样吧,我赔你一身儿。"

江漠远朝后一靠慢悠悠道:"你拿什么赔我?把礼裙卖了买给我?"

庄暖晨一愣,反应过来奔到电脑前,大脑一片空白。

如果人生可以重新开始的话,她希望自己活得精致点,最起码可以不要在这个男人面前笑料百出。

正想着怎么跟他解释,江漠远在她背后问:"你缺钱?"

他的声音很近,她没回头,下意识攥住了手指。他的气息越来越近,她的脊梁都忍不住绷紧。很快,江漠远在她身后停住脚步。

"你送我回来,我挺感激你的,但是你也不能偷窥别人隐私呀。"

"如果我想要偷窥得更多呢?"

她心底一颤,回头。

这瞬她明显见他的瞳仁缩了下,下一刻她被他推到墙上,他大手箍住她的肩,俯身吻了她。

她的大脑再度呈现空白化,他的吻炽烈霸道,来势汹汹,待她有了反应的时候,方觉他似乎想要的更多。

她告诫自己清醒点,将他用力推开,打断了他的热情。

江漠远的呼吸有些促,看了她好半天,低问:"知道宴会陪同的意思吗?"

庄暖晨一愣。

江漠远的目光紧锁她的脸:"意思就是,我今天要了你也是理所应当的事。"

如同当头棒喝,她怔怔地盯着眼前的男人。

也许,她已经挑战了他的权威。

"这、这不正常。"

下巴被江漠远捏住:"所有见过我们的人都知道,你是我的女人。"

"那、那只是演戏。"她知道他是惹不得的男人,颤了颤唇,"当初我、我们就说好的,我、我不、不陪床。"

心一直提到嗓子眼里,她在等着一场连她都无法预测的风暴,也许他的耐性已经没了,从此以后解除合作关系。

江漠远没再说话,她亦没说话,不是不想说,而是在静静等待着他的裁决。

客厅陷入令人恐慌的安静，庄暖晨被这种阴霾搅得不安，终于还是主动打破僵局："江先生，其、其实我一直都挺尊敬你的，我——"

"跟我在一起吧。"

"啊？"

江漠远凑近她，目光里透着坚决："跟我在一起，从今天开始。"

在一起？

他的意思是谈恋爱？

这句话听上去类似表白，可又少了一点什么。

"对不起。"不是他不好，是她放不下。

江漠远目光沉静，下巴却微微绷了绷："如果，这是我的命令呢？"

庄暖晨抬头。

"你缺钱。"他抬指轻抚她的眉梢，眼中似有迷恋，"更别忘了，你刚刚才接下标维。"

庄暖晨像是看着陌生人似的看着他，他的温润映在她的眸底，心头却倏然冰凉。良久后，她强行压下心头的不安道："你不是这种人。"

不经意想起夏旅形容江漠远的一句话，"越是温和的老虎才越危险"。可她始终觉得，江漠远就算是老虎，也是只能够辨别是非曲直、体贴他人的老虎。

江漠远眼底透出好笑。

"你了解我是哪种人？"

见他眸底的凌厉不见了，她这才暗自缓了口气："你不是乘人之危的人。"

"你这么肯定我不是乘人之危的人？"

她张了张嘴巴："是，我肯定。"

他被她逗笑，伸手，却擦着她的柔丝撑在了她脑后的墙壁上，似玩笑似认真地问："这么了解我？"

"也许是我的误解，可是，在我眼里你就是个好人。"

她知道人生还要继续，也许某一天，遇上了某个人，再有了想要相伴一生的念头。可顾墨住在心里，她始终腾不出位置给另一个男人。江漠远想要的是绝对的占据，怎么可能允许她心里还有别人？

江漠远终于笑了，唇畔的涟漪一直晃进眸底："误解总比了解的好，暖暖，对不起，是我太心急了。"

周一上午，从来都不是庄暖晨能够偷懒的时候，尤其是接下标维的案子后。办公桌上的电话不停歇,按照梅姐的要求将手头上原有的一部分案子移交给高莹,然后还得考虑重建团队的问题。

虽然公司还没下正式邮件通传,但梅姐一早就将升职建议报了上去,公司上下没人不知道她要升职的,都纷纷调侃请客吃饭。

庄暖晨一一应允,可问题是现在别说请客吃饭了,她怕是日后忙得连正常吃饭时间都没了,当然,除非可以找到能够跟她并肩作战的人。

标维是大案子,需要新鲜血液才行。

临近中午,媒介部的同事将媒介报表递给她道:"媒体这边大多数还卖个情面,不过有家沟通起来挺费劲的,我是没辙了。"

"哪家媒体?"庄暖晨盯着电脑屏幕,随口问了句。

"《新经济》。"

庄暖晨一愣:"这家不是一直跟咱们合作吗?"

《新经济》是一家传统报刊,旨在时刻关注社会经济发展动向,近两年在新媒体的冲击下,前一阵子《新经济》也开设网络报刊等新型产业,将传统与潮流相结合,据说是拉了一亿风投,一下子稳定了在圈子里的权威地位。

媒介部同事摇头:"听说《新经济》换了个主编,不大好说话。你要没时间的话,我利用国庆假期跟其他媒体人探探底,看看等节后能不能跟这人联系一下,聊一聊。"

马上要国庆了。

"谢谢你亲爱的。"庄暖晨松了口气,面对媒体,媒介部的人始终是谈判高手。

午餐后,庄暖晨和夏旅、艾念三人又偷了会儿闲,找了户外餐椅喝点咖啡。这几天凉爽下来,街两旁的叶子随风肃落,很快就该深秋了。

"看看,我就知道会这样。"艾念在听完庄暖晨讲完周末遭遇后啧啧了几声,"我早就看出江漠远对你心怀不轨。"

夏旅不同意这话:"怎么能叫心怀不轨?我觉得江漠远这人挺好。"

庄暖晨手捂着咖啡杯,醇香飘散空气之中:"怎么都事后诸葛呢?"

"我可不是事后啊,之前就提醒过你。"艾念攥着她的手,"你前晚不会跟他那啥了吧?"

"哎呀,你能不能别瞎想?"庄暖晨脸一红。

"江漠远要模样有模样,要能力有能力,这样的男人不要还想要什么样的男人?"夏旅一把将庄暖晨扯了过来,"你怎么想的?"

"拒绝啊。"

"做得对！"

"你傻呀？"

两个好友异口同声，态度相反。

夏旅恨不得一指头戳死她："你是不是还想着顾墨呢？顾墨能给你的，江漠远也能给你，顾墨给不了的，江漠远还能给你，是个正常人都会选择江漠远。"

"谁说的？我看那个江漠远有点问题。"艾念反驳，"暖晨，你可要想清楚，万一对方只是玩玩呢？现在那种兜里没装几个钱的都敢出来泡妞，更何况江漠远那种财大气粗的人？"

"好了好了，被你们吵得头都疼了。"

庄暖晨朝后一倚，抱着咖啡杯长发披肩的样子有点慵懒，她身后是大片的落叶，这一幕看上去有点小英伦的美。

"别管他是不是真心的，总之我配不上他就是了。不说这个了，你们帮我想想怎么赔人家衣服才是真的。"

"这有什么好想的？直接买一套给他不就行了？"夏旅喝了一口咖啡。

艾念也同意。

"问题是，"庄暖晨将身子靠前，"我不知道他平时穿什么牌子的衣服啊！买便宜的吧缺乏诚意，买贵的话我还不舍得钱。"

艾念挑眉看着她："我听着你这话怎么这么没诚意呢？"

"我心疼钱啊。"

夏旅看着她："你傻啊，等你下次见到他的时候，偷着看一眼衣标不就行了？"

是啊。

庄暖晨憨笑："到时候我可以找代购。"

艾念和夏旅面面相觑，做晕死状。

"夏旅啊，你别走了，我真觉得暖晨有时候挺傻的，如果我不在公司了，你也走了，她还不定怎么样呢。"艾念故意说了句。

"你真的要走？"庄暖晨心里一咯噔。

夏旅也看着她，皱着眉头。

一片叶子轻落桌面，像是别离前的预示。

艾念无奈："是啊，北京这座城市，有人适合，有人不适合，我和陆军就是后者。他也同意回老家，这几天正忙着要考公务员呢。"

"那你怎么办？跟他回去做什么？"庄暖晨问。

"陆军的家人会给我安排一份工作吧，轻松点的文职之类的。"艾念叹了口气。

夏旅看着她:"你甘心吗?"

艾念拉住她俩的手:"其实一直以来,我要的都很简单。夏旅,暖晨,我们都不小了,有时候女人不需要做得太好,有个稳定的家庭才最重要。我只想嫁给一个我喜欢的人,平平淡淡地过日子,在哪里其实真的不重要。只是想到要跟你们分开,心里挺难过的。"

庄暖晨鼻头泛酸,紧紧攥住艾念的手——人生没有不散的宴席。

"别这样,陆军的老家离北京又不远,现在高铁多快啊,你们随时想我随时就来看我,不到两个小时的车程呢。"艾念强颜欢笑。

夏旅红了眼睛,冷着脸道:"有异性没人性的家伙。"

"所以才让你留下嘛。"艾念笑了笑,"如果连你都走了,暖晨万一被人强暴或被人欺骗感情了,找人哭都没有渠道。"

"我哪有那么笨?"庄暖晨含泪笑了,捶打了艾念一下。

夏旅却思考了一下点点头:"放心吧,我会一直陪着暖晨。"

庄暖晨一愣,马上惊喜:"你不走了?"

"当然,我不留下来怎么撮合你和江漠远啊?"夏旅调侃,"不过,三部我可能待不下去了,就不知道到时候程总能给我安排到哪个部门。"

"放心吧,我会亲自跟程总谈。"庄暖晨道。

"对哦,你现在升职了。"夏旅撞了她一下,"有你做我的靠山,我就不怕了。"

"没出息的样儿,一个酒会暖晨就升职了,赶明儿你也弄个酒会冲冲喜。"艾念取笑。

"我还真有考虑。"

庄暖晨看着她们两个眉头拧紧:"我才想起一件事儿来。"

"什么事儿?"

庄暖晨清了清嗓子,一手拉住一个:"前晚酒会我喝醉的时候,你们两个是谁把我推给了江漠远?江漠远说,当时你们两个跑得比兔子还快。"

艾念一愣。夏旅先反应了过来,看了一眼手机:"呀,都一点半了!赶紧回公司吧。"

"啊,对!我也想起来下午还有个会要开呢,走啦走吧。"说完拉着夏旅一溜烟儿就跑了。

庄暖晨愤恨得咬牙切齿:"有你们这么做朋友的吗?"

下午三点半,德玛传播人事大地震。

庄暖晨知道会有这么一天,只不过没想到程少浅如此果决不留情面。二部因为在竞标中没有任何成绩出来被整个砍掉,杨天宇也因当天失误被辞退。邮件通传了全公司,这一次没人敢再小觑程少浅。

事情发生的时候,梅姐正召集一部的人在小会议室开会,庄暖晨正准备汇报国庆期间的值班人员安排,没承想杨天宇开门进来,脸色十分难看。

"杨总监?"梅姐回头皱眉,"我们正在开会。"

杨天宇上前将手里的东西啪的一下放在梅姐面前:"我进来还你东西,不打扰你的工作!"说完转身就走。

庄暖晨一看是盒咖啡。

"你什么意思?"梅姐叫住了他。

杨天宇转头冷笑:"没什么意思,只是过来跟你道声恭喜,真是难为你这么费心巴力地想招对付我!穆梅,你真厉害,你丫行!"

会议室静得能让人的寒毛都竖起来,杨天宇愤怒的眼神像是刀子似的企图划破空气中凝固的安静,大家都震惊了。

梅姐将咖啡盒拿起来,看也不看一眼扔进垃圾桶里:"骂完了吗?如果骂完了请把门关上,我还要继续开会。"

庄暖晨盯着梅姐,她眼里一丝波澜都没有。庄暖晨心底嘀咕,竞标当天杨天宇的住院到底是不是跟梅姐有关?

杨天宇冷笑:"当初你怎么爬到总监的位置,公司老人谁不清楚?别以为老天是闭着眼睛的,我告诉你,你早晚都会遭报应!"

"杨天宇!"梅姐将手头的文件往桌上一放起身,与他对视,"我原本对你还有点歉意,甚至还替你惋惜,但是,从你现在这种不输给任何人的刻薄来看,我还真不需要对你有什么歉意和惋惜。你来我这里想要证明什么?只是想要劈头盖脸地骂我一通来悔恨当初太轻易相信别人?还是想要公司的同事们全都知道程总将你整个部门砍掉是个愚蠢的决定?你想得到什么?在临走之前还想着要保护好自己的形象获取大家的同情?"

"你什么意思?"

"没什么意思。你做了什么事自己心里清楚,要想大获全胜那么你至少要做到不留任何蛛丝马迹,如果没这个能力,就不要拉着你全组人去冒险。"

杨天宇拳头攥得紧紧的,庄暖晨看着心惊胆战,此时的杨天宇像是个热水壶,血液已经被烧到了沸点正呼呼冒气,随时随地都可能迸发。

安琪听到争吵声也走了过来,上前一把拉住杨天宇压低嗓音:"你们在这里大吵大闹的算怎么回事?让同事们看笑话!"

"她做了见不得光的事还怕别人笑话？"杨天宇一把甩开安琪的手，指着梅姐吼，"你有什么资格对我评头论足？我现在才终于理解我哥，他跟你分开选择跟安琪在一起是对的！"

所有人大惊！

庄暖晨也傻住了，竟还有这段渊源呢？侧目扫向梅姐，她脸色有了变化，目光阴冷地盯着杨天宇，久久没有说话。

安琪也倍感尴尬，一把将杨天宇拉了出去，临走之前还看了梅姐一眼，意味深长。

会议被中断，杨天宇击中了梅姐的命门，不是他的歇斯底里，而是将一段外人都不清楚的过往揪出来，再狠狠砸在梅姐脸上进行蹂躏，她宣布会议暂停，一个人回办公室了。

庄暖晨没有加入同事们七嘴八舌八卦梅姐、安琪和杨天宇哥哥的事情，因为这种事怎么看怎么像是一段三角恋。

男女恋爱，只有两个结果，要么行要么不行，但多出个第三者来，那就肯定不行了。抱着咖啡杯，庄暖晨原本想到休息室喘口气，刚转弯又马上缩了回来，反应了两三秒的时间才又悄悄探头看过去——斜前方，是程少浅的办公室。

当然，他的办公室没什么让她惊讶的，但出现在办公室的人令她吃了惊。两人谈完了事情，程少浅站在办公室门口相送，那人不知叮嘱了什么，程少浅含笑点头。最后，那人伸手拍了拍程少浅的肩膀，离开了。

庄暖晨赶忙闪进休息室，避开与那人的碰面。

那人，是南老爷子。

庄暖晨不喜欢秋天，因为秋天太美，美的东西往往不会太久。

落地窗外铺了一层金黄梧桐叶，行人踩上去发出清脆的声音，即使置身室内也能听到叶子的哀嚎。

"好像每次跟我在一起的时候你都走神。"对面，男人含笑。

她收回目光看向程少浅笑了笑："这次真没走神，只是不大习惯在这种豪华的场合下谈升职加薪的问题。"

"你也知道，客户喜欢讲究个排场。"

庄暖晨点头没说话。

下午她刚回工位就有同事通知程总有请，到了他办公室他又急着见客户，竟二话没说带着她一同前往。客户下榻的地方高大上，谈完客户后程少浅便在大厅咖啡室跟她谈起了升职加薪的事。

职位升到高级客户经理，薪水可观，要是平常的话，庄暖晨一准儿能高兴得蹦起来，但今天，她脑子里一直在想着其他的事。

"程总，其实有件事我很想问你，可能不合时宜，但就是挺想知道的。"

程少浅轻笑："跟你的升职加薪无关？"

庄暖晨点头。

程少浅示意她问。

"杨总监是私下做了什么事吗？所以你才将整个二部砍掉？"

程少浅愣了足有三秒才有了反应："很难得，你是第一个没有上来就质问的人。"

"因为我觉得你不是个不讲情理的人。"

程少浅喝了一口咖啡："你就当我是个刽子手，专门喜欢砸别人的饭碗。"

"我不相信。"

两人沉默。

良久后程少浅才开口，像是妥协了她的坚决："好吧，告诉你也没关系。你不是第一天做传播了，应该很清楚咱们这行人员流动性大，已经在公司任职的高层，手里有一定资源后就想单干。资源有了，那么执行人员呢？自然会想到自己的团队。虽说公司有客户资源监管，但人心浮动，你总不能挡着别人发财吧？"

庄暖晨心里堵："你的意思是说，杨总监早就有意单做了？"

"不是有意，而是早就私下注册了公司。你知道团队就是这样的，一个团队的人员也许不会肯定公司，但会肯定带着他们去拼去闯的人。团队领导带着团队成员集体离开这种例子在咱们这行屡见不鲜，既然如此，我干吗还要留着心思早就不在公司的这群员工，早点放他们出去，对他们而言是好事。"

她明白了，铁打的营盘流水的兵，说的就是这个道理。只是她没想到的是，杨天宇处处迁就团队，只是为了拉拢人心。之前她并没怀疑，但下午杨天宇找梅姐争吵的时候，梅姐的话里话外已经显露端倪。

职场争斗会不会获得成功她不清楚，只是她会感叹人生无常，人心难测。

二手店打来了电话，指明想要购买庄暖晨发在网上的所有礼裙。

这家二手店她听说过，很多明星会将自己只用过一两次的鞋子、衣服、包包等物件拿去售卖，经过他们店的处理，犹若新品。

庄暖晨觉得自己走了好运，这些礼裙一旦成交，将会是一笔不菲的收入……兴奋感让她甚至觉得挤公车回家也是件幸福的事，但姑姑的一通电话掐断了她的嗨劲。

"暖晨啊，你跟那个江漠远没分吧？"

庄暖晨一愣，怎么又提到江漠远了？

听她不吱声，姑姑在那头可忍不住了："你说你这个孩子，至于吗？就算我和你姑父知道江漠远有钱也不能怎么样啊！你倒好，藏着掖着不说，还骗我们说是个服务生。"

街道太吵，庄暖晨只好抽身离开到车站的另一边，她刚走，身后的人马上补上，浩浩荡荡的等车队伍像是海浪一般浮动了几下。

听清楚了姑姑的指控后她无语，当初是表哥将一顶服务生的帽子扣在人家江漠远脑袋上，跟她有什么关系？原本就是她拉着江漠远假扮恋人的，难道还要她美滋滋地给姑姑姑父说，这位是江漠远，标维上市集团总裁，他很有钱，最擅长的是玩资本运作，你们把钱给他，他能帮你们"一生二，二生三，三生万物"？

"姑姑，怎么了？"依照姑姑的性格，她应该没那么多功夫去查江漠远的背景。

"我跟你说啊，你表哥前阵子生意不是出现问题了吗？好像是被一个什么朋友把投资金卷跑了，总之生意场上的事情我是不明白的。你表哥一直在拉投资，这不，江漠远就帮了你表哥个大忙，没他的话，那些个连锁酒店就完了。"姑姑噼里啪啦说了一通，"我也是今天才知道，那个给你哥酒店投资的人就是你当天领来的江漠远。"

"江漠远给酒店投资？"庄暖晨几乎尖叫，他无缘无故涉足酒店业做什么？

"是啊，所以说你这孩子多有心眼，瞒着我们干什么？"姑姑又不忘埋怨了她一句，"周末再把他领回家吃个饭。"

庄暖晨听着一个头两个大："再说吧，车来了，我先挂了。"当初是谁把江漠远骂得狗血淋头的？

"别不当回事……"电话另一端还在喋喋不休，说了什么，庄暖晨已无心听下去了。事情来得挺突然的，她一时间还无法消化。

被下班高峰拥堵的街道，像是患了脑血栓的病人，车流如同堵住的血液无法前行，绿灯亮了，红灯灭了，等绿灯再亮的时候，车流仍旧没快多少。

等姑姑讲完了电话，她选了一处较为安静的地方，犹豫了有个两分多钟才拨通了江漠远的电话。

对方接得很及时，似乎对她的主动来电有点惊讶："暖暖？"

他似乎爱上了这个昵称，虽然庄暖晨不肯承认，但心里的确不排斥。

"我……有没有打扰你工作？"

对方低笑："没有，我正想给你打电话。"

"啊？"

"你在外面？"

"嗯，今天想早走一会儿。"

"在哪？我去接你，一起吃饭。"

庄暖晨原本想要拒绝，但想到投资酒店的事后停顿了一下："嗯，我在……"目光随意一落，话却卡在喉咙里。

前方的绿灯亮了，私家车和计程车混在一起，在同一条路上纠缠着，她的目光无意落在刚巧停下的车子上。

数步之遥。

一辆银色商务车，车窗落着，车主夹烟的手随意搭了出来。这手骨架匀称，手指修长，一枚尾戒在夕阳下熠熠生辉。

羽毛造型，复古的美态，却似一把锥刀直插她的心口！曾经的情话，曾经的笑语，一桩桩一幕幕全都冒了出来。

"你送我尾戒？你想让我一辈子单身啊？"

"有我你还能单身吗？我要一辈子缠着你，就像这个尾戒，让你没空搭理别的女人。"

"你在跟我求婚？"

"臭美了吧你！"

原来她一直想要忘记的，却一直没有忘记。

死死盯着这枚尾戒，顺着男人的手指向上看，总有一种预感，当目光落在男人脸上的一刻她终于崩溃。

车主原本无意张望，从路边身影扫过去又瞬间扯了回来，手颤了一下，烟掉地。

庄暖晨下意识掐断了通话，大脑空白一片，眼泪毫无预兆地蒙了眼。

车上的男人，神情也比她好不到哪去，车停了，盯着她，如隔了千山万水。

直到后面的车鸣笛。

身后的司机不耐烦地伸头嚷嚷了句："你丫逛街呢？身后堵了一串看不见啊？"

庄暖晨如大梦初醒，下一刻拔腿就跑。

"暖晨！"紧接着是车门嘭的一声响。

她知道，他追了上来。

车笛声连成了片。

"庄暖晨，你给我站住！"男人似乎急了，几乎怒吼。

庄暖晨停住脚步回头。

他的车子横在中间，有司机下车找他理论，他逃不开身，焦急地冲着她喊出这么一嗓子，歇斯底里，如同当年的分手。

庄暖晨趁机跑了，等男人追出来的时候她早就躲在角落里瑟瑟发抖，看着那人的身影冲出车群、人群，一遍遍寻找她的踪迹。

她哭了。

六年了，她想过很多种重逢的场面，唯独想不到的竟是这种见面方式，意外而突然，她没有招架的能力。

泪水滑落，苦涩不堪。

相比大学期间他瘦了很多，五官也锋利起来，可是那双眼不似以前。他的眼，充满焦急、躁动，甚至有一种想要抓住她狠命撕碎的疯狂。

"顾墨……顾墨……"

她只能远远地看着他，低哭着喃喃他的名字，一遍又一遍。

江漠远找到她的时候，她正缩在梧桐树下。

月朗星稀，鹅黄色路灯下脚步踩碎了落叶。

街道，车辆仍旧飞速来往。

庄暖晨仰面看着突然出现在眼前的男人，他的眼比夜色还要深邃，她一时间有些恍惚。

这世上也许总有这样一种人，在你无助和彷徨时悄然出现，再为你抚平孤寂。他可能要得并不多，只是一个微笑，就这么简单。

江漠远蹲下身，凝视着她，眼里有清浅怜惜："出什么事了？"

一股莫名委屈冲上喉头，如果他的语气不这么温柔，如果不是这个该死的夜晚太悲伤，也许她就不会再哭了。

可她还是哭了。在他话音落下后的下一秒钟，她的眼泪最终还是又流了下来。

江漠远没有急切催促她，始终耐心地等在那儿，温和地看着她，等待着她的开口。

她像个孩子，眼泪满了脸颊，狼狈至极："我……看见顾墨了。"

江漠远微微一怔。

"他在身后一直叫我,我、我……"毫无逻辑的话却耗尽了她所有的清醒和精力。

可是江漠远听得懂,下一刻伸手将她轻揽入怀,没继续问,任由她在他怀中放声大哭。

庄暖晨回到家洗了个热水澡,这才稍微恢复了体力,从浴室出来的时候,两只眼睛红肿得像桃子。

江漠远将她送回家后没有马上离开,见她出来后轻声说了句:"把牛奶喝了。"

庄暖晨蜷坐在沙发上,接过他递上来的牛奶——瓶子还是温热的——哑着嗓子说了句:"谢谢你。"

"好些了吗?"

沙发狭小,两人近得可以闻到彼此的气息,正因如此,庄暖晨才能感觉得到来自江漠远身上的温暖——他其实没有义务要这么关心她。

"如果有什么不开心的就跟我说,不要憋在心里。"

她抬头看着他。

心底没由来涌起种莫名的感觉,像是感动又像是其他。在他出现的那一刻,她真的就不那么害怕了,从未在别人面前提及的情感,在他面前却那么毫无顾忌地说出来。

可是怎么会这样?他曾跟她说,要她跟他在一起。

见她犹豫,江漠远扯动了一下唇角:"就算我们做不成情侣,做朋友总可以吧?"

"做朋友",这三个字像是三把重量级锤子,猛地将她最后的防御和顾忌敲碎。

庄暖晨喉头噎噎的,但还是将白天发生的一切一字不差地说给他听。其实从相遇到她逃窜,前后都不到十分钟,可她说得很艰难,每字每句说出如同在心上割口子。

"我最后还是选择了逃,很傻是不是?"

江漠远轻声道:"不是傻,这是人的正常反应。"

"如果换作是你,你也会这么做吗?"她试图寻找心理安慰。

江漠远笑笑:"也许吧。"他没有这种经历。

庄暖晨低头咬住唇,良久后才开口:"我知道他还恨我,我就知道会这样。"今天顾墨的眼神充满愤怒,正如六年前的一样。

江漠远调整了一下坐姿,思考良久,道:"虽然我不清楚你和顾墨的过往,但我认为,有些事情过去了就是过去了,没人能够逃过时间。你以为一切都像从前，可是你和他都已经不在原点，所以顺其自然吧，人要向前看才会快乐。"

"向前看？"她还有向前看的力气吗？尤其是顾墨出现了以后。

江漠远淡笑："这样吧，国庆你有安排吗？"

她摇头，每年的国庆节都像是一场人口大迁徙，之前她也想过回老家看看，但凭借以往在节假日里都拼到血流成河还一无所获的经验，已深知一票难求的道理。她宁愿过年的时候申请年假，多在家待些日子。

"国庆我会到外地谈笔生意，你跟我一起去，谈完生意我带你好好玩玩。"

她愣了足有三秒："不用了，公事要紧。"

"没关系，谈生意顶多就能用上两天，接下来的几天都闲着，想去哪儿玩我们可以计划一下。"

"真的不用了。"想到跟他单独在陌生的城市待上几天的情景，她总觉得有点怪。

江漠远不急不慌地说："竞标时间的缘故，我们错过了国庆的黄金活动时间，那么接下来你是不是要跟我好好沟通，第一场活动以什么样的形式、选择怎样的日子才好？从工作关系上看，你是我雇的，甲方有需求，乙方应该配合吧？"

庄暖晨盯着他，忍不住破涕为笑："你的威胁筹码一点都不靠谱。"

"哦？"江漠远见她笑了，唇角的笑意更浓，"那我虚心请教一下，怎样的威胁筹码才算是靠谱的？"

庄暖晨敛眸想了想："比如说什么你如果不陪我去的话，我会取消合作，又或者是什么你的命运捏在我手里你不得不听之类的话。你知道，小说和电视剧都这样推进剧情的。"

"嗯。"江漠远故作思考点点头，"从戏剧角度上看，这种威胁的桥段的确可以达到艺术效果，但从理论上讲不切实际。"

"有什么不切实际？"她的注意力被他的话吸引，暂时忘记悲伤。

"你可以试想一下。"江漠远调整一下坐姿侧身朝向她，"你说的第一种桥段，取消合作，那是我单方面毁约，要赔款的人是我，这种威胁相比较而言成本太高，有点缺心眼的嫌疑；你说的第二种桥段更不可能，我不是神，怎么攥着你的命运？大不了你辞职不干了，难道我还能拿着你亲人或朋友的命来威胁你就范？只为了共度国庆？脑袋被门挤了。"

庄暖晨没料到他会因为这么几个桥段而说出一大堆的道理来。

"所以说，你们女孩子没事少看点言情剧。"江漠远揉了揉她的脑袋。

"哪有？"庄暖晨赶紧澄清，"其实，就在竞标那天，你就是捏着我的命运呢。想想看，如果竞标失败的话，那我真不知道会怎样了。"

江漠远微微挑眉："机会永远留给有准备的人，你是凭实力才拿下这一标的。"

"那还是要靠你的指点，如果你不提前告诉我标维需要什么，我怎么会投其所好？"

江漠远浅浅一笑，气定神闲："所以说，国庆跟我一起是明智之选，至少我会在你的活动方案上给点意见，不至于让你改了又改。"

庄暖晨闻言后捂着嘴，泪水被笑意塞住了，缓缓道："你这招太坏了，比威胁人的桥段更狠。"

"只能说明，你对男人的了解几乎为零。"

庄暖晨没明白这句话的含义。

江漠远没打算解释给她听，语重心长道："当给自己放个假吧，人要休息的未必只有身体。这几天你可以好好想想最想去哪儿，我陪你。"

温柔关心的语息使得她的心轻轻一颤，一股难以言喻的冲动油然而生，像是暖流在她体内缓缓流过，融化了一天的惊吓和冰寒。

国庆节将至，大多公司的员工心都散了，德玛传播除外。

程少浅的大笔一挥，活动部门由三个变成两个，人员又开始进行重新组合，这样，活动部就成了梅姐和安琪平分天下的局面，大家势均力敌，不难想象以后的刀光剑影。

一个下午的时间，行政部都快忙疯了，公司工位大调动，楼上楼下都搬了家，连前台莉莉都被拉来做劳力，小姑娘累得快哭了。

每次搬工位，都像是一个地震后的救灾现场，每个人的神情都如同进了震中区，要么狂躁癫疯，要么面无表情。

庄暖晨这边忙得更是不亦乐乎，国庆前有太多的工作要忙，初步方案还要修订，除了标维的案子，手上也有点零碎的小活。

快五点的时候，梅姐从程少浅办公室出来，脸色难看。

庄暖晨也没顾着察言观色，拿着份资料就冲了过去，结果被她劈头盖脸地骂一通。

"你给我这些资料干什么？让我一家一家地看？庄暖晨，你是第一天出来做事的？筛选资料是你的工作！你给我记住，我要的只是结果，你给我把这些材料商各自的报价、优势、劣势、横向纵向的对比情况、以往做过哪些企业活动、进货的渠道是哪里等问题统统查明白了，列出详细的清单再拿来给我看。你不懂得做经理就去问问齐媛媛,再不懂就给我收拾东西滚蛋!"

办公室的门嘭的一声甩上,庄暖晨也跟着颤了一下。夏旅上前拿过资料看了看:"梅姐也真是的,看也不看直接骂人,这不都做得很详细了吗?"

"我回去重做。"

"哎呀,就算你重做一百遍都没用,漏洞在她心里,不在你资料上。"夏旅阻止了她,从部门分流后,她便调来一部跟庄暖晨、高莹共同负责标维的案子。

"梅姐怎么了?"

"还能怎么着?八成是升职请求被驳回了吧。"夏旅努努嘴,冲着程少浅的办公室,"听说程总要下设活动部副经理职位,梅姐当然想要往上爬啰,不过看样子可能心愿未遂,所以就拿你出气了。"

庄暖晨张了张嘴巴,她还真不知道这件事。

"就是这样的,辛苦你一人,功劳她去领,幸好程总是个明白人。"

庄暖晨现在可没心思理睬这些事:"算了,做事吧。"

国庆前一天艾念正式离职,因为她也参与了标维项目,临走时公司多发了她三个月的工资。

这几天日子在忙碌中度过,庄暖晨已经没时间想起顾墨,只是空闲的时候再想到他也会心痛,她不知道顾墨会不会有一天找到公司来。

江漠远这几天的电话跟得挺勤,主要是跟她确认国庆旅行的目的地。趁着中午有时间,庄暖晨在携程上开查,正扫着网页,手机响了。

庄暖晨看了一眼来电显示,赶忙拿起手机,刚"喂"了一句,脸色立刻变了……

Chapter 3

  国庆节第一天流动的人群蜂拥而至，纷纷涌向了火车站、汽车客运站及机场，像是被一个巨大的医疗仪器强行分流了心脏中的血液，使其流向苍白了太久的其他枝干血管。
  庄暖晨一大早就顶着两个熊猫眼挤上了地铁，六点刚过的地铁车厢里人身贴着人身，被挤得密不透风。地铁门每次开启，下车的人有两三个，上车的人却是二三十个。
  工作人员的嗓门特别大："别都堵在门口，你干吗呢？往里走！嘿，上不去的别上了，等下一趟，也就一两分钟的事儿！"
  庄暖晨的身子紧紧贴在另一侧的门玻璃上，她再次联想到此时此刻车厢里的人都像是被压缩的照片，一张贴着一张，车厢上空不停地升腾着几个词：赶车、回家……她也奇了怪了，明明是提前走了一批人，怎么还这么多人？
  终于，她赶到了客运站，却是从一处人海跳进另一处人海。死按着包，脑袋削尖了往售票处里扎，却被告知票已售完。
  庄暖晨将自己晾在椅子上，焦急早就被绝望取代。
  昨天她接到了爸爸晕厥的消息，电话那边妈妈的声音颤抖，那一刻她才感觉到妈妈老了，她也会像个孩子似的害怕。
  网上订票难，她又冲到火车站足足排了三个多小时的队，结果却还是一无所获。
  大脑正处于死机状态，夏旅突然打来了电话："哪儿呢？赶紧去机场，有个今天改签的票腾出来了。"
  她噌地从椅子上站起来，冲出了人群，边挤边对夏旅道："你够神通广大的了，这都能被你搜到？"
  "不是搜到的，是老天爷还想给你条活路。"夏旅说，"一直跟咱们有合作的订票机构帮了个大忙，订票大姐巨牛，一听到有客人改签的消息立马通知我，还把票给咱们压下来了，怎么样，感动吧？"
  庄暖晨自然感动得快痛哭流涕了，打了个计程车便往机场赶。
  "你爸爸严重吗？明后两天我看看票况，我去找你吧。"夏旅担忧

"没事，亲爱的，你已经帮了我大忙了。这样吧，如果家里那边真的情况严重的话我就给你打电话。"庄暖晨知道夏旅的性格，如果不让她帮忙的话她肯定不高兴，所以就暂时这么说。

"好吧，你路上注意安全，记住，实在撑不住一定要给我电话。"

"好。"人生得一知己，足矣。

不到十点半她赶到机场，只背了个包，没有大件行李，不用办理托运，换了登机牌过了安检，到了登机口，见航班信息一切正常后终于长舒了一口气。

从昨晚到今天上午，她像是个斗士，从火车站到客运站再到机场，全身力气都被抽光了。气喘匀的时候，庄暖晨的大脑才恢复正常运行，然后一僵。

完了，她忘给江漠远打电话了。

手忙脚乱翻出手机，刚要打给江漠远，没成想他先打了过来。

"我在你家楼下，东西收拾好了吗？没收拾好的话我上去帮你。"

她连死的心都有了："对不起，我、我没法跟你过国庆了，我要回家一趟。"

那边稍做沉默："家里出什么事了吗？"

"没什么，就是我妈打电话说挺想我的。"庄暖晨扯了个谎，"对不起，因为一直忙着订票，我忘告诉你了。"

江漠远听她说没事，似乎松了口气："回家看看父母也好，没关系，以后有的是机会，订到票了吗？"

"嗯。"庄暖晨见他不介意，不安的心这才放下，"夏旅帮我弄到了机票，一会儿就该登机了。"

"那好，路上注意安全，落地后给我电话报平安。"

"嗯。"

两千多公里，飞机一小时四十分钟降落后，庄暖晨给江漠远打了个平安电话，然后又转车，晃晃悠悠的几个小时，到家已是太阳落山了。

她的家乡，鱼米之乡，一座富饶的文化古镇。

赶到中心医院的时候，庄妈妈一下子扑了上来，眼里含着泪，一句话也说不出来。她紧紧搂着妈妈，压着心头对未知的恐惧轻声安慰她，牵过妈妈的手，如同小时候妈妈牵着她的手一样。

治疗室，爸爸躺在里面，依旧昏迷。

庄暖晨见过主治医生，诊断是爸爸患有冠心病，这种病很常见，但也很危险，加上父亲伴有晕厥表现，属于高危人群。

站在治疗室外,庄暖晨如鲠在喉。

爸爸是军人出身,年轻那会接到上级命令被派往古镇做支援兵,遇上了下乡的妈妈。妈妈是大学生,上海人,骨子里流淌着南方人的温和细腻,爸爸是北京人,粗犷豪放,两人一见钟情,然后结婚。

最初的十年,是妈妈为了陪爸爸守兵留在古镇;可后十年,是爸爸为了陪妈妈在这里教书留在古镇;再后来,两人都觉得离不开古镇了,便决定一辈子留在这里。

在庄暖晨的印象里,爸爸一直都是个很严肃的人,说话干脆有力。从小到大,爸爸从没有送她去过一次学校,只是参加过一次家长会,她甚至很怕爸爸。

一直以来,她以为爸爸根本就不爱她。

考大学她选择了北京,因为在潜意识里她很想去了解父亲出生成长的地方。就在她临行的前一晚,父亲给了她一个电话号码说:"这是你徐叔叔的电话,他是我的老战友,你一个人在那边,我们不在身边,有什么事就给他打电话。"

那时候她才稍稍觉得,也许父亲还是关心她的。

跟家里通电话,一向是她跟妈妈聊天,爸爸很少接电话,有时候接了也只是说那么几句。后来妈妈无意间告诉她,其实在她很小的时候,每次上学,爸爸都在后面跟着,看着她安全进了校门才离开。

还有爸爸唯一参加的那次家长会,妈妈说,爸爸一直将她那次得到的三好学生奖状放在压缩袋里保存着,整整齐齐,直到现在都没有一丝褶皱。她在学校取得的其他奖状,爸爸都细心保存着,有时候会拿出来看看。想想那时候参加的家长会,他女儿全年级第一,每每提到就是骄傲。

参加工作后,她跟爸爸的沟通渐渐多了起来,但爸爸主动打电话的次数还是很少,大多情况下是妈妈打来电话抱怨:"你爸总是问你打没打电话回家,让他亲自打吧他还不愿意。"

后来庄暖晨才明白,爸爸不是不爱她,而是不懂得如何表达感情。

看着治疗室里的父亲,两鬓染了白,这个从来都不服老的男人,现在也只能等待命运的垂怜。

第二天凌晨,父亲仍旧处于昏迷,庄暖晨和妈妈几乎一夜没睡守在病房外,经医生初步诊断,目前情况尚算良好,除了等没有其他太多办法。

新的一天又将开始。

阳光从走廊尽头的窗子中照进来,在光洁的地面上铺洒了一层淡淡的金黄。

八点多钟,庄暖晨准备回家给妈妈拿点换洗的衣服,顺便再买些日用品。走出中心医院的时候,空气中泛着浸骨的寒,刚下过雨,吹过身体的风都透着浓重的雨气,密密麻麻铺过来。

小镇的青石板路泛着清冷的光,家家户户早就起床了,有的甚至都从集市回来,见到庄暖晨后热情洋溢地打着招呼:"哟,这不是庄家的丫头吗?你爸爸身体怎么样了?"

家乡的人依旧热情淳朴,说实话,她也很爱这里。

打了个招呼,庄暖晨吸了吸鼻子,家乡的十月冷得还是较快。走过河边的时候,一缕阳光冲破云层倾泻了下来,河面泛着鱼鳞般的光,映得她睁不开眼,刚抬手遮眼,目光不经意落到了河对岸的男人身上。

河水倒映着车影,男人站在河畔,不知在看什么,很专注。

阳光扯破了清晨的白雾,空气中还隐约浮动着几缕雾丝,从庄暖晨这个角度看,正好在他身边浮动。他的背影伟岸,深色大衣的衣角在微风下轻轻摇摆。

她足足愣了两三分钟,甚至误以为看错,用力揉了揉眼,确定无误后冲着河岸就跑了过去,心没由来地加速。

走到他身后,拍了男人肩膀一下:"江漠远,真的是你?"

"暖暖?你怎么会在这儿?"江漠远转头见是她,看上去也同样意外。

"我老家就在这儿啊!"

江漠远笑了:"一直听说这里风景不错,所以我过来看看有什么可做投资的项目。"

"原来你说谈生意就在这儿啊,早知道我就蹭着你一起来了。"庄暖晨觉得缘分真奇妙。

江漠远含笑。

"咦?这不是你的车。"

"车子是市区朋友的。"他打量了一下她,"看上去没休息好。"

事到如今庄暖晨也没必要隐瞒,便和盘托出。

待她说完,他问:"医生什么意见?"

"要等爸爸醒了,还要做详细身体检查。"

"放心吧,没事的。"他大手落在她的肩上。

简单的话却给了庄暖晨信心,用力点头:"谢谢。"

江漠远顺势拉过她的手:"走吧。"

"去哪?"

"不是要买日用品吗?从这里到集市,开车快一点。"

"不不不，我自己去就行了，别耽误你的正事。"

"走吧。"话音未落他便将她强行拉进了车里，"把要买的东西告诉我，我开车，你睡会儿。"

庄暖晨是被一阵急促的手机铃声惊醒的，妈妈的电话，说是爸爸醒了。她喜出望外，挂断电话后这才意识到自己在副驾上睡得瓷实。

"别着急，我们正往医院赶。"

庄暖晨一愣，扭头一看，吃惊，车后座上放着七七八八的日用品，还有大包小包的食物、崭新宽松的休闲服等。

"这些都是你买的？"什么时候到的集市？她竟一点都不知道。

车子平稳地拐了个弯，江漠远笑："到了医院看看还缺什么，再买也来得及。"

"已经挺多了。"庄暖晨心里不是滋味，"我睡了很久吗？"

"不长，也就是买个东西的时间。"江漠远一手把控着方向盘，一手伸过来轻轻搂了她一下，"再睡会儿吧，到了我叫你。"

庄暖晨心生温暖可又觉尴尬，转头看着他的侧脸。江漠远在集市上买东西会是什么样子她想象不到，唯独不难想的是人高马大，穿得如此讲究的他出现在集市上必然掀起不小风波。

两人赶到医院的时候庄妈先迎了上来，见到江漠远后迟疑："暖晨，这位是？"

还没等她开口，江漠远先开始了自我介绍："阿姨您好，我是江漠远，暖暖的朋友。"

"暖暖……的朋友？"庄妈妈将一句话拆成了两句分析，目光像伽马射线似的打量着他，又看了看庄暖晨。

"妈。"她低声唤了声，心底哀嚎，妈肯定是误会了。

庄妈妈马上笑了笑："哦，原来是江先生。"

"阿姨，您叫我漠远就行了。"江漠远从容淡定，"叔叔现在怎么样了？"

"他已经醒了，我终于放下心了。"

刚到病房门口就能听见里面开了火，庄爸正在跟医生发脾气，几个小护士按着他，急得汗都下来了。

见暖晨进来了后，庄爸先是惊喜，很快脸色一变冲着庄妈大喝："你说你这人，我就是摔了一下，你倒好，把暖晨给叫回来了！你这不是耽误孩子工作吗？"

庄妈早就习惯了他的大嗓门,走上前:"你就嘴硬吧,天天念叨女儿,现在女儿回来这不挺好的吗?再说了,耽误什么工作,现在是国庆。"说着说着眼眶红了,伸手用力捶了一下庄爸,"你个没良心的老头子,还摔了一下?你都昏了好几天了,吓死我了。"

庄爸愣了一下,见庄妈一脸憔悴自是心疼,但还是嘴硬:"人还没死呢,哭什么哭啊,我这不是好好的吗?"

"爸。"庄暖晨压下想哭的欲望,快步上前故意生气,"您是怎么回事啊?平时是不是也不吃我给你们买的保健品啊?"

"什么保健品的都是骗人的,以后别乱花钱了,自己留着点。"庄爸的语气变软。

"不吃保健品的话就要好好保重身体呀,您看您这次住院住的,差点把妈吓得也晕过去。"她紧攥着庄爸的手,心里却在不停地感谢上苍,这样真好,还能够跟家人待在一起有说有笑真好。

庄爸脸故意一拉,大嗓门又扬了起来:"我是当过兵的人,什么大风大浪没见过?这点小病算得了什么?"

"好了好了,赶紧歇着吧!"

江漠远站在门口,看着病房内的一家三口,浅笑。

医生插话进来:"庄先生啊,你看你的女儿、老婆都这么担心你的身体,就好好在医院做个详细检查吧。"

"不行!做什么检查?我要出院!"庄爸还没忘这茬儿呢。

"爸,您现在不能出院。"

"我的身体我很清楚,没什么大碍,我可不住医院,住在这儿没病也能住出病来,咱赶紧回家。"庄爸十分执拗。

"你还以为自己年轻呢?就住在这儿几天能怎么着?又不是让你下火坑上前线的。"庄妈气得也提了声音。

都说这两口子时间长了就会有夫妻相,庄暖晨觉得,爸妈不但有夫妻相,甚至现在连脾气都快一模一样了。

"还不如让我下火坑上前线呢!"庄爸又是一高嗓门。

所有人都拿庄爸的脾气没辙,一直沉默的江漠远上前:"叔叔,我知道您在担心什么,放心,阿姨和暖暖有我来照顾,您安心做检查。"

庄暖晨就站在身边,江漠远的话像是锤子似的砸在她心上。

枉她自认孝顺,竟连父亲执意出院的心思都没有摸透:父亲是个军人,早就习惯了担当,现在让他住院,就好比让别人来为他顶天,自然心里不舒服。

庄爸一愣，疑惑打量着眼前人。

看人看眼睛，这人看上去挺年轻，但眼神沉静，是种泰山压顶不弯腰的稳重。

"你是？"

"这孩子是暖晨的朋友呢，叫江漠远。"庄妈满眼欣喜。

庄暖晨掩唇，怎么听着母亲称他为"孩子"这么别扭呢？

"我怎么听着这名儿这么耳熟呢？"庄爸拧紧了眉头，努力回忆。

医生见状趁热打铁："因为庄先生检查的项目比较多，有的是排在上午的，所以我建议还是要留院检查方便，这样，哪位家属跟我去交下费？"

"医生，我跟你去吧。"庄暖晨赶忙拿过包。

下一刻拿包的手被男人轻轻按下："我去就行，你照顾好叔叔。"

"哎，江漠远。"庄暖晨追到了门口，只看到他越走越远的宽阔背影。

在门口愣了好久才返回病房，庄妈迫不及待问："暖晨啊，这个江漠远是不是你姑姑口里提到的那位？"

庄爸听了这话方才恍然大悟。

她点头。

"听你姑姑之前说他是个服务生，前两天又突然打电话来说是什么投资商，这人的背景你到底知不知道？"庄爸担忧地问了句。

庄暖晨生怕盘问升级，马上交代："服务生那件事纯属误会，他平时是玩些资本运作，准确说，他是我的客户。我澄清一下啊，我俩没谈恋爱，工作上是合作关系，私下是朋友关系，就这么简单。"

"你回趟家他都能跟着来，这种关系还简单？他看上去有钱有势的，就什么都不图无偿帮你？"庄妈皱眉。

庄暖晨没辙，便将当时请求江漠远假扮男朋友一事一五一十跟爸妈道了出来。

庄爸和庄妈在了解了事情的全部经过后点点头，庄爸开口："这人倒是看着不错，当时你姑父也挺看好他的。"

"爸，我和他不可能的。"庄暖晨嘟囔了句。

"不管你跟他有没有可能，咱得先把费用给他还了，让他拿钱算怎么回事啊。"庄妈拿出钱包。

"妈，我有，您就别操心了，我知道怎么做。"

江漠远办完手续回来，身后跟着几名小护士。

他含笑上前："叔叔，因为检查项目基本上都在三楼，咱们要转个病房。"又看向庄妈，"您也一直没有休息，病房里有空余的床位，您好好休息一下。"

"哦，啊，好好好。"庄妈连连点头。

虽说大部分的检查在三楼，江漠远租了个轮椅推着庄爸去各个检查室，但有的检查还在一楼，中心医院没有电梯，江漠远二话没说背着庄爸楼上楼下一趟趟跑。

整个下午如同作战，江漠远挑起了担子，各项缴费、开证明、取药、拿片子、等候结果等，焦头烂额的事被他处理得十分稳妥。

庄妈两天没合眼也是憔悴得很，庄暖晨劝说她休息，一切情况她来盯着就行。

庄妈道："你这孩子能做什么？这一天不都是漠远在忙前忙后的吗？"

庄暖晨脸一红，下意识抬头对上江漠远含笑的眼，心不经意被撞了一下。

等庄爸做完今天最后一项检查后，江漠远叫了餐，几人简单解决了晚餐后他建议庄妈和暖晨回家休息。

庄爸赶忙挥手道："你们都回去休息，我现在又不是不能照顾自己，都不用在医院待着。"

"现在让我睡也睡不着，下午睡得不少了。"庄妈对暖晨说，"你带着漠远回家休息，漠远也累了一天了。"

庄暖晨一愣："啊？"

"快回去吧，一会儿天黑了。"庄妈给了庄爸一个眼神。

庄爸马上领会了庄妈的意思，附和道："我还有话要跟你妈说，今晚就让你妈留这儿。"说完看向江漠远，"以前来过这儿吗？"

江漠远倒是诚实："第一次来。"

"那就好了，暖晨，这样，明天你就带着漠远到处转转，尽尽地主之谊。"经过这一下午，庄爸挺喜欢这小伙子。

"爸，您住着院呢，我哪有心思去玩？"

"明天你爸就是等结果，还有两项检查是在后天，明天也没你什么事，就带着漠远好好转转。"庄妈搭腔，"漠远啊，我们这儿一直朝南走就是南山，风景可好了，哦对了，'采菊东篱下，悠然见南山'说的就是那。"

庄暖晨差点一个趔趄，太能瞎掰了吧？把陶渊明也搬出来了。妈妈啊，此南山未必就是彼南山啊。

江漠远十分有教养："好。"

他竟同意？庄暖晨转头瞪着他："你不是要考察投资项目吗？哪有时间？"

还没等江漠远回答，庄妈马上道："这不正好吗？漠远，我说的那个南山挺值得开发的。咱们这座古镇历史悠久，古镇里虽然不让开发，但古镇外可以啊。"

江漠远含笑："阿姨，我尽力。"

"我妈跟你开玩笑呢，你还当真了。"庄暖晨低声说了句，抬头见爸妈又要开口，赶忙聪明提前抢话，"你们别说了，我俩现在就走。"

临走前庄妈又把她扯住，低声叮嘱："看着挺靠谱的小伙子，可以试着交往交往。但有些事你自己要掌握分寸，一人一屋，你晓得吧。"

庄暖晨一个头两个大。

秋季昼短，夜来得快。

车子不能进古镇，这是古镇的规矩。

下了车后庄暖晨对江漠远一再道谢，江漠远眼角温柔："跟我不用这么客气。"

他眼里似乎藏了江月的涟漪，她抬头，见他目不转睛地盯着自己，脸就蓦地发烫，赶忙又低下头。

进入古镇，首先要经过一座贞节牌坊，江漠远挺感兴趣。

"听老辈人说，这座贞节牌坊已经立了有一千多年了，具体是为谁立的我就不清楚了，不过都是为了表彰那些丈夫死了还守一辈子寡的女人，赞誉她们的品德高尚。"

江漠远听了不赞同："这对女人而言不公平，是人都有权利去追求自己想要的，女人也一样，毕竟这世上不止她丈夫一个男人。"说完突然伸手揽过庄暖晨的肩膀，眼里透着深意，"你说是吗？"

庄暖晨一愣，随即笑了笑："我怎么知道？我又没结过婚。"

江漠远扬唇笑了笑。

入了夜的古镇像是蒙上面纱的少女，缱绻温柔。这里的家家户户建筑都大同小异，一到三层的高度，独门独院的设计。

入夜后家家户户都要点起门户的大红灯笼，远远一看成了红色长龙。这个时间还有人家刚做饭的，空气中浮动着柴火香，这是庄暖晨觉得最温暖的气味。

夜风吹过，巷边的参天高树沙沙作响，落下大片大片的黄叶。古镇环山，四季分明，冬季偶尔下雪。风过有点凉，庄暖晨环抱胳膊，边走边给江漠远讲述古镇的历史。江漠远很自然地将外套脱了下来披她身上。

两人的脚步声轻轻回荡在深巷中，几千年的青石板路被月光映得散发出透亮的光泽，这条路留下了几代人的汗水，是这些汗水将青石路洗得干干净净。

不远处有两三人走过来，有说有笑，许是相互串门去了，经过庄暖晨身边的时候，其中一人笑道："暖晨啊，带男朋友回来啦？"

善意的笑容，喜悦的言语。

庄暖晨条件反射地看了一眼江漠远，他似乎想笑，但在强忍着。心跳加快，庄暖晨拉过江漠远的手臂，加快脚步。

等几人不见了身影，庄暖晨才放缓了脚步。"他们在跟你打招呼，怎么不理？"江漠远故意问了句。

"古镇很小的，到不了第二天中午大家都会知道你。"

"我有那么见不得人吗？"

"不想让大家误会嘛。"庄暖晨慢慢朝前走着，紧了紧身上的外套。

江漠远伸手将她拉回来，半开玩笑半认真道："你是怕流言蜚语，到最后非我不嫁？"

她看着他有一瞬的停滞，却很快含笑问了句："那你爱我吗？"

意外的问题令江漠远愣怔。

她忍不住笑出声来："我还以为你一辈子都不会变表情呢！笑死我了，原来你也有震惊的时候啊……哈哈。"

江漠远这才反应过来："你逗我？"

庄暖晨笑意深漾双眼，倒退一步。江漠远嘴角微扬，伸手要来抓她："给我过来！"

庄暖晨像是兔子似的蹿开了："抓到我再说吧。"

江漠远笑着，快步追了上去，两人的身影越来越近。

她闪进了一条巷子里，愉悦的笑声飘进男人的耳朵，他的心情变得轻松，跟着进了那条巷子，见她停下便快步上前，一把将她钩进胸膛，低笑道："还跑？"

庄暖晨一反常态，呆呆站在原地，目光落在正对面的房子上。

江漠远顺着她的目光看过去，是一幢三层的房屋，建筑风格跟古镇的每家每户都没什么两样，只是这家门口没点灯笼，里面黑漆漆的。

门口贴着对联，褪色的字迹、泛白的纸张，摆放在阳台上的几盆花干枯蔫黄，这家人应该是搬走了很多年。

夜空有细碎的星星，庄暖晨眼里也像是落满了星辰，有微微的光亮闪过，看着眼前的白墙灰瓦，酸楚涌上胸腔。

那还是在她上高二的时候，她被几个不学无术的学长围堵，吓得没了魂的时候，一个书包飞过来砸中带头学长的脑袋。

顾墨不知从哪儿钻出来，双手插兜，吊儿郎当的，嘴里还咬了根牙签。

之后的场面很混乱，顾墨打跑了那些人，同时自己也挂了彩，校服上都是血。他弯身拾起书包，随意往肩上一搭，问她受伤了没有。

她好半天才有反应，摇头，于是他的语气很不客气："没受伤就赶紧回家，别挡在我家门口。"

她冲着他的背影道谢。

顾墨停住脚步，又冷哼一声："下次再招蜂引蝶记得走远一点，别在我家门口惹麻烦。"话毕他走进那幢房子。

那幢房子，是顾墨的家。

当时她呆了足有十几分钟，反应过来后朝里面吼了一嗓子："好好的话你不会好好说吗？混蛋！"

那一晚，她也是站在房子外好久，像今晚一样。

眼前的房子已经荒废了好多年，一丝生机都没有了。

可她仿佛还能看见倚靠在窗口的那个白衣少年，怀抱着尤克里里轻轻弹唱，他的嗓音如同天籁，眼神缥缈。

当时的她就有预感，他不可能一辈子待在这里，他的眼、他的心都是那么与众不同。

突然，身体被一双大手扳过来，她回过神，一愣，抬头对上了江漠远的眼睛。

"怎么了？"他低问，目光却锋利。

"没事。"她挺怕他这么看着自己，"我们走吧。"

江漠远浅浅一笑，搂着她继续前行。小巷的尽头，她下意识回头看了一眼，那幢房越来越模糊，最后视线被巷墙隔住，再也看不见了。

知道江漠远没住过这种地方，庄暖晨特意将自己的大床房让给了他，自己睡在客房。

她家与其他家一样，一层是客厅，二层是睡觉的地方，三层是阁楼，放些杂物。古镇都是祖屋，既结实又冬暖夏凉，只是楼梯踩上去都会有点动静，不过吱嘎吱嘎的也挺好听。

庄暖晨将新的洗漱用品拿上二楼，敲了下江漠远房门，发现他没在卧室，洗手间的灯是亮着的，门也是微敞的。没水声，江漠远没洗澡，庄暖晨想都没想直接推门进去："牙刷什么的我都给你——"

剩下的话生生咽下去。

浴室里，江漠远是刚洗完澡，拿着条浴巾刚要围腰上，动作就被她突然的出现给打断了，手停在半空。

她的后脑像是被人狠狠踹了一脚似的，一片空白。江漠远最先反应过来，忍不住笑了，随手将浴巾围腰上。

下一秒庄暖晨一声惊叫，紧接着跑出卧室。

江漠远哭笑不得，被不慎看到的人，好像是他吧？

庄暖晨回房接到了夏旅的电话，说完医院情况后，她忍不住又说了"美男出浴图"的事。当然，在这个故事里她充当了一次女主角，不过只是十八线演员的水平，遇上平静如他的大腕，她只能上演落荒而逃的矫情戏码。

"这么说，你把他看个精光了？"电话里，夏旅亢奋。

庄暖晨将手机微微移开，揉了揉耳朵："是啊，我怎么知道他刚洗完澡啊？动作那么快。"

"快快快，给我说说，他身材怎么样？"

她红了脸："身材超好啊。"

"哈哈，怎么个超好啊？"

"嗯，全身一点赘肉都没有，肩膀宽，胸膛挺结实的。"

"全身啊？"夏旅坏笑，"你好像看得挺仔细啊。"

庄暖晨一时语塞，脸更红，打开窗子，让夜风吹进来凉快会儿："瞎说什么呢？"

"孤男寡女哦。"

"不跟你说了。"

通话结束刚转过身，庄暖晨又是一嗓子。

江漠远就坐在床边，饶有兴致地看着她。

"你、你什么时候进来的？"她像是见了鬼。

江漠远换了身休闲衣服，强忍笑："貌似是你在对我身材品头论足的时候。"

她的脸"唰"的一下就红了："你、你怎么可以偷听别人电话？"

"我没有偷听，我敲门你没应，所以就进来了。"

"敲门没应的话那就是不让进呗。"

江漠远轻笑："我以为这是你家的规矩，就像你大大方方进浴室一样，我觉得入乡随俗会更受欢迎吧？"

"你、你……江漠远你、你欺负人！"

"我怎么欺负你了？被人看光的人是我。"江漠远笑得灿烂。

庄暖晨真后悔接夏旅的那通电话："那你进来干吗？"

"我怕你想不开，没事，我是个男人，这种事不吃亏，所以你不用内疚。"

在庄暖晨的印象里，江漠远向来理性稳重，难得的玩笑话让她的尴尬和羞涩奇迹般一扫而光，瞪着他："谁啊？谁想不开啊？我内疚什么啊？而且跑并不代表着内疚吧？我明明是被一个带有暴露癖嫌疑的大老爷们给惊到！"

江漠远揶揄，抓重点："惊到？"

庄暖晨品出他眼里的意味深长，蓦地红了脸："你、你别误会，我是见你没穿衣服才惊到的！"

"哦。"江漠远环抱着胸，饶有兴趣地看着她，"我刚刚问的就是这个意思，是我误会了，还是你的理解有问题？"

"你……"

"好了，你控制不住双眼我也能理解、明白。"江漠远忍不住笑了笑，倒也没再逗她，"我回房了，你好好休息。"

卧室门关上好半天庄暖晨才反应过来，不是……他明白什么了？

庄暖晨醒来的时候窗外是朦胧的光，洗漱完，她换了身运动装，心情愉悦地下了楼。

餐桌放有早餐，一楼的门敞着，清晨干净的空气四处流窜，院子里有动静，庄暖晨循声找过去，却愣在原地。

院子南侧有古井，她家做饭、浇花甚至夏天做些冰糕都用井水，清冽甜口。江漠远就在古井旁，咕噜咕噜地往上提水，水桶上来后，他单手将其提上来，一趟趟往水缸里倒。

晨雾里，他白色衬衫略微有点打湿，袖子随意撸起来，结实的小臂是勃勃的力量。她不禁看得入了迷。

当最后一桶水倒进水缸里后，江漠远这才发现庄暖晨站在门口，淡淡的光影笼罩着她，长发披肩，白净的巴掌脸。

他微微一怔，脑中的影子与庄暖晨重叠，耳朵里是那道歇斯底里的声音——

"这是你逼我的！就算我死了也要化作厉鬼缠着你，一辈子缠着你！"

"江漠远？"

这声音将他拉回现实，放下木桶："醒了，昨晚睡得好吗？"

庄暖晨点头。

是看错了吗？有那么一刻她觉得他像是穿透她在看着另一个人似的。

"你以前打过水吗？"

"电视上看过，没想到在这儿见到真的了。"江漠远眉眼轻柔绽放，"我进去洗把脸，你去吃点饭，吃完饭我们就出发了。"

庄暖晨点头，跟着他一起进了屋又问："你几点起来的？"早餐是从外面买来的。

"很早。"

庄暖晨纳闷，很早，是多早？

客厅里有衣架，上面挂着江漠远的外套，庄暖晨想起自己还欠他一套衣服，趁着他去洗脸，她伸手摘下外套，看了一眼领口。

愣住。

再去翻看内衬和衣角，什么都没有。

给夏旅打电话的时候，那头很是气急败坏："庄暖晨！人在很困的时候是没什么道德底线的，这句话还是你跟我说的！"

"问清楚件事儿就让你继续睡。"

夏旅那边没声。

"夏旅？"

"听着呢，说吧。"

"我不是要赔江漠远一套衣服吗？刚刚看了一下，没标啊。"

"什么叫没标？"

"就是没有品牌的标志啊，领口、衣角、内衬，甚至连袖子我都给翻了。"

夏旅恨铁不成钢："庄暖晨，你好意思说你是做品牌传播的吗！"

"我怎么了？"

那边夏旅似乎翻了一下身，床微微响了一下："没标无非两种情况，一种是剪标的地摊货，一种是高级手工定制服装，可以按照客户的要求不带标。亲爱的，你觉得他是哪种？"

庄暖晨这才想起来的确如此，吓得一脑袋汗："江漠远的衣服如果全都是手工定制的，那我怎么办？别说我不舍得花那么多钱了，就算舍得也买不到啊，我不能千里迢迢去找设计师单做吧？"

夏旅叹了口气："你这人就是舍命不舍财，花个一两万随便买一身吧，虽然可能没人家的贵，但至少也算是能拿出手。"

庄暖晨咬咬唇："你说得轻松，一两万啊！一两万不是钱吗？！"

对方沉默。

"你再帮我想想办法。"

手机那头传来有规律的呼吸声。

"夏旅！"竟然在这种情况下也能睡着！

开车半小时，进了龙盘山的地界。

龙盘山蕴藏着天地万物的灵韵，山中因天气变幻莫测、奇花异草众多而迟迟未能开发，山的东边有茫茫的树海，曾经有植物学家走了进去，却再也没能走出来。这就是龙盘山，天神赐予的礼物。

车子蜿蜒着上了盘山路，放眼尽是红艳的枫叶。山腰有一处停车位，想要开车入山不大可能。江漠远和庄暖晨下了车，徒步朝山中走去。

龙盘山空气清新，越往里走树木越茂密，呼吸入肺的气流就越清凉。庄暖晨平时不怎么运动，走十步休息二十步，爬了一半儿的时候就气喘吁吁。相比较而言，江漠远的体能倒是没耗费多少，看得出经常锻炼。

到了中午，两人爬上了龙盘山最出名的一千两百级台阶，放眼望去群山绵延，枫叶染红了半壁山峦，不远处是奔流的瀑布自上而下，景象壮观。

庄暖晨坐得尽量离水远一点，迫不及待打开登山包："你把整个超市都搬来了？"里面是各种她爱吃的小零食。

江漠远在她身边坐下来，没说什么只是浅笑。

"江漠远，你真是个体贴的男人。"她叫道。

"你像个孩子似的丢三落四，我只能费心点了。"

"咦？"庄暖晨大口吃着点心，"你是摩羯座的？"

"不知道，也许吧。"

"我看过一篇文字报道是讲你的，上面还八卦了你出生的月份，是摩羯座。"她嬉笑道，"而且你的性格也像摩羯座。"

"摩羯座什么性格？"

"孤独，很少表露真正的情感，沉默不语，静静地观察周围的一切，做事一丝不苟，具备高度的责任感和逻辑头脑。"

江漠远拿出一瓶水，打开盖子递给她："好像都是在夸我。"

"多像你，喜欢沉默寡言。"庄暖晨喝了一口水，"很多时候都让人不知道你在想什么。"

"你想知道吗？"江漠远问了句，接过她手里的水喝了几口。

庄暖晨恍惚一下，一是为他看似漫不经心的问话，二是为他喝了她喝过的水，这种亲密的行为只限于情侣吧。

她不自然地笑道："我才不想探寻别人的隐私。"

江漠远正将剩下的水倒出来洗把脸，闻言后抬头看她，眼神有一瞬的失望。

她一愣,是错觉吗?他却很快恢复了一贯的神情,甩了一下头,水珠四溅。

"那个,感觉怎么样?山上的风景挺好的吧?"她试着找回刚刚的气氛。

江漠远淡淡回了句:"不错。"

"那你会考虑投资吗?"

"今年不适合投资旅游业。"

"那适合什么?餐饮业?"

一句话像是打破禁忌,江漠远转头盯着她,目光如炬。

庄暖晨知道不该去问那么多,但对方是表哥,她可以有知情权吧?"这句话,是你一时兴起还是替谁问的?"他微微眯眼。

"我只是随便问问。"

江漠远打量着她,良久说了句:"资本市场很多规矩,如果你感兴趣,以后我慢慢教你。"

"啊,谢谢。"她竟不敢当面质问他了。

"还想问什么?"男人看着远方,目光深远。

她摇头,真是没出息啊。

"那好,说说你吧。"阳光攀上头顶,落下暖洋洋的光影,他支起右腿,胳膊随意搭着,看着她突然说了句。

"啊?"

"比如,昨晚你看到的那幢房子。"

她一愣。

江漠远没催促,却也没有放弃想要深究的意图。

庄暖晨的目光转向远处山谷,阳光倾泻下来,映得大片枫叶嫣红似血。

"是顾墨的家。"许久,她才出声。

江漠远神情没有太多变化,始终看着她。

庄暖晨挤出一丝笑容:"顾墨,很美的名字是不是?"

她的悲凉闯入他的眼,他调整了一下坐姿:"实在不想说就别勉强了。"

"不,那段感情我已经沉淀了太久,放在心里始终不敢面对。江漠远,我还要谢谢你,真的。"

那么不堪的一段往事,那么痛不欲生的情感变故,她一直都在拼命深藏不愿纪念,可面对江漠远她才知道,人是需要倾诉的。

江漠远朝她一伸手："过来。"

她鬼使神差伸手过去，被他温柔拉住，他顺势将她拉坐到身边："你和他谈了很久的恋爱？"

"我和他，真正在一起的时间只有半年。"

江漠远有些惊讶。

"挺奇怪是不是？才谈了半年恋爱就搞得跟生死相随似的。"

江漠远不置可否。

庄暖晨幽声："顾墨的父母跟我父母的情况差不多，不过他是在国外长大，到了初中才回国。我和顾墨初中认识，又是同一所高中，再到大学。我从初中开始就很喜欢他，直到大学的第一次舞会，我和他才正式交往。"

曾经的白衣少年，第一次出现在全班同学的视线中时，庄暖晨听到了心开花的声音。修长的身影，微长的碎发略微遮住了眼，他从她身边走过时，她闻到他身上有阳光的干净气息。

"既然那么喜欢，为什么还会分开？"

"我有不得已的苦衷。"

记忆里充塞着歇斯底里的哭声和谩骂声，六年前的绝望是场无妄之灾。

江漠远意外捏起她的下巴："爱情里，其实没有所谓的苦衷，一切不过是逃避现实的借口而已。"

她心跟着这话哆嗦了一下："我不明白你的意思。"

江漠远目光沉静："这世上没有哪种爱情会让你觉得委屈和想要放弃，只要你是真爱。"

"谁说我不是真爱？"

"是吗？"江漠远语气淡然，"我只知道，如果你是我的女人，天涯海角我都不会放过你。"

庄暖晨愕然，他的眼神和态度都太过认真。

"走吧，顺便给我讲讲龙盘山名字的来历。"他不再继续刚才的话题，收拾了行囊。

南优璇出电梯的时候，办公区最里间的办公室还亮着灯。

门虚掩着。

她轻轻推开，抬手捏着鼻子细声细语："顾主编，你累不累啊，要不要人家帮你捶捶肩？"

正在审稿子的男人笔尖一顿，随即反应过来，头没抬："这么多年了，你的性子一点都没变。"

南优璇走进来:"以前没觉得你是个工作狂啊。"

男人抬头。

一张令人难忘的脸,英挺俊朗,双目斜长,有三分正七分邪的不羁,但不羁倒显得有点冷漠无情。

"你只认识学生时代的我。"

"这点倒是没变,还是一副谁都不爱搭理的鬼样子。喂,我和你可是老朋友了。"

顾墨从椅子上站起来,走到她面前张开双臂:"欢迎回国,我的朋友。"

"这还差不多。"南优璇与他来了个热情的拥抱,顺便将买来的奶茶塞到他手里。

顾墨将奶茶放到一边:"回国后的第一份礼物是这个?你知道我从来不喝这东西。"

"你也是刚回国,给我带什么礼物了?"南优璇准备将他一军。

"让你这位高级黄金剩女在孤单的时候多了个垃圾桶来倾诉,不知算不算是礼物。"

"真是嘴巴刻薄得一点都不饶人。"南优璇把奶茶拿了过来,"不喝拉倒,我喝,别浪费。"

"很难得南大小姐明白了赚钱的辛苦。"

南优璇是他大学的学姐,曾经也是学生会主席,因为当时他也在学生会,一来二去两人无话不聊,是那种纯哥们儿的相处方式。

"怎么样?刚回国还适应吗?"

"没什么不适应的。"他淡淡说了句。

"听说你母亲又病了?这次严重吗?有什么要我帮忙的地方尽管开口,别客气。"

"老毛病了,没事。"

南优璇了解顾墨,表面看着什么事都不入眼不上心,其实他是个很有担当的男人,只是凡事都喜欢揽在自己身上,反而让朋友觉得太客气。

"难得见面,走吧,想吃什么我请。"顾墨起身拿起外套。

南优璇没动弹,也没应声。

"怎么了?"

南优璇问:"回国后,见到她了吗?"

顾墨拿外套的手僵了一下,稍顿后说:"你来找我,只是叙旧?"

"我不想瞒你,我回国第一天就见到了庄暖晨。"她看着他一字一句,

"当时，她跟一个男人在一起。"

顾墨下意识攥拳，那枚尾戒在灯光下闪着寒光。

"一些圈子里的人都知道，他们两个是情人关系。"

顾墨拿起办公桌上的一包烟，抽出一根叼在嘴里，拿起打火机，点烟的时候好几次都没打着火。

"顾墨。"

"她过得好吗？"他狠狠抽了一口烟，吐出，良久后问了句，嗓音低哑。

"我不知道她过得好不好，但我很清楚，你过得很不好。"南优璇起身走向他，"那么多城市，你非得选在这，是不是还忘不了她？"

烟雾笼罩着两人，顾墨五官深邃的脸被烟雾扭曲、模糊。

"这里医疗条件最好，我需要给我妈治病。"

南优璇盯着他好半天："既然这样，那你完全可以亲自去问她过得好不好。"

"如果其他男人能给她幸福的话。"顾墨止住了下面的话。

南优璇也提了口气："你才会真正放手？"

他伸手，将烟狠狠摁灭在烟灰缸里，冰冷冷地吐出了两个字："不会。"

"你还真是一条道走到黑。好吧，说实话，我也希望你能和她重新开始。"

"她跟我分手之后，你不是很讨厌她吗？"

"没错，我甚至更后悔当年促成你俩在一起。"

顾墨眼神寂寥："男女情爱的事儿怎么能怪你？"他爱她，也不是一天两天了。

"如果你还爱她就去找她吧，总之，她跟任何男人在一起我都不反对，但唯独不能跟江漠远在一起！"

"江漠远？"顾墨微微皱眉，"标维国际新上任的行政总裁？"

"是。"

顾墨愣怔。

这个"十一"，庄暖晨在消毒水的味道中度过。

庄爸的检查结果不是很乐观，医生建议转院进行手术治疗。庄暖晨与庄妈商议来京治疗，并且这个决定得到了江漠远的支持。

非但如此，他行动快速，一早就安排了回程的飞机。庄爸知道后自然是不同意，铁了心不想给别人找麻烦。

最后还是江漠远有办法，知道庄爸爱下棋，便开了三局棋，结果三局两胜，既没让庄爸太消耗体力，又能让他愿赌服输。

夏旅整个假期没什么安排，除了找艾念喝喝咖啡就是血拼购物。这一晚她到家时将近十一点，刚要进小区就听有人叫她。

回头这么一瞧，不亚于见到鬼似的。

车门被男人甩手关上，冲着她这边走了过来。

夏旅蓦地反应过来，将手里的东西一扔，撒腿就跑，街对面的男人见状也冲了过来，紧追不舍。

夏旅赶不上男人的腿长脚长，没几步就被他一手扣住。

"喂，你想杀人啊？放手，疼死我了。"

男人反被气笑："那你还跑不跑了？"

"不跑了，你松手。"

男人松手。

夏旅揉了揉肩膀，一脸的不高兴："顾墨你至于吗？我跟你无冤无仇的。"

顾墨手臂交叉于胸前："那你跑什么？"

"我怕你问我暖晨在哪儿。"夏旅瞪了他一眼，"我是不会告诉你的。"

"我找你不是因为这个。"

"反正是跟暖晨有关就对了。"夏旅慢慢往回走，将刚刚扔了一地的购物袋逐一捡起来。

顾墨跟在她身后，冷不丁来了句："暖晨跟姓江的男人在一起多久了？"

刚刚捡起的袋子又从夏旅手里滑落，她吃惊，回头看着他："你怎么知道这件事的？"

"看来是真的。"顾墨双眼染上寒凉。

夏旅叹了口气："你跟暖晨都是过去时了，算了吧，好吗？"

"什么意思？"

夏旅语重心长："暖晨是我的好朋友，你也是我的好朋友，你们其中任何一个受伤我都挺难过，但说实话，暖晨这么多年在北京真的挺不容易的，现在她终于找到了一个好男人可以倚靠，你就彻底放下吧。"

"我只想知道，他们在一起多久了！"顾墨冷然提到了声调。

"一年多了。"

顾墨呼吸骤然急促，重心不稳后退了一步。

"在我看来，暖晨跟江漠远在一起最合适，江漠远成熟稳重，为人体贴，做事考虑周全，暖晨需要这样一个男人来依靠。"

"你的意思是我照顾不了暖晨？"

"你能，但暖晨会很累。"夏旅实话实说，"我这么说你可能不高兴，但事实上就是这样，你性格里太多棱角，暖晨性子又倔。你和她谈了半年恋爱，她为你哭的次数我数都数不过来，你和暖晨的恋爱就像是一场轰轰烈烈的战争，会让人感觉不真实。"

"夏旅，我和暖晨之间的事，轮不到你来评头论足！"

"你瞧瞧你这攻击性。"夏旅无奈，"已经分开六年了，算了吧。"

顾墨一字一句："这世上，除了我没有哪个男人会爱她爱得彻底！"

"你错了，就算没有你，暖晨也会幸福。"

"江漠远吗？"他冷笑，"他也配？"

"你什么意思？"

"总之暖晨是我的，我决不会让她跟他在一起。"他没解释太多。

"你认识江漠远？"夏旅追问。

"不认识，但也知道他就是头藏着利爪的老虎。"顾墨淡淡说道，"不过今天还是谢谢你的提醒。"

"顾墨，你站住。"夏旅在身后叫住他。

他停步。

"既然你都能找到我的住址，不可能不知道暖晨住在哪，甚至你早就知道暖晨国庆节在哪，你为什么不去找她？"

顾墨的脊梁有一瞬僵硬。

"你不去找她，就是因为知道她是跟江漠远在一起，你在担心，担心暖晨会不会重新接纳你，跟你走。所以你来找我，目的只想知道在暖晨的心里江漠远究竟有多重。"

顾墨盯着夏旅，良久后冷言："夏旅，你也跟从前一样，说话同样令人厌烦。"

飞机抵京后，救护车也到了。

庄爸从调到古镇后就再没回过北京，庄妈年轻那会儿跟着同学来过北京，看着高耸入云的建筑她不由感叹，三十年前的北京和如今的北京太不一样了。

救护人员笑道："别说是三十年了，离开大半年再回来就不同了。"

整个过程中庄爸一句话没说,他静静地看着窗外,看着从眼前掠过的一草一木,每条街道和每栋建筑,眼眶微红。

庄暖晨看得清楚,俗话说故土难离。这是爸爸出生长大的地方,即使在古镇住得习惯,北京也始终是他的故乡。

救护车开进医院,有护工出来帮忙把庄爸爸送进了病房。

江漠远一路跟着,待安排妥当,一名身穿白大褂的男子走了进来,身后跟着两名小护士还有护工。这男子与江漠远一样高大魁梧,五官深邃,笑容阳光,进来便道:"病房的环境还满意吧?"

庄暖晨回头,正巧对上男子白大褂上的名牌:孟啸。

"你就是暖晨?"孟啸上下打量着她。

还没等开口,见江漠远不动声色地站在她身边,孟啸眼底有若有若无的笑谑。

"暖暖,他是孟医生,叔叔的主治大夫,别看他年轻,医术还不错。"江漠远简单介绍了下。

她跟他打了声招呼,孟啸听出话中端倪,看着江漠远:"暖暖?"

江漠远没搭理他,跟庄爸庄妈介绍了孟啸。

孟啸跟江漠远年龄相仿,出身医学世家,在心脏外科领域也颇有建树。

庄爸连连称赞江山代有才人出,孟啸谦虚得体:"叔叔别这么说,漠远之前已经将您的病案传真过来,我看了一下,这两天我们会根据您的情况做个详细的手术方案,您有不舒服的地方随时告诉我,护士们会经常来查房,护工也会照顾您的起居饮食。"

所有事情都备得差不多后,江漠远将订好的酒店房卡交到庄妈手上,他考虑周全,酒店就在医院对面,方便随时来医院照顾。

庄妈婉拒未果只好收下。

孟啸又交代了一番,将制定好的饮食规划表和每天要进行的检查列表贴在墙上,这表格细致到每天几点下楼晒太阳都注明,不难看出他是花了一番功夫。

末了,他笑呵呵道:"我跟漠远认识这么久,从没见过他对谁这么上心过,阿姨,叔叔,漠远对二老可是很关心的,昨天大半夜还在给我下达任务,我——"

"你是不是挺闲的?"江漠远扔了句话。

孟啸止住话,举手做投降状。

庄暖晨看着江漠远,心头不是滋味。待孟啸和江漠远都出去后,庄妈拉过庄暖晨道:"这次真的让漠远费心了。"

庄爸从床上坐起来:"暖晨啊,一会儿你带上我们的银行卡去交下费,还有你妈妈住的酒店,这些钱都不能让小江掏,明白吗?"

"放心吧,我这儿有钱不用你们拿。"

江漠远做得越多,她越是心生不安,这种不安究竟是什么她也说不清楚。

庄暖晨带着银行卡去缴费时,刚一转弯差点跟迎面过来的人撞个正着,幸好对方及时停住脚步。

"孟医生?"

孟啸正准备去给庄爸做常规检查,笑了笑:"叫我孟啸就行,不用那么见外,我能叫你暖晨吗?"

庄暖晨笑了笑点头。

"其实暖暖这个昵称也挺好听的,但我可不敢叫。"孟啸一副自来熟的样子,"我可不想得罪江漠远。"

庄暖晨听得一头雾水。

"暖晨,你跟漠远认识多久了?"

"一年多。"

孟啸先是一愣,然后意味深长地一笑:"都一年多了?这个江漠远,交女朋友就交女朋友嘛,还藏着掖着的。"

她这才恍然大悟:"孟医生,你别误会,我跟他只是朋友,我们、我们没有交往。"

孟啸奇怪地看着她:"你跟江漠远没在谈恋爱?"

"没有。我和他只是很好的朋友。"

"哦。"孟啸看上去有点失望。

"对了,我要去哪儿交费?"

"交费?交什么费?"

"住院费啊。"

"啊……"孟啸反应过来,"江漠远都交完了,你不用再交了。"

"啊?他人呢?"

"不清楚,刚看到他接了个电话。"

"谢谢。"

孟啸点头,刚要走又突然问了句:"你跟漠远真的不是恋人关系?"

"真的不是。"

从酒店出来后庄暖晨才知道，江漠远不但交了住院的费用，连酒店的费用都交了。酒店给出的信息是，房间以江漠远的名头开的，以金卡担保房间无限期使用，如此一来，她想让酒店退钱都难。

穿过医院的花园，刚进长廊就听见熟悉的声音，庄暖晨放轻了脚步，在拐角处探头一看竟是周年。

江漠远在他旁边，两人的谈话随风灌进她耳朵里。

"江先生，董先生那边的态度挺生硬，看样子这次投资合作不乐观。"

"那边还说什么了？"

"董先生这几天一直在香港等着，就是迟迟没见您过去，他认为您没有合作诚意，昨晚已经飞走了。"

江漠远没开口。

"要不要给董先生打个电话解释一下？"

"不需要。"江漠远淡淡说了句，"现在不是时候。"

"可如果不解释的话，这次的合作可能就泡汤了。"

"大家都是因为利益走到一起，如果没有长远发展，老董也不会千里迢迢赶到香港，这件事咱们这头先搁一下，目前最重要的是标维在中国市场的发展。"

庄暖晨靠着墙，大脑一片空白。

原来他故意去的古镇，因为去了古镇，所以连投资项目都耽误了。

她无力蹲了下来。江漠远的好，她明白；江漠远对她的好，她也明白；她不是傻子，这种好究竟是什么，她更明白。

午后阳光暖暖的，医院的草坪被修剪得工整，泛着浅浅的黄绿，颜色倒也清爽，阳光拖长了庄暖晨和江漠远的影子，时而平行，时而叠合。

良久后她停住脚步，转头看着江漠远："谢谢你。"

江漠远看着她："一天的工夫，你已经说了太多谢字了。"

"应该的嘛。"她淡笑，从包里掏出银行卡塞到他手里。

江漠远失笑："你给我银行卡？"还从没有女人给过他这种东西。

"在古镇的住院费，还有这里的住院费和酒店费用，我知道都是你拿的。"

江漠远刚要开口，她打断他道："我知道这时候再跟你说谢谢挺虚伪的，但这的确是我的想法。如果没有你的话我真不知道怎么办。你已经帮了我很多忙，钱，无论如何我都不能让你再帮着掏，这张卡你必须收下，我爸的手术费和术后治疗费用，都在这张卡里了。"

江漠远微蹙眉头："你一定要跟我分得这么清楚吗？"

"你错了，就是因为我视你为很好很好的朋友才要这么做的。"

她只能装傻。

从陌生到他送她的第一块蛋糕，从宴会陪同到她拜托着他假装扮演情侣，从他提出让她跟他在一起到他默默体贴和无所不在的温暖，一切都是他的用心。

这种用心是爱吗？她说不清楚，也许连他自己也说不清楚。所以用"好朋友"来定义她和他的关系就再恰当不过了，她可以照顾他说不清道不明的情感，而他也可以保护她心有所属的自私。

再者，她和江漠远天差地别，做好朋友都是奢望，何来再去深想其他关系？她不想问他为什么去了古镇，他有他的尊严，他对她如此呵护，她为什么就不能保全他的自尊？

听了这话，江漠远的眼神有了变化，压抑了些。

她一愣，下意识退了一步，他却拉过她的手又笑了，双双坐在木椅上，轻声问："哪来的这么多钱？"

见他没生气，她放心了："二手店很慷慨，我的礼裙全都卖得好价钱，说到底，其实也都是你的钱。所以，收下吧，别让我内疚了。"

江漠远转头看着她，良久后将她拉入怀里。她听着他强而有力的心跳声，闭上眼。

如果不是心有所属，如果不是那场轰轰烈烈的恋爱，她明白，她一定会爱上江漠远。

夏旅和艾念赶到医院的时候已是傍晚，看完二老后将庄暖晨拖出来差点暴捶一顿，双双谴责她在她们面前隐藏庄爸病情的可耻行径。

三人正闹着呢，夏旅一个不小心踩了人，痛得对方哇哇大叫。

庄暖晨吓了一跳，循声看去，老天，夏旅把孟啸给踩了！

夏旅也惊了一下，刚要开口道歉，就见孟啸将病历资料往护士手里一塞，恶狠狠道："小姐，这是医院，不是T台，你穿那么高的高跟鞋想要踩死人啊？"

一边的庄暖晨心中大骇，完了，这下子结梁子了。

果然，夏旅也不是省油的灯，原本还有点内疚，一听他恶语相对马上炮轰回击："医院是你们家开的呀？我爱穿什么就穿什么，你管得着吗？有病吧你！医院哪条规定不让穿高跟鞋了？踩你都是轻的，谁让你自己不长眼睛把脚伸到我鞋跟下面了？"

"你还恶人先告状?怎么这么野蛮?"

"呦,我野蛮就对了,我又不是你老婆,对你百依百顺干什么?"夏旅叉着腰冷笑,"你是个大夫啊?可惜了这身白大褂了,披着人皮不说人话,真令人讨厌!"

"你说谁披着人皮不说人话?"

"说你啊,"夏旅走上前,穿着八厘米高鞋跟的她还要抬头看着他,扯过他的名牌,"孟啸?白瞎这个名字了!"

"你——"

"别吵了。"庄暖晨劝架,将夏旅拉到一边轻声道,"他就是我父亲的主治医生。"

"孟啸,她是我最好的朋友夏旅。"

孟啸稍稍收敛一下怒气。

夏旅却狠狠瞪了他一眼,转头对庄暖晨道:"换个医生吧?一副奶油小生的模样,能治好叔叔的病吗?"

"你——"

"孟啸,孟啸,消消气。"庄暖晨将夏旅推到一边后赶忙过来赔笑,"对不起,夏旅脾气就是这样,人没什么坏心眼的,别生气了。"

孟啸狠狠瞪了夏旅一眼,没再说什么,怒气冲冲地离开了。

"什么人啊?就这样还能做大夫呢?"夏旅冲着他的背影怒喝。

"好了,你说你跟他吵什么劲呢?"艾念无奈。

咖啡厅,夏旅还为刚刚发生的事情愤愤不平,掏出纸巾擦了擦鞋子:"没让他赔双鞋不错了!"

庄暖晨看得清楚,普拉达的新款鞋,视线再朝上落在她的手包上,香奈儿的一款包。"你怎么买这么贵的鞋子和包?"

夏旅将擦鞋的面巾纸扔到一边:"人生苦短,及时享乐呗。"

"及时享乐不假,你哪来的那么多钱?"艾念也心生疑惑,指着她的包道,"这款包最低也要三万块,还有你的鞋——"

"我交男朋友了不行吗?"

庄暖晨和艾念愣怔。

"对方是做什么的?人怎么样?这些都是他给你买的?"庄暖晨一肚子疑问。

夏旅赶忙举手投降:"有关我的事情呢,以后我会慢慢跟你们说,暖晨,今天是要说你的事情。"

"我?怎么又把话题转我身上了?"

"因为你的事比较严重。"夏旅抛出了一句,"顾墨找过我。"

"啊?"

"我已经跟他说了,你现在跟江漠远在一起。"夏旅轻描淡写。

"什么?你怎么可以这么说?我跟江漠远没什么啊。"庄暖晨急了。

"还没什么?如果没什么的话,江漠远能在竞标中给你放水?如果没什么的话,国庆节他能去古镇?还有住院的事……"夏旅噼里啪啦地说了一大通。

"那是因为……"是啊,因为什么?连她都无法解释。

艾念看看庄暖晨,又看看夏旅,她快被这两人搞疯了。

"然后呢?"良久后庄暖晨低问。

"我让顾墨死了心,但他会不会去找你我就不知道了。"

十一过后又开始了起早贪黑的日子。

庄暖晨白天忙标维的案子,晚上飞奔到医院,这两天孟啸也在做手术方案,而江漠远没事也过去医院看看,还像从前一样,总会在她忙得不知所措的时候给予帮助。

"金九银十",虽说标维没赶上银十,但接下来还有圣诞节、春节,这都是品牌最好的宣传期。

庄暖晨正忙得不可开交,媒介部同事走过来,哭丧着脸:"你是不是得罪《新经济》了?"

"说什么呢?我都没跟他们打过交道。"庄暖晨忙着改方案,头也没抬,"怎么了?"

"《新经济》那边死活不买账,我怎么托人都没办法。"

庄暖晨停住手里的活儿:"《新经济》在业界的地位数一数二,如果请不到的话,标维的活动宣传会逊色不少。"

"我知道啊,但《新经济》就是不松口,我也没辙。"

"加钱呢?"

"提了,没用。"

庄暖晨还是头一次碰上这么不给情面的媒体:"那边的理由是什么?"

宁可不赚钱也要得罪人,怕是跟德玛或是跟标维有芥蒂。

"没给任何理由,但提出个条件。"

"什么条件?"

"说让《新经济》买德玛的账也行,但要看有没有这个本事让他们心甘情愿做媒体配合。"媒介同事压低了声音,"《新经济》的主编点名要见你。"

"见我？我只是个活动部高级经理而已。"

"对方知道，但就是要见你。"

"有对方主编的资料吗？"她好奇。

媒介部同事笑了："有，很帅很帅的男人呢，就跟从漫画书里走出来的似的。"说着将手里的资料递给庄暖晨。

她拿过，翻开，蓦地怔住。

窗外是清风冷气，室内旖旎万千。

墙上晃动着两道纠缠的影子。

江漠远来找孟啸的时候，他正跟一美女腻歪。江漠远进来，非但没回避，反而择了靠窗的沙发坐下来，拿过桌上的烟，叼在嘴里点燃，然后将打火机扔在茶几上。

孟啸扯了浴巾围腰上，清了场，将女人打发走了。

孟啸笑着开了窗子，秋风卷进来，扫光房间里香水味。

"江漠远，咱俩可是光屁股长大的，你什么德行我还不清楚？我说你也拿出对待外人那种温和礼貌来对我一下好不好？"

"你想让我怎么对你？"江漠远笑了笑。

"别别别，你还是正常对我吧，你一笑比不笑可怕。"孟啸赶紧打住。

"你太难伺候了。"

"刚刚那女的就挺好。"孟啸大大咧咧往沙发上一坐，"我说你下次来能不能提前告诉我一声。"

江漠远挑了挑眉："你安分点，也是给孟叔叔留脸面。"

"他？"孟啸冷笑，"跟他比起来，我不过是小巫见大巫。"

要说孟啸的家庭稍稍复杂了些，他父亲是数一数二的酒店业大亨，奈何风流成性。孟啸的母亲是医学天才，当初孟父拼命狂追才将其追到手，可惜孟父婚后依旧流连花丛，孟母忍无可忍跟孟父离了婚，在孟啸六岁那年另嫁他人，对方同样是医学天才，两人倒也和睦。

孟啸对医学情有独钟，但孟父心有不甘，一听孟啸读的是医科更气不打一处来，差点跟他断了父子关系，可见两人的关系多么紧张。

"毕竟是你父亲。"江漠远语气淡然。

孟啸转了话题："说吧，你不会无缘无故找我。"

"手术准备得怎么样了？"

孟啸诡笑："在回答你问题之前我先问你个问题，如实回答呗。"

江漠远慵懒地倚靠在沙发上,看着他。

"我就直截了当问你吧,你是不是对庄暖晨有意思?"

江漠远不动声色:"你不觉得两个大男人讨论这种问题很奇怪吗?"

孟啸吊儿郎当地看着他,拿了一根烟塞嘴里。

"看什么?"

"看你有什么不同。你应该很清楚,她不是沙琳。"

江漠远眉心微微蹙起,良久后道:"沙琳是沙琳,暖暖是暖暖。"

"你能分清就好。"

"暖暖很特别,否则,"江漠远淡笑,"程少浅怎么会把她送到我眼前?"

"程少浅?他……"

"程少浅是暖暖的上司,德玛传播接了标维的活动方案。"

孟啸震惊:"程少浅疯了吧?德玛和标维是死对头。"

"控制总比被控制好得多,德玛传播接下标维的案子,相当于将标维的品牌运营握在手里,这样总会有点胜算吧。"江漠远冷笑。

"明知道程少浅的手段,你还跟他合作?他于公于私都恨不得将你置于死地。"

"程少浅跟我一样喜欢冒险。"他看着孟啸,"拿着自己员工的前途命运跟我博这一棋,他的手段也出落得果断了。"

"那庄暖晨就是鱼饵了?漠远,我一直觉得你不是那种英雄难过美人关的人。"

江漠远笑了笑,将烟掐灭:"总之,庄爸的健康全都交托给你了,辛苦点。"

晚高峰之前,庄暖晨来到天坛附近的会馆。

会馆主打上海本帮菜,馆内以苏州园林的式样建筑,服务生在前方带路,涓涓流水雅致悦耳。

庄暖晨深吸了一口气压了压心头闷痛,他知道她喜欢吃甜食也喜欢上海菜。

服务生将她带到一个包厢前离开了,她攥了攥包带,推门进去,心想着既来之则安之。

窗子正对着包厢门口,门一开,大片夕阳映在她脸上,抬手去遮,却看到窗子旁的男人背影。

庄暖晨的心差点从嗓子眼里蹦出来。

男人转身，深色衬衫，笔挺西装裤，一双不羁狭长的眼，染上几许柔情，低沉开口："暖晨……"

一声"暖晨"，唤醒了多少记忆！

它们呼叫着，挣扎着，在绝望中不愿清醒，又像在迫不及待倾诉什么，在她脑中不停撞击，直到疼痛。

她的顾墨，不再是曾经的白衣少年。如今的顾墨，穿得太过正式，令她恍如隔世。

良久后她才艰难开口："好久不见了。"——终于说出了这句话。

他缓步上前，她下意识后退。

顾墨见状停住脚步："你就这么讨厌我？"

庄暖晨抬头看他，敏感地瞧见他眼底闪过的悲凉。

不，她爱他还来不及，怎么舍得讨厌？

顾墨见她不语，上前一把箍住她的手腕，狠狠道："庄暖晨，上次见了我为什么跑？为什么？"

"疼！"

顾墨猛地放开手，眼里是后悔和怜惜："对不起，暖晨，我不想伤害你。"

"该说对不起的人是我。"

"暖晨，"顾墨突然将她扣在怀里，动情道，"我要的是你，不是你的对不起，这六年来，我快被你逼疯了。"

庄暖晨的心一直在喊疼，轻轻将他推开："你忘了，我们已经分手了。"

顾墨攥紧拳头，盯着她："当年为什么一定要跟我分手？"

庄暖晨暗自掐着手指："倦了，累了，所以就想分手了。"

"你撒谎，看着我！"

她敛眸。

"庄暖晨，抬头看着我！"顾墨低吼。

她抬头，眼眶却红了。

顾墨满腔怒火在见她红了眼后瞬间化为虚无，声音低哑："只要你亲口告诉我，你不再爱我了，我就放手。"

她爱他，谁说她不爱他？就算六年前她同他分手都没说过这句话。

"不爱了。"

顾墨僵住，半晌后问："你说什么？"

"顾墨，我已经不爱你了。"

原来只是一句话，说出来却是双刃剑，伤了他，也伤了她自己。

顾墨胸口上下起伏。

她不忍看他，转身要走，身后顾墨嗓音微凉："你爱的是谁？江漠远？"

脚步蓦地停住。

"是因为他，所以你对我没感觉了？"他咄咄逼人。

"这只是我和你之间的事。"

顾墨眼眸暗沉，久久没有说话。

"我和你没什么好说的了，你自己保重。"庄暖晨冷下心。

"别忘了，你来见我的目的。"顾墨扬声，这次嗓音更冷。

庄暖晨看着顾墨，一时间像是见了陌生人。

顾墨盯着她："《新经济》可以跟你们合作。"

"什么条件？"庄暖晨不是傻子，知道他另有所求。

"条件很简单，回到我身边。"

庄暖晨愣住，六年前的顾墨，纵使性子再烈，也绝对不会说出趁火打劫的话来。

"这种行为虽然可耻，但我能想到的就只有这个办法。"顾墨走到她面前，捏起她的下巴，语气转轻，"你知道我是多么爱你。"

庄暖晨呼吸急促，气息刺激了鼻腔，很疼。瞬间有着四肢分离的痛。僵持间，手机适时响起，她落荒而逃。

庄暖晨匆匆赶到医院时，庄爸已经被推进了急救室，庄妈在走廊里急得直哭，江漠远比她早到，在轻声安慰着庄妈。

见她来了，庄妈泣不成声："你爸爸他、他又昏过去了。"

庄暖晨强压着害怕安慰妈妈，江漠远走上前，用眼神示意她坚强。

孟啸带着助手急匆匆赶到，手里还拿着几张检查结果，神情严肃。

庄暖晨赶忙上前："孟啸，我爸爸怎么又昏过去了？会不会有危险？"

"你放心，这次庄老先生昏倒反倒会让我们找出真正病因，别担心，我马上进去。"

庄暖晨觉得身体轻飘飘的，无力点头。江漠远走上前搂住她："先别急，孟啸会有办法的。"

安抚好庄妈后，江漠远扶着庄暖晨坐到了一边，见她不停地捏着手指，低问："怎么了？"

庄暖晨惶惶不安："手指头没知觉了。"

"你太紧张了。"江漠远拉过她的手轻轻揉捏,"有孟啸在一定不会出问题,放心吧。"

男人的力量适中,她的手指渐渐恢复知觉:"嗯。"

江漠远从不说没有把握的话,既然他能这么保证,就一定没问题。

"好点了吗?"他低问。

她活动了一下手指,点头:"好多了,谢谢你。"

"傻丫头。"江漠远抬手,将她一缕发别在耳后。

走廊另一头,顾墨远远地看着庄暖晨依偎在男人身边,眼神悲伤。

他是跟着她进的医院,这才知道庄爸住院的事。

她焦急,却被另一个男人安慰;她无助,却被另一个男人拥入怀中:他眼睁睁看着她那么依赖那个男人。

六年前的庄暖晨,也不曾这么依赖过他。

顾墨痛恨自己,为什么不将她拉走?他没这么做,跟六年前,甚至是跟他第一次见到她那眼起一样,他只是默默跟在她的身后,初中、高中……

这辈子他都无法忘记第一眼见到庄暖晨的情景,她梳着马尾,洁白校服上还带着清香,那时候的她带点婴儿肥,清新可人,刚从国外回来上学的他,就那么一见难忘了。

他默默守护了她六年,甚至初中三年都没说过话,可他为她写了一首又一首的歌,用尤克里里弹出来,每次他都坐在窗口前,边唱边想象着她的样子。

高中那次她被人欺负了,一直跟在她后面的他终于忍不住出手教训了几个小混混,见她一脸惊骇地蹲在地上,他很想搂住她,告诉她别害怕,他一直在她身边。

可到嘴的话变了味,安抚的行为变成了抽身离开。他听到她在怒骂,骂他是混蛋。那一刻他却笑了。他没进房间,待她离开后他也悄然跟上,直到看她安全到家才放心离开。

顾墨心在滴血,手指紧紧攥着,暖晨啊暖晨,你从不曾知道,我爱你有多深。

庄爸第二天终于醒了,庄暖晨请了一天假。

江漠远买来了早点,庄妈正在一点点喂庄爸吃饭,孟啸敲门走了进来,为庄爸简单做了些检查,表示说庄爸昏迷是因为脑部有肿块压迫神经,要及时剔除才行。

庄妈闻言很紧张,庄暖晨轻声安慰,又问孟啸手术的时间。

"因为庄老先生要进行心脑两处最大的手术，所以手术时间上要错开，刚刚我跟神经外科的专家商量了一下，一致认为先进行脑肿瘤切除比较好，手术时间安排在明天早上，第一例手术。"孟啸通知了一声。

庄暖晨看着庄爸，庄爸像是从战场上一次次死里逃生的战士，眼神不见慌张，沉声道："孟医生，辛苦你了。"

"这是我应该做的。"

江漠远问："哪位医生做？"

"放心，他的资历在全球都是数一数二的。"

江漠远没再追问，孟啸他是了解的，敢跟他保证就绝对没问题。

"暖晨啊，爸爸想跟你单独说几句话。"庄爸突然开口。

病房只剩他俩时，庄暖晨在病床旁坐下："爸，您放心吧，不会有事的。"她误以为是爸爸担心。

谁知庄爸摇头，拉过她的手："暖晨啊，跟爸爸说实话，你是不是挺恨我和你妈妈？"

庄暖晨轻轻一愣，而后敛下眼眸："您说什么呢？我怎么可能恨您和妈呢？"

庄爸叹了口气："这么多年你一直不肯相亲，其实我知道，你还放不下顾墨。"

庄暖晨心里一哆嗦。

庄爸眉间略显疲惫，喃喃道："顾墨是个好孩子，我和你妈妈都能看得出他是真心待你好，其实当年我和你妈妈也不想阻止你们在一起啊。"

庄暖晨一颤："您……说什么？"

一缕光线映在庄爸苍老的脸颊上，曾经那样意气风发的军人，如今也有着风烛残年的前兆，他转头看着她："当年，真正希望你们分开的人是顾墨的妈妈。"

"顾阿姨？"庄暖晨一脸震惊，"不可能。"六年前顾阿姨声嘶力竭的哭声穿透着大脑皮层，一波一波地撞击着心口。

"其实不应该说的，既然答应了人家就不应该说，可是我想了很久，还是决定将主动权交还给你。"庄爸语气缓慢，"当你知道了一切后，你想做出怎样的选择，我和你妈妈都没意见。"

"爸，告诉我，究竟是怎么回事？"庄暖晨感觉自己快疯了。

庄爸缓缓道出当年所有的事情。

顾墨一家属于外来人，其父常年在外工作，母亲是个心思细腻的女人，这辈子将所有希望都寄托在儿子身上。

其实顾母早就发现顾墨自从转学后就有点异样，有一次无意发现顾墨跟在个小女孩身边，看着她进家门后才回家，再后来，她发现顾墨没事就弹曲子编曲子的，不由挂心。

在她反复确认下，才知道对方是庄家女儿，不过令她宽心的是，初中三年两人似乎没怎么说过话。到了高中，她原本想要把顾墨转到其他学校，但顾墨死活不干，硬是考进了庄暖晨所在的高中。顾母又担心了三年，这三年，顾母在他的抽屉里发现数不清的曲谱。

顾墨被清华择优录取，最后却放弃念清华，念了一所普通大学。后来顾母才知道，那所大学里有庄暖晨。木已成舟，顾母虽气但也没有办法。

临行前，顾墨将那上千首的歌谱小心翼翼地装进行李箱，那一刻顾母就知道，她的儿子决定跟庄暖晨在一起了。

果不其然，大学期间两人相恋了。

那时候顾母其实已经认命了，直到顾墨大学的最后半年，顾父将项目移到了国外，需要举家搬迁，顾母知道顾墨不会走，于是便想出了一个办法。

她主动找到了庄爸庄妈，说明了来意，又愤愤指责庄暖晨耽误了顾墨的前途，如今她不求别的，就是希望庄暖晨能够离开她儿子，让她儿子心甘情愿地出国。

庄爸一气之下心脏病犯了，当晚被送进了医院。

庄暖晨赶到老家后，庄爸醒来的第一句话就是要她跟顾墨分手，否则不接受治疗，庄妈也哭着央求暖晨，逼着她做出了决定。

庄暖晨心如刀割，真相原来比当年无故的分手更加不堪！

"可怜天下父母心，一个母亲为儿子的未来处心积虑虽说过分但也情有可原。"庄爸道，"原谅我和你妈妈的自私，说实话，我宁可让顾墨恨你，也不想让你去恨顾墨。"

庄暖晨哽咽："我没恨你们，真的，我一直都很开心啊。"

"是吗？"庄爸心疼地看着她，"那就不要委屈自己，自己喜欢谁就选择谁吧。"

"您说什么呢？"她咬了咬唇。

"还瞒着我呢？你妈昨天路过医院草坪的时候看见顾墨的妈妈了，原来她也在这家医院住院。"

庄暖晨愣住。

大巴上挤着忙碌一天准备回家的人。

庄暖晨坐在靠窗的位置，看着夜幕下的城市发呆。

六年前，她从老家回学校时是顾墨接的她。一星期后，她生平第一次跟他发了脾气，并借机提出跟他分手。

顾墨当时的神情是怎样的，她还记得。

他先是一愣，然后温柔说："别闹了，这样吧，今晚上我带你去看电影，有场电影挺好看的。"

她多想跟他去看那场电影啊，可脱口而出的话是："我没跟你闹，我们分手吧。"便转身离开了。

可她知道，顾墨在原地足足站了一个多小时。

下一周的时间顾墨试图挽回，不停地跟她打电话，甚至不顾一切闯进寝室来找她。她当时的态度很决绝，坚决分手。

那时候连艾念和夏旅都不理解，令全校都那么羡慕的情侣怎么说分手就分手？

最后，找到她的是顾墨的妈妈。

顾阿姨见她第一面竟是扑通一声给她跪下，她吓得不轻，赶忙搀扶，可顾阿姨死活就不起来，跪着哭着求着她不要跟顾墨分手，说不忍心看到儿子像个活死人似的一天天这样下去。

那一刻她很想抱着顾阿姨大哭，可还是狠着心道："我不想跟他在一起了，分手就是分手了。"

说完这话，她看到顾墨就站在门口，眼里充满恨意。

第二天顾墨没来上课，没过多久，顾墨一家出国了。

原来，主导这场戏的人不是她的爸妈，而是顾墨的妈妈。那么悲痛欲绝的一跪，原来早就算准了顾墨赶到的时间。

庄暖晨深吸了一口气，鼻腔都痛得要命，这一场算计，到头来究竟是谁更伤她不清楚，只是知道，上天弄人，让六年后的今天恩怨上演。

德玛传播，上午十点。

一款车的推广，不但要配合线上线下活动，还要整体的品牌规划方案和广告推广效应。活动部和品牌部的方案都是裹着来做的，广告部那边的行程稍慢一些，继而也影响了活动部的进程。除此之外，因《新经济》的缘故，活动部在媒体推广方面也耽误了很多时间。

梅姐发了脾气，因为庄暖晨没配合媒介部谈拢媒体方面，最后让齐媛媛加入标维的案子。

回到座位上的夏旅挺不服气，将方案往桌上一摔："梅姐怎么是非不分呢？你辛辛苦苦做的成果却要拱手让给齐媛媛一大半，凭什么啊？"

庄暖晨盯着电脑："梅姐只看结果。"

"是媒介部出了问题，跟我们有什么关系？这齐媛媛插进来，以后项目听谁的？"夏旅愤愤不平。

庄暖晨刚要开口，就听人道："夏旅，在背后说别人的坏话算什么本事？气不过去跟梅姐理论啊。"

两人回头，见齐媛媛就在身后，趾高气昂地盯着她们两个冷笑。

夏旅哪是省油的灯："我还真是头一次见到主动找骂的呢！你还好意思说别人在背后议论你，我骂得再狠也没你缺德吧？你不就喜欢在梅姐面前打暖晨的小报告吗？算什么本事？有能耐你早就拿下竞标权了，现在使手段有个屁用！"

"你嘴巴给我放干净点！"齐媛媛指着她。

"你指什么指？"夏旅一巴掌打掉她的手，"老娘就是在背后说你了，怎么着吧，你就是找骂，就是个上不得台面的玩意儿，怎么着！"

"你说谁上不得台面呢你——"

"我就说你呢！"

庄暖晨快疯了，大庭广众之下，夏旅和齐媛媛都快打起来了，周围同事全都起来看热闹，高莹在旁边加油点火："夏旅好样的，骂死她！"

"你闭嘴吧。"庄暖晨吼了高莹一句

"行了，别吵了！"她死命将两人拉开，一个头两个大。

"夏旅我告诉你，别以为替朋友打抱不平就有种，你丫算什么呀？"齐媛媛开了骂腔，"你以为庄暖晨那么有本事拿到标维的案子吗？她跟标维总裁眉来眼去的又不是一天两天了，你在那傻了吧唧地跟她竞标，你争得过吗？人家床头早就告诉她了，结果怎么样？你们部门不还是落败？你以为她让你来一部是为了你们的革命友谊呢？我呸！她不过是可怜你，是需要个会装孙子的人在她身边伺候着！"

不堪入耳的话落下后所有人都沉默了。

几秒后夏旅撸起袖子就要抡过拳去，被庄暖晨一把拦住。她脸色难看，开口时嗓音冰冷："齐媛媛我问你，你哪只眼睛看到我跟标维总裁上床了？"

"我……"

"我还问你，你哪只耳朵听到我和他在床上商量竞标方案了？"

"标维的人都这么说！"齐媛媛说得没底气。一直以来她都认为庄暖晨好说话，这般模样倒是没见过。

庄暖晨冷笑："你是高级客户经理，自己没本事就随便找个屎盆子往对方脑袋上扣，你有意思吗？齐媛媛，不用多说别的，你去陪客户上床能为公司搞来一千万的单子，我庄暖晨也会竖起大拇指对你说声'服了'，怎么样？"

齐媛媛刚要回骂又被庄暖晨截住。

"还有我要警告你，我和夏旅自大学起就是最好的朋友，这份友谊就算你没有也请你尊重一下，别用你那个小肚鸡肠和井底蛙的眼光来评头论足！"

"庄暖晨你——"

齐媛媛气不打一处来，正要还口，就见梅姐走过来，身边还站着一脸看热闹的安琪。

所有人都不敢吱声了。

梅姐脸上有不悦："齐媛媛、夏旅，办公室！"

庄暖晨一听急了："梅姐，这件事是因我而起的，夏旅是为了我打抱不平，她——"

"强出头啊？"梅姐冰冷冷地盯着她，"庄暖晨你给我记住，什么时候做什么事，轮不到你说话的时候就给我闭嘴，做好你自己的事！还有——"

她环视了一下周围："程总出差快回来了，你们最好也给我管住嘴，今天这件事要是传到程总耳朵里，别怪我翻脸不认人！"话音落下后目光落在安琪身上。

安琪讥笑一声转身走开了。

庄暖晨无力坐在工位上，这么一闹腾，她都没心思工作了。

同事散去，高莹从茶水间的零食柜里拿了袋巧克力递给她："别担心夏旅了，梅姐那人你又不是不知道，刀子嘴豆腐心的，顶多就是训训她。不过话说回来，既然标维那边传得那么凶，你倒不如将计就计了。"

"什么将计就计？"

高莹笑得像只老鼠："干脆你就跟江总在一起得了，你们两个谈恋爱，总不会有人再说三道四了吧？"话音刚落，一袋巧克力就砸了过来。

下了班，庄暖晨急匆匆往车站赶。

秋风很凉，庄暖晨裹紧了大衣，围巾把脖子围个严实，长发被风吹得有点散，耳朵冻得泛着凉意。正走着，一辆车停在她斜前方。

庄暖晨一个顿步，车窗落下，露出顾墨不苟言笑的脸。

意外出现的人，令她愣在当场。

顾墨转头看着她："上车！"

庄暖晨下意识后退一步。

"再敢跑试试！我直接从你身上轧过去！"顾墨几乎低吼。

她被顾墨带到了医院。

病床前她看到了顾母，瘦得皮包骨，身上插了不少管子，各类仪器都叫不上名字，病房里充斥着嘀嘀嗒嗒机器的声音。

顾母的尿毒症已经引起神经和骨骼的并发症，庄暖晨看在眼里，心酸得够呛。

顾母见她来了很开心，但说起话来有气无力的。

"听顾墨说你爸爸也在这家医院，真想给他们诚心道个歉呐，当年真是难为他们了，还有你啊暖晨，阿姨很坏，很卑鄙，利用你来让顾墨死心啊……"

泪水顺着庄暖晨的眼眶流了下来。

"他这六年来都没怎么快乐过。"顾母眼神悲凉，"我这个做妈的，看到他笑得最开心的是跟你在一起的时候，现在想想，我当初是造孽了。"

"我知道顾墨放不下你，也知道只要一回北京他就会去找你。我这辈子最骄傲的就是生了顾墨这个儿子，最后悔的就是亲手毁了他的幸福。我想让顾墨接受最好的教育，可在我们出国后的第二年，你顾叔叔就出意外离世了，我也被查出了毛病，顾墨扛起了家里所有的担子。暖晨啊，他不是不想找你，这六年来他没有一天睡好过，就看着钱包里你的照片一看就是一晚上，我知道他忘不了你。"

庄暖晨泣不成声，她不知道，什么都不知道。

"顾墨不知道当年发生的事，求求你，不要告诉他真相，最起码不要让他知道，是他的母亲毁了他的幸福。"

庄暖晨点头，她怎么可能告诉他？就算她知道了真相也没恨过谁。

"那么，你能跟顾墨在一起吗？"顾母语气哀婉，"他一直爱着你，从来没变过。"

顾墨一直在走廊守着。

庄暖晨红着眼从病房里出来的时候，他的眼神微微放柔，想要上前搂住她却忍住了，站在那儿一动没动，静静地看着她。

她抬头对上他的眼，又低下头，双手下意识握在一起。两人隔了一条过道，不宽不窄，恰好容下两道影子。

"我妈跟你说什么了？"还是顾墨开了口。

"没什么，只是叙叙旧而已。"

"是吗？"顾墨缓步上前。

她背后是墙，前面是顾墨，狭小的空间让她呼吸急促。

"你哭了？"

庄暖晨摇头也不是，不摇头也不是，呆呆看着他，紧抿着嘴唇。

见她不回答，他误以为她是厌恶，语气转冷："庄暖晨，你考虑得怎么样了？"

她一愣。

"标维的活动，没有《新经济》根本就不行！"他冷笑。

"你这么做是为了什么？当年是我对不起你，但你不能以工作之便对我打击报复吧？这样即使在一起我们也不会开心。"

顾墨抬手箍住她的后颈，命她抬头看着他。

"你以为我提出这个要求就是要报复你？"前一句几乎是低吼，可下一句又染了痛楚，"如果我说我还爱——"

"暖暖！"

江漠远低沉的声音掐断了顾墨呼之欲出的话。

庄暖晨循声一看，愣住。

他应该是从公司直接来的医院，银灰色的衬衫，同色系领带系得一丝不苟，隐约可见袖扣的光亮，深灰色大衣随意搭在胳膊上。

顾墨也先是一愣，紧跟着脸色难看。

江漠远朝她走过来，庄暖晨却没由来地感觉窒息，这种感觉很奇怪。

"你就是江漠远？"顾墨先开口，这是直觉告诉他的。

江漠远一贯从容淡笑："你好。"

顾墨暗自打量着他，是气度不凡，但是，能感觉到这个男人藏着对庄暖晨的别有用心。

江漠远任由他打量，转头看向庄暖晨："出什么事了？"

庄暖晨不知该怎么说，却见顾墨代劳了："暖晨知道我母亲住院，特意过来看看。就跟以前一样，我们一家团聚一下。"

十分明显的暗示。

江漠远淡笑，表面风平浪静，可暗涌已经开始了，流窜于两个男人之间。

"暖暖这丫头心地善良，对老朋友她自然关心。"江漠远看向庄暖晨，语气轻柔，"不过跟朋友叙旧来日方长，目前最重要的是庄叔叔的手术，孟啸已经出了手术方案,去看看吧。"

"真的?那我们快去找孟啸。"庄暖晨急了,一把拉过他的手臂。

顾墨蓦地一僵,脸色更加森凉。

"你先去。"江漠远温柔说了句,"你朋友的妈妈不是也病了吗?我看看能不能帮上忙换个更好的医生。"

"谢谢你。"

她见顾墨脸色不好,走上前轻声道:"我爸快要动手术了,我们的事以后再说好不好?还有,你别误会,我和江漠远是很好的朋友,他真的是个好人,有他帮忙,顾阿姨不会那么辛苦的。"

顾墨没说话,手指攥紧。

"暖暖,孟啸等着你呢。"身后江漠远温和开口。

"哦。"庄暖晨深深地看了顾墨一眼,然后匆匆离开了。

走廊只剩下江漠远和顾墨,男人间优雅的外衣也尽数撕去。

顾墨眼神冰冷:"我警告你,离暖晨远一点。"

"顾先生一上来就抱着敌意,看来我们是话不投机半句多了。"

顾墨眯眼,他知道他姓什么,看来是查过他,如此,心思就更昭然若揭了。

"对我女朋友有企图的男人,我没打上一拳已经算是客气了。"顾墨冷笑。

江漠远不急不忙道:"只是曾经属于,以后她是谁的还真是个未知数。"

"暖晨爱的是我。"见江漠远直截了当说出来了意图,顾墨更不客气。

"相信我,要不了多久,你在她心里的位置就会一落千丈。"

"我的确没你老奸巨猾,但你早就输给了时间,你怎么跟我斗?"顾墨的拳头捏得咯咯直响。

"听说你是学文的,很抱歉,我是理科出身,在计算逻辑层面,似乎我的胜算更大一些。"江漠远轻描淡写,"你的筹码不过是时间,但我手里不但有时间,还有庄家二老,至少你现在还没把握搂着庄暖晨共同陪在二老床前。"

顾墨额头上的青筋几乎暴出:"我不会让你得逞,就算不择手段我也会让暖晨留在我身边。"

"在这点上我和你倒是可以达成共识。对于喜欢的东西,当然要不择手段得到,不过有一点跟你不同,"江漠远走上前,黑瞳深处有明显的锋利,"一旦得不到,我宁可毁掉也不会便宜其他人。"

顾墨的脸色青白一片。

"江漠远，咱们走着瞧！"

一层秋雨一层凉，瓢泼大雨过后，天气又冷了不少。

夏旅请了病假，庄暖晨从医院出来后去了趟夏旅家，送了药，两人聊了一会儿，一直聊到顾墨。

"他希望重新开始。"

"你怎么想的？"夏旅好奇。

"我很想见到他，但不知为什么，六年后的他变了好多。"

"哪变了？"

"说不上来，总觉得他跟六年前不一样了。"庄暖晨轻叹，幽幽道，"我不知道他会不会像以前那样对我，我和他之间的爱情会不会再像以前那么纯粹，有太多令我不安的东西。"

江漠远打来电话的时候已经晚上九点多了，夏旅重感冒睡得沉，庄暖晨离开时又检查了一遍门窗才放心。

被江漠远一路送回了家，气温骤降，她披着他外套进门的时候连打了好几个喷嚏，江漠远给她煮了姜汤。

"喝完之后，临睡前再吃感冒药。"

庄暖晨捂着鼻子，拼命摆手："不行，姜味，拿走拿走。"

"听话。"江漠远坐在她身边，几乎把姜汤送她嘴里。

庄暖晨勉为其难地接过来，脸皱得跟枚核桃似的喝了一口，这一口下去没等咽了就喷出来，全喷在江漠远的衣服上。

吓得她赶忙放下碗，脸煞白，反手急忙抽纸巾为他擦衣服，心想着：完了完了，再弄脏我还怎么赔？

江漠远被她的紧张逗笑，一个劲说没事，但她哪敢停手啊，一门心思擦衣服。他也就任由她了，江漠远低头盯着她，小巧的耳垂形如滴露，微翻的长睫毛，鼻梁一管如玉，光洁细滑的脸颊。

江漠远的眼神起了变化，突然倾身，不给她反应时间，结结实实地吻上她。

庄暖晨惊呼，他却钳住她的下巴，强迫她张开嘴，这一吻来势汹汹。

庄暖晨的初吻给了顾墨。

同样是心跳加速，顾墨给她的是一种温和宁静；但江漠远给她的，是一种陌生的雷霆万钧。

她害怕这种感觉，却又好像……深陷其中无法自拔。

门外陡然响起敲门声。

庄暖晨蓦地清醒，一把推开江漠远，呼吸急促。

敲门声再度响起，她一激灵，赶忙去开了门。

门外是顾墨。

外面下雨了，他头发有些湿了，黑发几缕垂在额前，显得孤傲不羁。他见了她，眼里温柔："我——"

"暖暖，谁来了？"低沉的嗓音倏然打断了顾墨的话。

顾墨原本含笑的唇角僵了。

庄暖晨呼吸一窒。

江漠远站在庄暖晨的身后，平静地看着眼前一幕。

顾墨的眼神很快转为愤怒，死盯着江漠远足足有一分钟之久，又落在庄暖晨身上，她微露的锁骨带着厮磨后的红。

庄暖晨想解释却无力开口，她知道，无论怎样他都误会了。

顾墨抬手掐住了庄暖晨的下巴："这就是你所谓的友谊？"

"我……"

顾墨似乎也不想听她解释，转身就走，头也不回。

是他笨！

是他以为她还像从前那样变天就容易感冒。

庄暖晨死死攥着门框，许久后跌坐门边，泪水冲了出来。

"对不起。"江漠远蹲下来，"如果你想跟他解释，现在追出去还来得及。"

她哽咽："我觉得自己，很可耻，我很想跟他在一起，我想了六年，现在他……他刚刚就站在我面前，你知道我多想跟他在一起吗？我很想跟你做朋友，做最好的朋友，最好的合作伙伴，可我又那么可耻地跟你……刚刚，我怎么会这样？"

江漠远听着她无助的哭诉，浓眉渐渐蹙起。

"江漠远。"庄暖晨突然抓住他，眼神悲痛又带着仅剩的一丝期待，"你告诉我，我和你是朋友，我们是朋友。"

她害怕到了极点，是心灵即将崩溃的无助和绝望，她需要救赎，一种期待江漠远将她拉出这种道德沦陷火坑的救赎。

她知道有一种感情正在萌生，这很危险。

江漠远抬手轻抚她的发丝，心底泛起恻隐，终究轻叹一声，伸手将她揽入怀中。

庄爸手术做得很成功，天冷之前伤口恢复得还不错，接下来是一系列的术后康复和心脏治疗，为下一轮的心脏手术做好充足准备，孟啸亲自操刀。

这阵子顾墨没来找她，《新经济》与德玛的合作一直不冷不热地拖着。

庄暖晨对顾墨心存内疚，如何再去面对他始终是个难题。

标维高端车型在品牌包装和运营上都上了轨道，夏旅和齐媛媛依旧水火不容，开会的时候经常争吵，每次都是庄暖晨出面调停。

夏旅买了辆新车。

她轻描淡写解释是自己存钱付的首付，剩下的跟银行贷款。庄暖晨见过那辆新车，低配也要八九十万，夏旅怎么能舍得勒紧裤腰带买车？

但夏旅一口咬死，她也不方便多问。

这天下午，庄暖晨、夏旅和齐媛媛三人准备去标维开会，刚进地下车库，走在前面的齐媛媛突然停住脚步，脚跟一旋转到一边。

夏旅跟在她后面，齐媛媛一回头，她正好迎上，两人的脑袋硬生生磕在一起。

"你——"夏旅刚要怒骂，齐媛媛一把将她嘴巴捂住，用眼神示意她们两个不要出动静。

庄暖晨感到奇怪，看了一眼前方一怔。

不远处，梅姐正与一男人激情拥吻，两人的位置正好避开摄像头。

夏旅一把甩开齐媛媛的手，凑到庄暖晨身边往那边瞧，瞪大双眼喃喃："老天，梅姐这是？"

那男人似乎不安分起来了，手钻进梅姐的衣衫里。

"咱们不会要欣赏一场电影吧？我的车子在那边啊。"夏旅叹气。

庄暖晨刚要开口，就见梅姐一把推开男人，抬手就是一耳光。

三人一时间没反应过来，这上一秒还激情四射呢，下一秒就反目成仇了？这是哪门子电影桥段？

男人似乎没生气，还上前去拉她，又被她一把推开，两人就这么拉扯着，直到梅姐被他搂入怀里。

庄暖晨看到梅姐哭了，拼命捶打着男人，而后又紧紧搂住男人。

"这个男的，"身后齐媛媛轻声惊呼，"是安琪的老公。"

庄暖晨和夏旅惊愕。

"这一幕要是被安琪看到了，那就有意思了。"齐媛媛讥笑。

庄暖晨突然想到了杨天宇临走前说过的话，看样子，梅姐和安琪的确是为了一个男人反目成仇。

"听说这男的以前是咱们公司的客户,梅姐和安琪同时抢这个案子,结果客户争取到了,两人也同时爱上了这个客户,有意思吧?不过更有意思的是现在,都结婚了还纠缠不清。"齐媛媛爆料。

"那男的当初怎么没娶梅姐?"夏旅问。

"我怎么知道?你去问梅姐好了。"齐媛媛耸耸肩。

庄暖晨看着梅姐哭得跟泪人似的,心头酸楚,也许,这男人真正爱的就是梅姐呢?

"不是我没提醒你们,同行没真友谊的。"齐媛媛冷笑。

庄暖晨狠狠瞪了她一眼,夏旅冰冷地看着她道:"闭嘴吧,八婆!"

屏幕上的创意广告播放完后,庄暖晨对在座各位说:"这组创意广告主要是围绕'时间与爱情'的主题进行,那么,我们重点推出的第一期线下活动将会配合这一主题来展开。接下来,请大家看一下大屏幕,我将为大家一一展示活动的创意部分。"

标维会议室,庄暖晨从容而谈。

这次会议人员是由甲方和乙方共同组成,乙方是庄暖晨她们三人,甲方除了企划部的负责人外还有江漠远,他听得仔细,但在听到"时间与爱情"后,眉头微微一蹙。

庄暖晨的这次活动方案做得面面俱到,并提出联合当今知名导演来完成具体活动细节的建议,标维企划部的负责人表示赞同。

两个多小时的会议,其间标维的人也提出了一些活动建议,庄暖晨根据现实情况或赞同或反对,态度不卑不亢。

但江漠远没表态,足足两个多小时,从他看完片子后一句话都没说。

散了会,天际已泼洒斜阳。

庄暖晨收拾文件准备离开的时候,周年敲门走了进来:"庄经理,江总请你到办公室里一趟。"

身边还有标维的人,他们看着庄暖晨,眼神里大有一种心照不宣的暧昧。

庄暖晨敲门进办公室时江漠远正在通电话,他示意她先坐一下。

余晖充塞办公室的每个角落,江漠远背后是群楼耸立,大片火烧云如同铺洒开来的海浪在天际间翻腾燃烧,落下的光折射在钢化玻璃上,有了一摊摊光影,身穿白色衬衫的他周身几乎都有光芒摊开,居高临下的样子令人心悸。

庄暖晨一时看得有些痴。

许是察觉到被人关注，江漠远微微转身，与她的视线在半空相遇，一丝若有若无的笑闪过，瞬间化去了眉梢的严肃，面部线条也柔和很多。

庄暖晨赶忙撇开目光，借着喝水的动作来掩饰尴尬，当年看顾墨的时候她都是正大光明，如今她竟对着江漠远偷偷摸摸起来。

秘书端了咖啡进来。

放下咖啡的时候，庄暖晨从她脸上明显看出一丝打量的神色，心中叹息，这叫什么事儿啊？

"庄经理胃不好，给她换其他的热饮，记住以后不要给她备咖啡。"

秘书没料到他在通电话也能关注到这边，赶忙去换了其他热饮来。

江漠远通完电话就坐过来了，随手拿起桌上的杯子喝了一口。

"江总，那是，庄经理刚刚喝过的。"秘书瞪大了双眼，"我马上给您备一杯黑咖啡吧。"

庄暖晨也是愕然。

"出去吧。"

秘书一看他的脸色赶忙识相离开，庄暖晨心中一沉，完了，误会更深了吧。

但更让她不安的是方案。

"现在只有我和你两个，我想听听你的解释。"江漠远嗓音略冷，"你是打算拿着标维的高端车来抒发你的个人情感？"

"我怎么可能会这么做？"

江漠远看着她，没说话。

她知道他误会了，解释道："我认为这期无论是广告的创意还是活动的主题都没有脱离品牌推广的大方向，在情感代入中除了亲情外，爱情作为第一期主打可以迅速打开代入感，我们配合这次的活动方案将高端车亮相中国，是最恰当的方式。"

江漠远意外问了句："你认为青梅竹马也算爱情？"

会上她反复提到了这点，他每听一次就厌恶一次。

庄暖晨一时间词穷。

"这期的活动方案修改。"他扔了一句话后起身走向办公桌。

庄暖晨想了想，走上前。

"这只是为了增强时间的厚重感。标维的这款车型在国外已具备品牌文化和历史，那么我们自然要在广告制作和活动执行中体现这点，所谓的青梅竹马不过是个符号，是时间的象征。"

"可以换种思路。"江漠远淡淡说完后拿过文件，翻开。

庄暖晨将他手里的文件夺过来放到一边，据理力争："活动方案的主题围绕爱情出发，有错吗？"

"没错。"

"标维的汽车我要表达时间的厚重感有错吗？"

"没错。"

"也就是说，我所提出的方向和主旨都没错，是吧？"

"对。"

庄暖晨深吸了一口气："那么，你认为爱情要经过怎样的戏剧化表现才能引人注目，令人过目不忘？"

江漠远微微挑了挑眉。

"我所说的是戏剧化表现，经过艺术效果处理的。"庄暖晨着重补上了一句。

江漠远略微思考："一波三折，具备矛盾冲突的。"

"一个主题贯穿一年活动始终，那么这段故事一定要有连续性、矛盾点才受看，才能令人印象深刻，是吧？"庄暖晨又问。

江漠远刚要开口说话，她马上又道："我承认平淡的生活才真实，但我们要进行宣传，要将这种平淡进行戏剧化处理怎么办？为了增其效果，就要加重矛盾点，最后再趋于平淡。旨在告诉大家，激情固然重要，但平淡才是最真实的归属。我这么说，没错吧？"

江漠远唇角牵动一下："没错。"

"那么，"庄暖晨松了口气，"我的活动方案有什么错？青梅竹马吗？我认为反倒是一种更忠于情感的表达，这是培养消费者的忠诚度。"

江漠远愣了足有三秒钟，最后无奈轻笑，他自认为在各类谈判中都保持着理智逻辑，没料到庄暖晨几个反问便将他给绕进去了，她是个聪明的姑娘。

"至于在这个活动方案里有没有加入我个人情感，"庄暖晨轻叹，眼神转为落寞。"我认为，并不影响活动本身。"

江漠远微微眯眼看着她。

她却勇敢与他对视："请你相信，我只是一心想要做好标维的案子，这是对你的感谢和报答。"

江漠远一愣，半晌没有说话。

从病房出来后，庄暖晨又拐进了重症区，远远地看望了顾母。

顾母的情况越来越不好了，她曾经私下地找孟啸问过，孟啸经打听后告诉她，顾母的病其实再无希望治愈了，又说江漠远的确找过最好的医生过去，但都被顾墨拒绝了。

对于顾墨的决定，她不好说什么。

出了医院，刚到门口就听到有人争吵，一看，是夏旅和孟啸，这两人不知为什么又杠上了。

上前调和才知道，陪着她一同探望爸爸的夏旅先出来开车，没想到倒车的时候跟孟啸的车子撞在了一起，孟啸想进进不来，夏旅想出出不去，一来二去，两人吵得不亦乐乎。

"姓孟的，我上辈子是不是欠了你的？你干吗总跟我过不去？"夏旅气得头发都要竖起来了。

孟啸的脸色也好看不到哪去，将车门猛地一关："请你瞪大双眼看清楚，是你的车先碰到的我的车。"

"一个大老爷们怎么睁眼说瞎话呢？你没看你那开车速度？干吗啊？赶着去投胎啊？"

庄暖晨被他们吵得直头疼，正想劝架手机响了。手忙脚乱地接通，庄暖晨说了几句后便挂断了，拉过吵得正欢的夏旅："别吵了，赶紧回公司。活动方案通过了，有的我们忙了。"

没想到江漠远最后还是同意了她的方案。

夏旅一听高兴了，转头看着孟啸突然笑了笑："特心疼是吧？"

"废话！新保养的车！"孟啸见她态度大转心里没底了。

夏旅冷笑，从包里拿出几张大钞甩给他："这些钱拿去修车，就当是我撞了你。"

庄暖晨瞪大双眼，再看孟啸，脸色更难看了。

"你什么意思？"

"生气了？唉，我也是想让你在你金主面前好过点。"

"什么？金主？"

"是啊，小白脸，这么紧张车肯定是没钱修嘛，也对，你说你辛辛苦苦靠个富婆，一不小心把她给你买的车弄坏了，她肯定不高兴。"夏旅嘴上不留情面，"放心，这笔钱姐给你，不用担心交不了差。"

"你——"

"暖晨，咱们走啦。"夏旅露出一张明媚笑脸，"小白脸，还得麻烦你将车子倒一倒。"

庄暖晨陪着江漠远跟主办方打完招呼后便躲到了一边，今晚跟这一年多来的商宴没什么区别，依旧富商高士云集，有她认识的和不认识的。

拿着盘蛋糕，她立在落地窗前。

她的影子映在窗子上，精致的黑色礼裙，没了以前的浓妆艳抹——江漠远要求的。

活动方案的通过，令她们整组人都忙碌了起来，除了配合前期的品牌宣传外，最重要的便是圣诞节的活动，这次活动是她打开标维的第一步，她希望能够给他带来不一样的感觉。

她的腰微微一紧，是江漠远，他从身后将她搂住。

"想什么呢？"

庄暖晨的视线一时间没移开，玻璃倒映着他和她的身影，穿着正式的他高大英俊，穿着高跟鞋的她身高只及他的肩膀，书上说，这是男女最完美的身高比例，因为这个角度正好可以令女人把男人依靠。

从活动方案争执那天她便再也没见过他，直到那天在医院接到了他的电话，告诉她可以继续执行活动方案外，他又提到了今晚的商宴。

这么温柔的江漠远才是她熟悉的。可庄暖晨明白，商宴上她和他大可以打亲热牌，这是演给别人看的。

"没什么，发呆。"

江漠远笑了笑："走吧，宴会快开始了。"

宴会上她和江漠远被人关注最多，原本早就习惯，直到宴会大厅的门再次被推开，熟悉的三人面孔成功吸引了客人们的视线。

是南老爷子。他身后跟着一对男女。是南优璇和程少浅。

见到江漠远后，南优璇脸色沉了些。江漠远主动上前与南老爷子打招呼。

庄暖晨这一刻很想藏起来，在这种场合下，正巧与上司撞个正面，不过话又说回来，程少浅怎么会在这？而且他跟南优璇也很熟？

"这位是？"南老爷子盯着庄暖晨，微愣。

江漠远刚要开口，南优璇冷笑："爸，她就是漠远的情人喽，上次不是介绍过吗？"

"情人"二字令庄暖晨不堪，下意识看向程少浅，见他眼神严苛，她吓得低头。

"南老爷子，她就是庄暖晨。"江漠远将她拉过来，淡淡一笑。

"庄暖晨。"南老爷子轻唤她的名字，"小姑娘，你上前来让我看看你。"

庄暖晨愣住，见状，南老爷子主动上前。

江漠远却不动声色地将她拉到身后:"她胆子小,南老爷子,您的热情会吓到她。"

"爸。"南优璇暗自拉了拉他的衣角。

南老爷子笑了笑遮住尴尬,调整神情:"听说你在少浅的手下做事是吗?"

江漠远松开了她。

她点头,心中却困惑。

程少浅的脸色难看,他上前看着庄暖晨:"你怎么会在这儿?"

庄暖晨不知该如何解释,给上司留下个坏印象可不好,不过很显然已经晚了。

"暖晨需要二十四小时跟你交代工作吗?"程少浅转头看着江漠远。

江漠远轻笑:"我和她除了工作之外,还有很多事情可以做。"

程少浅眉心一蹙。

"我看你管得也太宽了吧?"南优璇冷讽,伸手将程少浅的胳膊挽紧,"她是庄暖晨,你别看错人了。"

庄暖晨听着这话奇怪,刚要开口,却听身后有人道:"江总,好久不见了。"

这声音听着耳熟,庄暖晨回头一看,惊讶。今儿刮了什么风,竟把颜明也刮来了。

"哥?"

颜明没搭理她,一直盯着江漠远。

南老爷子见有人搭讪,转身要走,颜明开口道:"南老爷子,您在正好。听说贵公司在跟标维合作,倒不如留下来好好看看江漠远是个什么东西!"

"哥,你乱讲什么?"庄暖晨以为他喝醉了。

南老爷子停住脚步,态度和蔼:"这位先生,生意场上不如意还是要私下解决,在这里只会落人话柄。"

周围人都朝这边看,窃窃私语。

颜明笑道:"我还有什么可让别人说的?江漠远,你这个卑鄙的小人!"话毕脸色陡然一狠,朝着他就冲过来。

周围人惊呼。

有冷光扫过庄暖晨的眼角,她没反应过来颜明手里拿的是什么,却预感到一股子危险,下意识挡在了江漠远的身前。

可下一秒她又被一股劲力扯离,与此同时此起彼伏的尖叫声和南优璇那声歇斯底里的"爸！"混在一起。

有保安跑过来死死按住颜明，哐当一声，匕首落地。

庄暖晨有了知觉后才发现，自己是被江漠远搂在怀里的，再一回头才意识到颜明竟想杀江漠远。

江漠远没被刺中，受伤的却是南老爷子。庄暖晨头晕，南老爷子受伤是怎么一回事？

颜明看着受伤的南老爷子，瑟瑟发抖："我、我没想杀你，没想……"

有工作人员跑过来，赶忙给南老爷子处理伤口，皮外伤，倒也不重。

"江先生，这人怎么处理？报警吧！"保安队长问。

庄暖晨一听急了，立马叫道："别别别。"来到颜明身边，急促问，"你这是做什么？究竟怎么回事？"

颜明缓过来劲了，盯着江漠远声嘶力竭："姓江的，有本事你就弄死我，要不然我绝对不会放过你！"

周围的人都看着江漠远。

庄暖晨清楚看到江漠远的眼里很凉，不由心惊胆战的。

"放开他。"他意外说了句。

庄暖晨松了口气。

南优璇却不肯罢休："报警！江漠远你没问题吧？他差点杀了你！就算你不计较，我爸也不能白挨这一刀！"

"优璇——"

庄暖晨想要求情，颜明却猛地撞开保安队长，发了疯似的冲出宴会大厅。

"哥！"她想要追出去，手腕被江漠远一把拉住。

"放心，我不会追究。"江漠远淡淡说了句，顿了顿道，"我想，南老爷子也不会追究这件事。"

他江漠远活了三十好几，自认为也经历了不少风雨，但有这么一个女人毫不犹豫地挡在他面前准备挨刀，这种经历还是头一次。

他看向南老爷子，眼神复杂，刚刚南老爷子也跟他一样出手挡住了庄暖晨，不过毕竟年迈慢了一步，没想到颜明那一刀没扎在他身上，反而刺伤了南老爷子。

庄暖晨转头看着他，良久后才问了句："你对我哥做了什么？"

颜明哪有胆子杀人？之前他不是投资了颜明的酒店吗？怎么两人又反目成仇了？

江漠远静静地看着她："是你哥误会了，放心，我会给他个解释。"

"庄暖晨，你这个害人精！"南优璇气得直跺脚，冲上前抬手就要给她一巴掌。

手腕被江漠远半空拦下。

"你别假惺惺地在这儿装好人！"南优璇使劲挣脱。

江漠远低沉喝了句："闹够了就去照顾你父亲！"说完一把将她甩开。

南优璇一个趔趄，被程少浅在身后一把扶住，他与江漠远对视，眼神冰冷。

庄暖晨一团乱。

南老爷子开口了："暖晨啊，你有没有受伤？"

庄暖晨赶忙上前将他搀扶："南老先生，刚刚您是为了我……"她真的不解。

南老爷子只是轻轻一笑："你没事就好了。"又看向南优璇，"我只是皮外伤，这件事别闹大了。"

"爸！"

"谢谢南老先生。"庄暖晨赶忙说道，又有点奇怪，江漠远怎么料到南老爷子不会追究？

程少浅上前："暖晨，跟我走。"说完一把拉过她的手腕。

"程总？"

眼前一暗，江漠远挡在了眼前："程总，你管得太宽了。"

"江总到哪都带着暖晨，这让别人怎么想？德玛还没到需要员工出卖色相来拉单的地步。"

"程总，你误会了，我没有……"庄暖晨就知道会这样，一百张嘴也解释不清楚了。

江漠远却伸手将她拉住，身子挡在程少浅面前："男欢女爱这种事我不用多加解释你也清楚，很抱歉，她不能跟你走。"

庄暖晨差点晕倒，什么叫男欢女爱这种事？

原本想探头解释，目光却不经意被宴会角落中的一道身影吸引，定睛一看，竟是顾墨。

往后的几天里，庄暖晨一直处于混沌中。

江漠远和南老爷子果然都没再追究颜明当日的行为，但表姑开始了没完没了的闹腾，打电话给她大骂江漠远，又跑到医院借着探病由头将江漠远骂得狗血淋头，并三天两头地让庄暖晨跟江漠远分手，等庄暖晨问及表哥和江漠远究竟结下了什么梁子时，表姑又不吱声了。

147

总之这阵子兵荒马乱，一个江漠远，加上一个程少浅，再后来顾墨又掺了一脚。那天，顾墨的眼神极冷，冷得如同六年前他亲眼看到顾母跪在她面前的那一刻。

所以当她接到短信时，犹豫了。

庄妈语重心长说了句："你要清楚自己要的是什么，如果还在犹豫不决，那就去吧，也许会找到你想要的答案。"

一句话如同打通了庄暖晨的任督二脉。

再回到大学校园时，熟悉的教学楼、三三两两的学生交织着美丽的画面，不远处的篮球场上，笑声爽朗。

她仿佛又看到顾墨手拿篮球穿过阻隔，飞快投篮的一幕。当时，她跟着其他爱慕他的女同学一样疯狂为他欢呼。

曾经……这一转眼，就是六年。

庄暖晨深吸了一口气，朝着情人林走去，那条路她永生难忘。

情人林的石子路被磨得光亮，这是校园情侣们一步步给踩出来的。她记忆中的情人林有一处蓝得扎眼的人工湖，湖边成片的梨树相拥，春暖花开时大片梨花飘落。

她顿步，今天顾墨约她回校园要做什么？

轻柔的尤克里里声，庄暖晨唇角一颤，朝着人工湖走过去。

阳光晃动着树枝上的金黄残叶，男子倚在梨树前，怀抱尤克里里，低头轻声吟唱，与记忆中的白衣少年一样，弹着尤克里里，梨花树下静静地看着她，眉间是不羁和温柔。

他说，他要唱给她听。

还有那一晚的舞会，当许多男同学上前邀她跳舞时，他终于走上前来，将她从其他男生手里拉了过来，舞姿盘旋，他低头在她耳畔喃喃："暖晨，我们已经错过了初中和高中整整六年的时间，接下来的日子，我要跟你一起度过。"

六年后的今天，她哭了。

树下的顾墨抬头，眼神深邃，修长手指轻轻拨弄尤克里里的琴弦，她跟他错过了太多年，六年，她和他对立，六年，她跟他天涯相隔。

眼泪像是倾泻的雨，遮盖了眼眶，顾墨就近在咫尺，她想念了六年，六年里他们依旧兜兜转转，直到今天。

琴声停止。

顾墨将尤克里里放到一边，走上前，低声道："还记得我曾经为你写的那些歌吗？"

庄暖晨点头，泪水滑落腮边。

"人生在世共有三万六千天，除去睡觉的时间只剩下一万八千天，我才为你写了无数首歌，让我继续为你写好不好？直到一万八千天的最后一天，我都会用尤克里里弹唱给你听。"

"顾墨。"

"还记得六年前我对你说过的话吗？我对你说，我们错过了整整六年时间，接下来的时间我要跟你一同度过。"顾墨轻声道。

她怎么可能不记得？

"可是暖晨，"顾墨轻抚她的发丝，"我们错过的何止是六年？加上之前失去的，足足有十二年，我们还能有几个十二年可以错过呢？"

庄暖晨捂着唇，眼泪大颗砸落。

下一刻她便被顾墨搂入怀中："如果你不想说分手的原因我便不逼你，暖晨，我们试着回到从前好吗？"

"我不知道……"

她不知道她和顾墨之间会不会有芥蒂，他对她有爱但也有恨，他们真能回到从前吗？

顾墨低头凝视，眼眶微微泛红："六年前，你只说了句分手就走了，六年后我只想问你一句话，六年过去了，你还爱我吗？"

一股难言的情感如海浪般在胸腔激荡，她看着他："顾墨，我……还爱着，否则心就不会痛了。"

顾墨紧搂住她，低沉的嗓音近乎哀求："在这世上，除了母亲外我只剩下你，别再离开我了，好吗？"

她心疼，骄傲如他却如此低三下四，她是多么爱着他，怎忍心留他一人孤独呢？

"我不会再离开你了，真的，永远不会了。"她想要顾墨，就这么简单。

情人林外有道影子，背对阳光高大漠然。他盯着情人林的方向，渐渐地眼底的温度降到了冰点，良久后转身上了车，淡漠地命令了句："开车。"

黑色商务车像是道影子离开校园，车身后扬起一片落叶。

Chapter 4

寒冬咬着深秋的尾巴来了,这场雪下得纯粹,笼罩整座城。

这阵子因为跟顾墨的复合,庄暖晨更倾尽全力来完成标维的案子。顾墨热情而敏感,她每次在与标维对接的时候尽量只接触企划部的高管,不过江漠远也很忙,一直不见他在公司。

夏旅最近也不知道在忙什么,每天一到下班时间就匆忙离开,庄暖晨有一肚子的话想对她唠叨唠叨,但抓不着她。

梅姐这段时间精力也不在工作上,程少浅对她有了意见。

南老爷子为她挡刀的事没扩散,缘于标维和德玛终于在媒体保密上取得了一致看法。有一次她问过程少浅,程少浅笑着告诉她,换作别人南老爷子也会这么做。

这个理由没太多说服力,但庄暖晨也找不出更合适的理由来。

这阵子,她与程少浅的接触会多一些,程少浅意外地提醒她一句:案子归案子,离江漠远要远一些。

庄爸的手术时间定下来了,孟啸说庄爸的身体情况不错,手术顺利的话,不久后就会出院。这个期间,顾墨也时常来医院探望,庄爸庄妈对顾墨总是客客气气的,许是顾母的缘故。

标维的活动提上日程,企划部和德玛同样紧张。顾墨将最好的版面给标维留下,并积极引导了舆论。《新经济》一开口,自然众多媒体都转头纷纷盯着。

这天,庄暖晨在标维驻场,行政部秘书匆忙跑过来道:"庄经理,总裁办那边来电话说让你忙完上去一趟。"

庄暖晨一愣:"江总回北京了?"

"应该在回公司的路上。江总交代了,让你直接进办公室等他。"

等手头工作忙完后,庄暖晨收拾了材料走出企划部,经过茶水间的时候就听有人在谈论她。

"江总走了这么多天回北京,第一个想见的就是她,庄暖晨也真够特殊的了。"

"是啊,也不知道江总看上她什么了,是不是审美出了问题啊?"

"要我说啊,江总是吃惯了大鱼大肉偶尔换换口味而已。"

在办公室里等了些许时候,江漠远就推门进来了。庄暖晨赶忙将柠檬茶放到茶几上,起身。

多日未见,江漠远消瘦了些,眉宇间透着疲倦。一件米驼色开司米大衣衬得他高大挺拔,大衣没扣扣子,里面是深色西装长裤,围巾随意搭在颈上。

他脱下外套搭在沙发旁,温和问了句:"等很久了?"

"还好。"

"前两天你在电话里说什么?"他倒了两杯热茶,其中一杯推到她面前。

庄暖晨想了想道:"没什么,我只是想,取消我和你的合作。"之前她给他打过一个电话,信号断断续续的,后来他说,一切等回了北京再谈。

江漠远微微挑眉:"取消合作?"

"你别误会,我指的不是标维的案子。"庄暖晨放下茶杯,赶忙解释,"标维的案子我保证会做得很好。"

"那么,你是指宴会陪同这件事了。"他倚靠在沙发上。

庄暖晨坐好,十指交叉:"是。"

然后将这阵子发生的事情一五一十都说了,她和顾墨的曾经、她和顾墨的错过、她和顾墨的现如今。

直到她讲完,他才调整了坐姿,淡笑:"你怕他误会?"

庄暖晨看着他:"顾墨挺敏感的。"心里补了句:其实这种关系任谁都会误会。

"你没告诉他,我和你只是合作关系?"江漠远挑眉。

庄暖晨略显尴尬,半天才说了句:"说过了。"

"他不信?"江漠远神情悠闲,"又或者说,他只是表面相信,实际上还有怀疑?"

庄暖晨轻声重复了句:"他只是太紧张了。"

江漠远没反驳,探身拿过茶杯喝了一口,随意说了句:"你认为,你们两个真的可以回到从前?"

"虽然时过境迁,但我愿意为他努力。"

江漠远紧紧盯着她,良久后问:"你还爱他?"

"是,我爱他。"

江漠远的口吻略显冷了些:"好,我成全你。"

"谢谢你。"

"别急着谢,我还有附加条件。"江漠远话锋一转。

"无论什么我都答应。"庄暖晨赶忙说,她只想着能为他做点事情,哪怕只是一点点。

江漠远微微勾唇:"这么快就答应,不怕我提的要求很过分吗?"他微微前倾,盯着她,"比如,我要你今晚留下来。"

她愕然:"你不是这种人。"温和如他,从未跟她开过这种玩笑。

江漠远盯着她低头露出的一截白莲藕般的颈部,眼神暗了暗:"你是个聪明的女孩子,应该知道我很喜欢你。"

直截了当的话令庄暖晨的心一揪:"你帮了我很多的忙,如果没有你,我爸就错过了最佳的治疗时间,我真的很感激你,所以才更要尽心尽力完成标维的案子,我希望能够帮你分担。江漠远,我对你只有感谢和感激。"

江漠远静静地看着她,良久后开口:"还从没有人拒绝过我,你是第一个。"

"对不起。"其实她想说的是:你身边任何一位都比我优秀。

"刚刚是句玩笑话,别放在心上。"他认真道,"我提的附加条件很简单,就是标维的案子你负责到底,中途不能换人,明白吗?"

原来是这个。庄暖晨笑了:"这是当然,你放心,就算你要换人我也不会同意。"

"那就好。"江漠远轻笑,收敛了眼神,朝她一伸手,"过来。"

她一愣,但还是起身来到他身边。

江漠远握住她的手:"以后无论遇上任何困难和麻烦你都可以找我,我愿意做你的朋友。"

庄暖晨没料到他会这么说,心里堵堵的:"谢谢你。"

晚八点,庄暖晨接到了顾墨的电话,快速收拾了东西便下了楼。

雪越下越大,大有下整夜的迹象。

顾墨将车停在公司楼下,站在雪里的他俊美至极,引起路人频频回头张望。她飞快朝他跑了过来,他张开双臂接住她。

上车后,顾墨给她焐手,笑问:"还冷吗?"

庄暖晨冲着他眨眼:"一直不冷,心里暖着呢。"

"嘴甜。"顾墨凑过脸,"亲我一下。"

庄暖晨仰头凑前,在他脸上落下一枚响吻。顾墨哈哈一笑,启动了车子:"晚上想吃什么?"

"不知道，"她想了半天说了句，"随便。"

"日料？"

"不想吃。"

"粤菜？"顾墨将车子倒了一下开上了路。

"有点清淡。"

"那你想吃什么？"顾墨看了她一眼，宠溺。

庄暖晨歪着头："不知道啊，随便吧。"

两人又开始重复着这样的问题，正如六年前每一次吃饭前一样，似乎一切都可以回到从前，也似乎有什么已经悄然发生了改变。

回到家，顾墨进了房里后搂着她，轻叹："你住这儿太委屈了。"

庄暖晨笑了笑："一个人住正好啊，不会太小也不会太大。"

"可现在我们是两个人。"顾墨将她的身子扳过来，认真地看着她，"暖晨，你要习惯自己不再是单身的生活。"

庄暖晨笑了："知道了，你先坐，我给你拿些喝的。"

等她从厨房出来，见顾墨面朝墙而立，静静地看着上头悬挂的尤克里里。

"那是你的，还记得吗？"她轻柔开口。

"当然记得，这是我的第一把尤克里里。"当时是父亲怕他刚回国不适应便送了他这把尤克里里，从那天起，这把尤克里里便一直陪伴着他，从初中到高中，再到大学。

"你出了国，但尤克里里没带走。"她将尤克里里摘了下来。

分手后没多久，顾墨一家移民国外，那天她赶到教室的时候只看到了空空的课桌，还有椅子上的这把尤克里里。

顾墨轻抚琴弦："当时我很恨你，但同时也放不下你，怕你以后忘了我所以才留下尤克里里。"

"现在你人回来了，琴还你。"

顾墨连琴带人一同揽入怀里："我都是你的，琴当然也是你的。"

"鸡皮疙瘩都掉了满地。"她笑着，扫了一下琴弦，"咦"了一声。

顾墨见状也碰了碰琴弦，琴弦发出沉闷的声音。

"琴弦坏了。"

"不可能啊，它一直都好好的。"

顾墨见她着急轻声安慰："可能是搬家的时候不小心磕到了，琴弦发出这种声音应该是被重力压过。"他是玩尤克里里的老手，仅听声就能辨别出故障和故障的原因。

庄暖晨摇头："那更不可能啊，搬到这儿来的时候我也查看过，根本没坏啊。"

"坏了就坏了吧，一把尤克里里而已。"顾墨轻笑。

"不行，这是你爸送你的琴。"

"谢谢你暖晨。"见她珍爱他的东西，他动容，内心涌起无尽的柔情，"没事儿，到时候重新配个琴弦就行了。"

重回沙发，庄暖晨为他倒了杯水，顾墨斜倚在沙发上看着她，良久后道："来我报社工作吧。"

她放下水壶看着他，诧异："到你的报社工作？"

顾墨将她拉坐身边："是啊，留在我身边工作，我们能时时刻刻在一起。"

庄暖晨看着他，有点小心翼翼："我不想换工作。"

"为什么？"

"我……"她不知道该怎么说，"我不是不想跟你一起工作，可是这么多年，我早就习惯了传播圈的生活和节奏。"

顾墨略显严肃地看着她："你是新闻专业出身，做媒体很正常。一个公关人和一个媒体人说出去哪个更好听？"

"公关人怎么了？我们也是靠本事吃饭。"庄暖晨没料到他会这么说，反驳。

"我没有瞧不起公关行业的意思，我只想让我们的目标一致。"顾墨拉住她的手，"你是公关行业，我是媒体行业，以后一旦我报道了对你客户不利的消息怎么办？难道客户还能让我为了你隐藏事实？"

"这没什么好担心的，媒体有媒体的做法，公关行业也有自己的危机处理方式，我觉得工作上的事不会影响我俩的感情。"庄暖晨耐心解释道。

顾墨眉眼泛冷："你是不想离开这个行业，还是不想离开江漠远？"

庄暖晨震惊，盯着他："我已经跟你解释很多遍了，我跟他一点关系都没有！他帮了我很多忙，是我要去尊敬的人，为什么到了现在你还不信任我？"

顾墨这才发觉自己的语气有多恶劣，将她搂在怀里，温柔低语："对不起，我没有不信任你，我只是很怕再失去你。"

庄暖晨属于好劝的主儿，见顾墨这般低声下气后心也泛疼："顾墨，你知道我很爱你，所以我们别再吵架了好不好？我知道你为了我付出很多，更知道你为了我放弃了去清华读书的机会。"

"你怎么知道的？"

"是南优璇。"只是将南优璇搬出来,她不想说太多,都是过眼云烟,不提也罢。

顾墨吻了她:"如果不这么做,我就看不见你了。"

"傻瓜。"她眼眶红了,抬头,"我们好好相爱好吗?如果你心有芥蒂,等标维的案子结束后,我答应你换行业。"

这样,她对江漠远也有交代,让顾墨也放心。

"真的?"

庄暖晨点头。

他将她重新纳入怀中,唇压了下来:"暖晨,我爱你。"

久违的吻,依旧轻柔。大学时期,在花瓣曼舞的梨花树下她和他也是相拥轻吻,这一刻又似乎回到了六年前,回到了他和她的青春年代。

可紧跟着她就被突然的力道吓了一跳。她的顾墨像是变了个人似的,放肆地在她丹唇之内"翻江倒海",不同于大学校园的清新烂漫。

"顾……"

顾墨却将她压在身下,嗓音低哑暗沉:"暖晨。"

庄暖晨一动不敢多动,她吃惊地发现顾墨有着与儒雅俊逸外表完全不符的可怕力气。

"你在害怕?"

庄暖晨觉得他的眼眸黑得吓人:"我们……太快了。"

"快吗?"顾墨轻抚她的脸,"暖晨,已经十二年了,还快吗?"

她不敢看他的眼。

如果说六年前顾墨是个桀骜不驯的坏男孩,现在他早就蜕变成清楚自己想要什么的男人。可在他从男孩转变成男人的过程中,她缺了席,所以她不知道该怎么面对他的热情。

顾墨见她紧张得连话都说不清楚,脸埋在她的颈窝外:"放心,我不会强迫你。"

庄暖晨窝在他怀里,心生内疚。她是属于他的,这是毋庸置疑的不是吗?

"搬过来跟我一起住吧,我想每天一回到家就能看到你,孤独的生活我已经过够了。"顾墨轻抚她的长发,提出建议。

庄暖晨听着心疼:"等我爸手术完了之后好不好?"

"好,听你的。"

门铃响了,顾墨吻她的额头起身去开门。

良久不见动静,庄暖晨倍感奇怪,起身边走边问:"夏旅吗?"话音落下就看见了门外身影,愣住。

房门外，江漠远身上似乎还带着风雪凉气，唇边眼里都噙着浅浅的笑意。

但顾墨的脸很冷："你来干什么？"

江漠远从公文包里拿出样东西递过来，视线却是落在庄暖晨脸上："你围巾落公司了。"

庄暖晨恍然大悟："谢谢你。"她上前接过围巾。

"是秘书交到我手里的，以后别这么粗心大意了。"江漠远像是叮嘱一个健忘的孩子，转眼看顾墨，"别误会，我只是开车经过。"

"东西还完请回吧，我和暖晨要休息了。"顾墨不悦，一把将房门关上。

足足有十几分钟的沉默，坐回沙发上的顾墨才开口，字眼冰冷："他到你家似乎是家常便饭了。"

庄暖晨将围巾扔到了一边，尽量语气轻柔："你不要把事情想复杂了。"

"你的围巾怎么会在他那？"顾墨微微提高了嗓音。

"我的围巾只是落在标维了，你刚刚也听到了，是秘书交给他的。"

"你又去标维了？"

"我去标维很正常，乙方哪有不去甲方公司的？"她无奈看着他。

顾墨紧紧抿了抿唇。

庄暖晨在他身边坐下来，搂住他的腰："我们刚刚不是说好不再吵架了吗？"

然而，顾墨这次不大好劝："你和江漠远究竟是什么关系？"

"我已经跟你解释很多遍了，江漠远帮了我很多忙，我感激他，宴会上我们也是清清白白的雇佣关系。"

"如果你和他清白的话，他至于大晚上的亲自给你送围巾？秘书为什么要把你的围巾给他？"顾墨陡然提高了嗓音。

庄暖晨从沙发上起身，手指气得微微颤抖："秘书为什么会把围巾给江漠远我怎么会知道？可能当时也就随手的事，这有什么？从始至终，我跟你一样都不知道江漠远会来，你现在跟我发脾气干什么呢？"

顾墨起身，俊美的脸气得煞白："上次宴会上，我亲眼看见你为了江漠远去挡刀！庄暖晨，你是不是把这层雇佣关系看得太认真了？"

庄暖晨的怒火转为心底哀凉："如果当时换作是你的话，我不但会为你挡刀，为你去死都心甘情愿！江漠远是我的恩人，没有他的话，我爸的手术不知道要拖到什么时候。更重要的是，拿刀的人是我表哥，我不能眼睁睁地看着他犯罪吧？"

顾墨将她再拉近些，额头与她的轻轻相抵："你永远不知道我有多爱你。"说完倏然放开她，拿起外套转身离开。

顾墨没打电话过来，甚至也不接电话。庄暖晨几乎哭了整宿，第二天工作起来心不在焉。夏旅走上前敲了敲她的桌子："我就给你数着，看你跟他复合后究竟能哭多少次。"

"什么啊，我是昨晚没睡好。"庄暖晨三言两语打发了她，拿起桌上的资料，"通知大家开会吧。"

忙碌会叫人暂时忘却伤痛，直到庄暖晨坐在咖啡厅，慢慢喝着一杯热牛奶的时候，那种揪心无力的感觉又回来了。

"不介意我叫你暖晨吧？"和蔼的声音像暖风，扬起时不突兀，落下时余音缭绕。

庄暖晨放下手中的杯子："当然。南老先生，您的伤怎么样了？"

下午，在她一遍遍拨打顾墨手机的时候，南老爷子亲自打来电话找她，希望见上一面。

午后的咖啡馆人不多，不远处有客人在打盹。

南老爷子点了杯红茶，慢慢喝了一口，再放下，眼角含笑："没事，谢谢你还惦记着我的伤。"

"您别这么说，您是为了我受的伤，更何况刺伤您的是我表哥，其实我一早就应该跟您道谢和道歉，只是听程总说您当天就回国了，所以没来得及。"庄暖晨由衷说道。

"是你表哥的问题，你不需要道歉。"

"其实我表哥他不是那种人，一定是生意上出了什么问题……"她赶忙解释道。

"放心吧，我没打算追究你表哥的责任。"

庄暖晨很是感激。

"你是我的员工，保护员工的安全也是我的责任，所以你也不用太内疚。"南老爷子拿起红茶喝了口，"今天我找你出来也没什么，就是问问标维案子的进程。听少浅说，你在这个案子上花费了不少心血。"

"南老，这是我的工作职责。"

"如今这个年头像你这么踏实工作的年轻人不多了。"南老爷子频频点头，言辞间透着赞誉。

"您过奖了。"

"怎么样？工作辛苦吗？"

南老和蔼可亲,丝毫老板的架子都没有,这令庄暖晨也放下了拘束:"说实话,挺辛苦的,不过做传播就是这样,我都习惯了。"

"有没有想过调到总集团来工作?"南老突然说了句。

庄暖晨一愣,到总集团工作?

"您抬举我了,我想我还没那么大的能力,而且我、我也不大想出国。"总部在国外,她要是走了,父母怎么办?

南老爷子点点头:"这份权利我随时为你保留,你什么时候改变主意了随时可以告诉少浅,少浅就可以帮你安排一切。"

庄暖晨谢过,心里更加明确南老爷子跟程少浅的关系不简单。又见南老爷子一直在瞅着她,她不自然地问:"南老,怎么了?"

南老爷子轻轻一叹气:"实不相瞒,你真的很像我女儿。"

庄暖晨诧异:"南优璇?"她怎么可能跟南优璇很像?

南老却没说什么,只是淡笑。

见他没有回应,庄暖晨也不好多问什么,拿起牛奶慢慢喝着。

"江漠远打拼到今天不容易,这孩子啊心思缜密,眼光独到。"南老突然提及江漠远,"他在商场上的手段跟他父亲如出一辙,但青出于蓝而胜于蓝。家中长子,自小就沉稳心事重,这孩子就有一个毛病,永远将事藏心里。"

庄暖晨听傻了:"南老,江漠远还有兄弟姐妹?"

这下轮到南老爷子愣住了:"你对江漠远的事一无所知?"

她何止是一无所知,她甚至都认为江漠远是从石头缝里蹦出来的。

"你跟江漠远恋爱了多久?"南老爷子诧异。

"我跟他不是恋爱关系。"

南老爷子又怔了,良久后才道:"原来啊……"

庄暖晨眉头拧得跟麻花似的,她不懂。

庄暖晨加班到快九点,出了公司,路灯映照下的雪花纷纷扬扬。

顾墨的手机依旧打不通,她紧了紧衣服,几乎整张脸都埋在围巾中。雪花轻舞,她又忍不住仰望漆黑的夜,呼出一大口白雾,那白雾遮住了视线,在空中似有似无地渐渐勾勒出顾墨的影子。

她不知道,要如何跟他解释才好。

广场前喷泉还在工作,周围是镶嵌银花的树木。庄暖晨站在雪中看得入迷,直到寒意窜进了衣服,她才恍然想着离开。

却在这时,从华丽大厅中走出几个人影来,庄暖晨心头轻轻一颤,视线落在那人身上。是江漠远,应该刚谈完事,身后的几人恭敬将他送了出来。

雪花飘落在他的大衣之上,衣角随风摆动。璀璨的光华下,他的脸颊被衬得明朗英俊。有那么一刻她有些恍惚,似乎是一种沉沦,但很快她摇头轻笑,转身离开了广场。

雪越下越大,她的帽子上压了厚厚一层雪。正低头走着,身后一声车鸣。回头一看,愣住。

商务车缓缓在她身旁的辅路停下来,车窗落下。

"暖暖?怎么这么晚才下班?"江漠远略显惊讶,"赶紧上车。"

她想到了顾墨,冲着他摇头:"前面就是地铁站了。"

江漠远下了车:"天太冷了,我送你回去。"

"真不用,下雪还好。"庄暖晨冲他笑了笑,"我刚刚看到你了,你才忙完吧?赶紧回家休息吧。"

雪中的庄暖晨穿着白色羽绒服,帽子的颜色鲜艳,还垂下两条毛线编织的小辫子,末端带有跟帽子颜色一致的小毛球,脚穿平底的雪地靴。而她对面的江漠远是成熟装扮,深色长衣尽显成功人士的沉稳庄重。

她的话令江漠远薄唇绽放浅笑:"原来刚刚真是你,我还以为看错人了。"

"闲溜达路过。"她吸了吸鼻子。

江漠远看了一眼天色,伸手拉她:"听预报说这雪会下整晚,走吧,我送你回去。"

"真的不用了。"她缩回手。

"你怕顾墨误会?只是送你回家而已,再说他不在你身边。"

庄暖晨眼神暗了暗。

"再不上车,我就抱你上去了。"

"啊?"她惊愕,又怕他真的会这么做便赶忙上了车。

车中的温暖迅速驱走了寒凉。

江漠远没马上开车,将她冰凉的指尖纳入掌心之中。她想要抽手却被他攥得更紧。他问:"昨晚哭了?"

"没有。"庄暖晨不自然。

"眼睛都肿了。"江漠远看着她,心疼。"对不起,是我考虑得不周全,应该给你打个电话就好了,或者让秘书交给你。"

"这件事不怪你。"见他道歉,她反倒心里过意不去。

"昨晚你们吵架了?"他一边替她焐着手一边低问。

庄暖晨不知该怎么说,没点头也没摇头。

"他是太紧张你了才会这样。"江漠远揉了揉她的脑袋,笑道,"好好跟他解释一下,如果你爱他,就要体谅他太在乎你的心情。"

"谢谢你江漠远。"她没料到他会帮着顾墨说话,心里感激万分,又向他求助,"我给顾墨打了一天的电话他都不接,他都不听我解释。"

江漠远若有所思:"这样,今晚你什么都不要想,回家好好睡一觉,等明天忙完你去报社找他,你们都是恋人了,女孩子有时候主动一些也没什么。"

庄暖晨点了下头,经过江漠远的三言两语的安慰,萦绕一天的悲伤情绪也倏然消失了。

江漠远见她释怀了笑了笑,准备开车送她回家。

手机却在这时响了。

江漠远随意扫了一眼手机屏幕,屏幕上闪烁的名字极为扎眼,他的唇隐隐勾了勾,在庄暖晨接通电话的瞬间启动引擎。

通话的时间极短,一分钟都不到。庄暖晨一把拉住他的胳膊:"停车。"

"怎么了?"江漠远诧异低问。

"顾墨病了,我得去看看。"

江漠远伸手拉住她:"我送你过去。"

"不用了,被他看到又要误会了。"庄暖晨打开车门,"今天真的很谢谢你。"

当庄暖晨气喘吁吁出现在家门口的时候,顾墨苍白的脸泛起喜悦,一伸手将她拉进来,关门,紧紧搂她入怀。

"冻坏了吧?"

庄暖晨眼眶一下红了,伸手摸他的额头:"怎么发烧了呢?就怪你昨晚上跟我闹脾气,一定是着凉了。"

顾墨见她眼中含泪,心头泛软,低语:"对不起,我今天睡了一天,才看手机。"

"不是你的错,是我。"庄暖晨心疼地看着他,"我还以为你在生我的气不接电话呢,谁知道你是病了一整天,是不是昨晚上就很难受啊?"

"我又不是小孩子。"顾墨抱着她,长长地舒了口气,"只要有你在我身边就行了。"

"一天没吃饭吧?"

"家里没米。"他从不在家开伙,拉过她道,"你晚饭也没吃吧?我们出去吃。"

"你还在发烧呢，怎么可以出门？我买了。"庄暖晨指了指刚刚路过超市时买的一袋子东西，"我呢，虽然厨艺不精，但至少还能伺候你这个大少爷。"

"好。"顾墨心底溢满幸福。

庄暖晨拎起袋子环顾了一下四周，这是她第一次来顾墨家，面积很大，是一套复式楼层，各种乐器也很多。厨房干净得扎眼，一丝油星都没有。

顾墨也跟着走进厨房，倚靠在墙壁旁，他的脸依旧苍白，可那笑是发自内心的。

"暖晨，等庄叔叔手术完了后就搬过来好不好？庄叔叔要是疗养的话也可以搬进来一起住。"

"我爸不会来住的，他不习惯住别人家。"庄暖晨洗着菜，轻声道。

"这哪是别人家了？"顾墨上前一手搂着她，一手也跟着她洗菜。"房产证上我会填上你的名字。"

庄暖晨蓦地理解，脸一红："乱讲什么呢？"

顾墨看着她晕红的脸，直截了当："我要娶你做我老婆呗。"

"谁说要嫁给你了。"庄暖晨更羞涩了，心也跟着咚咚乱跳，"病了还不消停会儿。"

顾墨呵呵笑，黏着她："我现在不逼你，等叔叔病好了我亲自去提亲。"

庄暖晨羞红了脸："还不出去？"

"我帮你一起做。"

"你看你还烫着呢，赶紧进房间休息。"

他却从背后将她搂紧："那这样，你做饭，我搂着你怎么样？"

"你听话，生病的人就不要逞强了。"庄暖晨转身，将他推出厨房。

顾墨没回房，站在客厅一直看着厨房的灯光，后来干脆倚靠在窗子旁，感受着这份六年后才得到的爱情，眼里满是幸福。

窗外是纷纷洒落的飞雪。他本想阖上窗帘，不经意看到楼下停了辆车，一男子倚靠在车上点了支烟，吐出大团烟雾。

男人的身影太过熟悉，熟悉到顾墨只消看了一眼就知道是谁，苍白的手指跟着攥紧。他才想到，在庄暖晨接通电话的瞬间，他听到了引擎声。

不到半个小时，庄暖晨便做好了两菜一粥。见顾墨坐在沙发上，脸色不大对劲，心微微一惊："是不是身体很不舒服？要不然我们去医院吧？"

顾墨凝视着她，眼神温柔："告诉我，你今天有没有跟江漠远见面？"

庄暖晨眼神一怔。

"跟我说实话好吗？"他的心一直下沉。

庄暖晨深吸了一口气："我见过他，下班的时候，但只是偶遇，他觉得昨晚的事情做得很不好，跟我道歉，我们没聊几句，真的。我接到你的电话后就去坐地铁了。"

顾墨看着她，将她拉入怀里搂住："我相信你。"

嫉妒令他蒙蔽了双眼，是他大意了。江漠远，既然你会做戏，那我就奉陪到底。

晃眼十二月初，标维各类公关宣传也纷纷推出，线上线下、杂志报刊、电视媒体，专访都围绕圣诞节大型活动进行，前期的品牌宣传达到了白热化阶段，铺天盖地的宣传推广手段得到了消费者的积极响应。

庄爸的手术十分成功，孟啸果然不愧是国手般的技术。庄爸又进行了一段时间的疗养后死活不待在北京，庄暖晨也只好同意爸妈离开。

这段时间她跟顾墨进进出出，除了太忙的情况下几乎都黏在一起，在工作上，庄暖晨一门心思扑在标维的案子上，但千防万防还是出了事，出了大事。

活动预热期的新闻发布会，以《新经济》为首的行业杂志及大众知名媒体报刊为主，除了电视台及广播电台不在受邀范围内，也邀请了两家知名网站进行推广。

外界对标维今年任命的首席执行官倍感好奇，奈何江漠远秉承概不接受媒体采访的原则，将记者拒之门外。

上午十点，媒体陆陆续续进入会场。夏旅一反以往自卑姿态，竟主动上前招待记者，其中也不乏她以往的同事。庄暖晨感到奇怪，却见跟夏旅聊得来的两个记者正拿着她的包包赞不绝口，她也就明白了，有了名牌傍身，夏旅多少过了心理这关。

主办方出现之前，皆是记者们相互认识和交换名片的时间，媒体与公关圈一样，说大不大说小不小，交换名片相互闲聊往往就能扯出很多关系来。

所以当顾墨出现在会场的时候，一大群记者围了上去，索要名片的、叙旧聊天的大有人在。

待大家散去后，庄暖晨上前忍住笑道："有没有考虑做艺人？我认识几个经纪人，手底下带的都是明星大腕，介绍你去说不定还能火一把呢。"

顾墨趁着大家不注意将她一把拉到角落里："学会拿我消遣了是吧？"

"只是觉得你做个媒体人太可惜了。"她看得仔细，刚刚有一些女记者看顾墨的双眼放光。

顾墨笑了："我只要你的爱就行了，其他人的我不稀罕。"

一句话说得庄暖晨心中暖暖的，她温柔低语："你刚从外地回来就参加记者招待会，我以为你会让其他记者来呢。"

"叫了两个记者过来，我走个过场，主要是过来看看你。"顾墨轻轻一笑。

"不务正业，别忘了现在是工作时间，你是《新经济》报主编，我是公关人员。"

"好好好，我回座位上坐好，马上。"顾墨举高双手做投降状离开。

庄暖晨笑了笑，一回头愣住，竟有人不请自来。

没等打招呼，夏旅踩着高跟鞋上前，语气不善："你来干什么？"

对方伸出一根手指头，点了点夏旅的肩头："看看你们最新发布的车型，你撞坏了我的车，修不好了，直接赔一辆给我。"

来者正是孟啸，穿得休闲，没了白大褂做依托，有种狂傲的劲儿。

夏旅冷哼道："你要不要脸啊？找我赔车？我没让你赔车就不错了！还有小白脸，睁开你那双不大不小的眼睛看清楚了，今天是标维的发布会，你想要车，去跟江漠远要啊，你跟他不是关系挺好的吗？"

"江漠远那个人可没那么大方，谁从他身上拿走一分，他会再从那人身上拿走十分。我找他要还不如找你要，说不定你一个慷慨还能送我一辆呢。"孟啸像是打鸡血似的跟她杠上了。

"你是脑袋被驴踢了还是今天忘吃药就出门了？我送你车？做你的春秋大梦去吧！"夏旅冷嘲热讽。

孟啸不怒反笑："靠着我这张皮囊总该值点钱吧？你都说了我是小白脸，找个你这样的金主也不错。"一把拉过夏旅，坏坏一笑，"我在床上还说得过去——"

夏旅一个手包砸了下去，痛得孟啸直揉脑袋，冲着她龇牙咧嘴："有暴力倾向啊你？"

"我是想打醒你这只种猪！你舍得脱我还懒得看呢！"夏旅瞪了他一眼，头也不回地走开了。

孟啸瞪大双眼，指着她的背影，又看向庄暖晨："你朋友她竟骂我是猪？"

庄暖晨乐出声："你跟夏旅可能前辈子是冤家，真的，一见面就吵架。"

"不可理喻。"孟啸揉着脑袋。

"唉，孟啸，你到底干什么来了？"

"今天休假闲着没事，正好过来捧场。"

"江漠远知道你来吗？"

"就算他知道我来也不会出席现场，这个人很讨厌记者。"

"为什么？"庄暖晨也发现了这点，像今天这种场合，一般公司的高层都会要求出席，可江漠远，她是软磨硬泡就差威胁利诱了，但还是拒绝出席。

孟啸看了她一眼，舔了舔唇："有关漠远的私事，我想我不大方便说，等你哪天跟漠远谈恋爱了，他可能会主动告诉你。"

庄暖晨愣了一下，怎么又扯上谈恋爱了？刚要开口却见孟啸笑容有诈，恨得牙根痒痒："孟啸，要不是你治好了我父亲的病，我会一脚踹你脑袋上。"

"全都是暴力女人啊。"孟啸故作害怕，赶忙一溜烟跑开了。

庄暖晨发现他又跑去骚扰夏旅了，不由觉得孟啸和夏旅这两人倒是挺搭的。

甲方是由刑总出席记者招待会，除此之外还有企划部、品牌策略管理部的高管们。庄暖晨做幕后的调配工作，夏旅负责将公关新闻稿和产品稿在会后发给诸位媒体记者。

主办方做了简短发言，随后便插入新款车型的推广宣传片，齐媛媛全权负责。

会场安静，四周的灯光也逐渐暗了下来。视频是配合标维高端车型的产品概念制作的推广宣传，将标维的品牌意识植入其中，开头是段节奏较快的背景音乐。

然而，视频开始了几秒钟后都没有耳熟的音乐声。一直在后台的庄暖晨还以为是片子出了问题，示意齐媛媛去查看一下，但当齐媛媛赶过去的时候，视频里却传出女人的呻吟声。

夏旅和其他工作人员全都愣住了，庄暖晨一惊，跑过去一看蓦地傻了眼，视频中男人的身影模糊，但女人样貌清晰，是梅姐。

两人耳鬓厮磨间男人动了情，手沿着梅姐妖娆的轮廓一路向下，梅姐却在呻吟中问了句："当年标维上市的那款车型真是你们的设计样本？"

庄暖晨的头发丝都竖起来了，直接拔掉了大屏幕的电源。会场死一般静寂，标维的高管们目瞪口呆。

完了！庄暖晨直接感觉。

记者席间沸腾了，现场的闪光灯连成了片。庄暖晨下意识看向程少浅，他的脸色难看，主动离开了发布会现场。梅姐在一旁也坐不住了，戴上墨镜也匆匆离开。

"刑总，视频的最后一句话听起来很新鲜，是不是标维当年在设计车型的时候有猫腻？"顾墨一马当先，对于男女八卦他并不关心，甩出来的都是一针见血的问题。

一大群记者围了上去，问的问题也是五花八门，有质疑标维是以盗窃设计蓝图起家的，有八卦视频男女资料的。刑总是年过五十的人，被记者们这么一围差点心脏病复发，助理在旁赶忙拿速效救心丸给他塞进嘴里。

庄暖晨用尽全力才冲到了刑总前面："诸位不好意思，今天的发布会我们没有设计问答环节，请大家让一让。"说罢给夏旅齐媛媛等人使了个眼神，两人又带着其他活动执行人员挤了进来，这才将记者和标维的人隔开。

顾墨人高马大，问起话来也铿锵有力："刑总，标维当年在韩国发生过一起技术研发纠纷案，请问是不是跟视频所提到的内容有关？"

刑总一个劲地按着心脏，一脸烦躁。

庄暖晨一个头两个大，看向顾墨公事公办地回了句："对不起，刑总身体不适，不接受任何的采访，请让一下！"

庄暖晨硬是带着刑总等人冲出了记者群。会场外安排了车，等记者们追出来后，标维的人早就离开了。

记者们又把庄暖晨围住了，奈何也问不出什么来，便怏怏离开。

顾墨走上前时，她正在揉胳膊："你们做媒体的都是劳工出身啊？个个都跟大力士似的。"

很显然工作时间一结束，她就不想跟他谈论公事了，但她忘了，顾墨是个执拗的人，这种性格也注定他能够在媒体圈子里声名鹊起。

他眼神严肃："我想知道事情真相。"

庄暖晨停住动作，与他对视："别说我不清楚，就算我知道真相，我也不可能跟你透露什么。"

"标维也许真的有问题。"

"你是媒体人，没有证据的话怎么可以乱说？"庄暖晨静静地看着他，"你忘了我们学过的，媒体不能擅自使用审判权。"

"你现在跟我分得很清是不是？"顾墨的嗓音稍冷。

庄暖晨无奈："我宁可跟你商量一下晚上吃什么的问题。"

顾墨压住心头不悦，低声道："我说过，我们的工作性质早就决定了会面临这种局面。"

"对不起，这是我的工作，我也能理解你的处境，就这样吧，我先回去挨骂了。"庄暖晨转身离开。

顾墨站在原地,脸色阴郁。

夏旅走上前,看着庄暖晨离去的背影若有所思:"你认为你俩还能回到从前吗?"

顾墨一颤,转头看向她时眼神冰冷,没说一句话便离开了。

"人家可不领你的情啊。"孟啸懒洋洋上前,阴阳怪气的,"你不会暗恋他吧?"

夏旅瞪了他一眼:"没心没肺啊你?你朋友公司出了这么大的事你都不着急?"

孟啸追了上去:"什么叫他的公司?标维又不是江漠远的。你跟我说说呗,你是不是暗恋他啊?要不然那么关心他们两个干什么?"

标维大楼里。

"啪!"标维企划部的高管将文件摔在会议桌上,怒喝:"你们德玛就是这么做事的吗?庄暖晨,今天你可是让标维震惊媒体界啊!"

庄暖晨连公司都没回直接赶到标维,途中又给程少浅打了个电话,程少浅只是淡淡说了句一切看标维的态度。足足一个多小时,标维的人将她骂得狗血淋头。

刑总一气之下把事情全权交给企划部的人来处理,企划部拿着鸡毛当令箭,对庄暖晨进行近乎非人道主义的抨击。

"你倒是说说看,那段视频是怎么出来的?视频上明明是你们公司的人,怎么还能拿到标维的记者招待会上放?"

庄暖晨的怒火是压了又压,最后郑重跟大家说了句:"你们放心,我会弄清楚这件事给诸位一个交代。"

"交代?还有什么用?今天到场的媒体全都看见了,你能堵住一家媒体的嘴,还能堵住全北京的?"

庄暖晨的太阳穴突突地疼,像是有个锤子不停在敲着她的脑袋。

会议室的门被推开了,庄暖晨顺势看去,竟是江漠远。

这个时候他能来就意味着已经知道了发布会上的事情,她垂脸低叹,觉得挺对不起他的。中国区出了问题,江漠远是要负全部责任,他也需要向董事局交代。

"庄经理是从发布会直接过来的?"

像是在问句无关痛痒的话,庄暖晨抬头看向他,点头。

江漠远转头看向大家:"是否应该让庄经理先回公司了解情况?"

"江总，不是她庄暖晨要回公司，而是德玛传播的负责人应该来咱们公司交代情况！"企划部高管提出抗议。

江漠远的嗓音转沉："事情已经发生了，追究谁的责任是次要，重要的是平稳度过这次危机。"

"江总你放心，我会亲自与媒体那边沟通，希望不会对标维造成负面影响。"庄暖晨给出承诺。

江漠远的视线落在她身上："商人，所要做的就是将产品转化成消费，再由消费转化成资金，所以庄经理，处理危机是乙方的责任，我只有一个要求——看到好的结果。"

"是，我这就回公司处理。"庄暖晨感激他能给她时间。

等会散了，江漠远看着她，语气略显无奈："乙方做到你这份儿上也够奇葩了，竟然先来甲方找骂。"

庄暖晨坐的时间长了头晕，揉揉太阳穴："这话如果出自程少浅之口我一点都不稀奇，我可是给你的公司造成影响了，你竟然还能笑得出来？"

江漠远唇角泛笑："凡事都有解决的办法，走吧，我送你回公司。"

"我自己回去就行了。"庄暖晨受宠若惊。

"我正好要去见见程少浅，顺路。"江漠远轻拍了一下她的肩膀，随手拿过她的外套。

上车后，江漠远轻声问："视频里的男人有印象吗？"

从出事到现在近一小时的狂轰滥炸，早就让庄暖晨没功夫深想视频里的内容了，经江漠远这么一提醒她才开始回想："也许，是我们原三部总监安琪的老公。"

"也许？"

"视频太模糊了，之前撞见过一次……我才能做出判断。"

"你撞见过？"

"是。"庄暖晨见他神情有异，便将在停车场的那幕道出来。

江漠远沉默许久后才开口："这么说，当时除了你，就只剩下夏旅和齐媛媛了？"

"是。"庄暖晨偏头看他，"你不会怀疑是夏旅或齐媛媛吧？"

"不排除这个可能。"他淡淡说了句。

"没有动机。"庄暖晨摇头，"当时夏旅和齐媛媛都在我身边，如果是她们其中一人拍的话我会看到，而且我现在还不敢肯定视频就是我当天看到的，说不定他们经常在停车场见面呢？"

"视频的角度如何？"

庄暖晨脑中灵光一闪："不是手机拍摄的角度，至少不可能是从当时我们站的那个角度拍摄的！应该是头顶摄像头拍的。不过奇怪，梅姐经常将车子停在那，对于哪有摄像头应该很了解才对。"

江漠远淡淡一笑："那就可以判断，这个摄像头是临时安上去的，一定有人早就知道了他俩的关系，做好准备也不奇怪。"

"奇怪的是，视频怎么会出现在发布会现场。"庄暖晨发现问题越来越诡异。

"如果视频中的男人是标维的竞争对手，那么就不奇怪了。"江漠远分析得冷静理智。

庄暖晨诧异，众所周知标维的死对头就是德玛。

江漠远看穿她的心思，扬唇："我的意思是，目前与标维高档车型同时竞争的公司。"

"AM集团？"庄暖晨猛然想到了，AM集团也推出了一款高端车型，打的环保理念与标维如出一辙。

江漠远方向盘一转，车子拐了个弯："德玛传播有内鬼，查出这个人来事情才能彻底解决。"

庄暖晨一惊："梅姐会不会做了替死鬼？"

江漠远看了她一眼："怎么不担心一下你自己？"

"这次是我大意，受到处罚都是理所应当的。"

她的话令江漠远的瞳仁缩了缩："你不会有事，这件事需要有人出面摆平，你是最佳人选，不过你口中的梅姐……"

庄暖晨听他话里有话，一哆嗦："梅姐会怎样？"

江漠远吐出了两个字："很悬。"

江漠远的出现，令德玛传播上下都犯了花痴，程少浅亲自迎接。两人进了办公室后，女同事们几乎奔走相告，七嘴八舌地说着江漠远有多帅。

庄暖晨没心思八卦，一直在琢磨江漠远最后说的话。

梅姐没回公司，去哪了谁都不知道。安琪的办公室也紧闭，谁都不见。

她跟夏旅说："查一下AM集团吧，看看视频里的男人到底是谁。"

"不就是安琪的老公吗？那天我们看得很清楚。"夏旅坐过来，压低了嗓音。

"可她老公是做什么的我们谁都不知道。难不成我去问安琪？"庄暖晨心口闷闷的。

夏旅赶忙去查。

到了下班的时间，江漠远还一直待在程少浅的办公室没出来。

"不走吗？"夏旅将一份资料放在桌上问了句。

庄暖晨摇头："事情闹得这么大，我想等江漠远出来。"

"嗯，那我走了，你要查的人的资料名单都在这儿了，不过好似没有一个像那天见到的男人，你再看看吧。"

晚上十点，江漠远才从程少浅的办公室里出来，两人不知聊了什么，看着不算严肃。见庄暖晨还没走，江漠远略显惊讶，对程少浅说："不介意我请你的员工吃顿晚饭吧？"

看得出程少浅不是很乐意，但还是淡淡一笑，没说什么。

庄暖晨睁眼闭眼都是一张张人物照片，看得眼睛都花了。江漠远走上前的时候她还没反应过来。

"没找到那个人。"她叹了口气。

"走吧，一起吃晚餐，边吃边聊。"江漠远将外套披她身上。

德玛楼下，江漠远开车将庄暖晨带走。不远处的路灯下，顾墨的脸色难看至极，紧攥着手。

就在庄暖晨还没查明停车场男人身份的时候，第二天的《新经济》报已经刊登出了男子身份：设计师出身，之前的确任职AM，不过后来离开了公司，目前属于自营。与此同时还有个不容忽视的关系，这男人是安琪的现任老公，报刊上详细列明了这点。

当然，《新经济》不以八卦抓人眼球，而是通过这个事件来影射标维曾经盗窃AM集团的汽车产品功能设计，又将前两年在韩国发生的企业纠纷案提了出来。

在标维推出车型的前夕，突然遭遇了以《新经济》为主的重要媒体的重创，无疑是雪上加霜，一时间其他媒体也争相报道，网络上铺天盖地全都是标维的负面新闻。这都源于顾墨亲自执笔的那篇文章，他的文笔一针见血，句句带有针对性，无疑他又成功地做成了一个专题，引发各大网站转载，衍生出各类话题，点击率直线上升。

这一天，庄暖晨像是过了一年。

她的团队小组接电话接得手都软了，全都是记者打过来的。德玛传播的其他团队倒是事不关己的模样，七嘴八舌：

"原来梅姐和安琪真在抢男人啊。"

"三角恋啊，以前大家心照不宣，这次有意思了，全都露了。"

"要说梅姐也挺厉害的，人家都结婚了，还能搞到一起。"

"是男人太贪腥了。"

庄暖晨一整天两个公司来回跑，与甲方商量接下来的应对措施，又与团队的人启动危机公关，另一方面也不停地请示程少浅。

程少浅最后干脆将办公室的门大开，她随时随地都能直接进。

第二天的情况更糟，顾墨又放出一则爆炸性新闻，由标维曾经的产品纠纷案一线抒到了标维最高层，并列出相关推测声明标维最高层有非法融资举动。这一罪名非同小可，一石激起千层浪。

顾墨没指名道姓，但网络上已经将矛头指向标维的首席执行官，大家也翻出了他善于资本运作的历史，纷纷猜测。

下午，顾墨又发表了一封匿名信，对方自称是北京一家连锁酒店的老板，前几月接到了一笔投资款，没想到中了对方的圈套，对方吞掉了他多年来的心血。信中说得很明白，对方便是标维首席执行官。一时间，"江漠远"三个字成为了网络搜索的热门词。

夏旅顶着熊猫眼在忙完了手头的公关稿后实在顶不住了，整个人趴在椅子上。媒介部的同事哭丧着脸走过来道："暖晨，媒体那边根本就不买账，网络传播得太快了。"

庄暖晨这两天也只睡了三个小时的觉，感觉脑细胞都跟敢死队似的。

"关键就在《新经济》的言论上。"夏旅瞪着无神的大眼睛看着庄暖晨，"你要不要去跟顾墨谈谈，让他手下留情。"

庄暖晨用力搓了搓脸尽量让自己清醒点，将媒介同事打发走了，叹气："你认为以顾墨的性格能突然罢手吗？"

"哎，想当年在校的时候他就揭发了前任学生会主席私吞学生会费，一个人引起了大规模的口诛笔伐，差点逼得对方跳楼。揭露事实真相，做媒体的就应该有这种精神，但现在你跟他成了对头，去求情吧，他不能徇私枉法；不求情吧，标维这关还过不去，要命。"

"顾墨早就想到了这点，要不然他也不能劝说我改行了。"庄暖晨疲累地倚靠一边，脸色苍白，"如果我去求情，他肯定误会我跟江漠远的关系。"

夏旅想了想："要不然我去跟顾墨谈？你去跟江漠远说说，让标维在《新经济》上多做一年的广告呢？顾墨不能放着钱不赚吧？"

"算了，你去谈的话就怕顾墨误会更深。"

"不过照顾墨所分析的来看，我真觉得江漠远在投资、融资上采用了不可告人的手段。"夏旅提醒了她一句。

"我是负责标维新款车型上市的公关人，就只会盯着案子的范畴。"庄暖晨顿了顿，"给顾墨举报信的人一定是我表哥。"

"啊？"

"我表哥差点杀了江漠远，为的就是酒店的事。"

"这么说江漠远真吞了你表哥的酒店？"

"内情我不了解，问过江漠远，江漠远讳莫如深，问过表哥，表哥更是一言不发，我总不能听姑姑的一面之词吧？说实话我也快疯了。"庄暖晨真是一个头两个大。

夏旅一筹莫展，半晌后道："怨就怨在那段视频上。"

"那段视频就是那天拍的，我们撞见的那天。"

"这么肯定？"

庄暖晨调出视频定格："这是你的车，还记得吗？那天你跟我车子没位置停了，就停在了这儿。"

"对啊，平时我都不停这层的。"夏旅想起来了，拧紧眉头，"你说，这拍摄视频的人究竟是谁呢？"

庄暖晨又想起了江漠远说的内鬼。

"江漠远，你真的要考虑一下我的提议。"餐桌上，庄暖晨苦口婆心。在一家适合约会的餐厅谈工作的确太糟蹋，但她顾不了那么多。

"先吃点东西，你的胃本来就不好。"江漠远将切好的牛排换到她跟前。

奈何庄暖晨没他这份闲情逸致："你倒是表个态啊。"

江漠远放下刀叉："你要明白一点，媒体要的从来都不是我的出面澄清。"

"但至少可以表明你的清白。"能说服他接受媒体采访的话，也是解决问题的途径。

"先吃点东西。"他轻轻一笑，又叫了服务生，吩咐外带两块芝士蛋糕。

"你喜欢吃他家的蛋糕，晚上拿回去吃。"

庄暖晨一愣，她从来不知道原来蛋糕是这家的，心头泛暖。

"暖暖，商人的信誉是做出来的，就算我出现在媒体面前也没用，顶多会增添他们爆料的乐趣。"他不疾不徐分析着。

"你很讨厌媒体，是吗？"她想起孟啸的话。

蹙了眉梢，他回了句："的确不喜欢。"

"好吧，这次的事件是《新经济》率先报道的，我看看能不能有补救的办法。"她不勉强他说出理由。

江漠远笑了笑："将矛头指我身上反倒是好事，最起码会将大众的注意力由产品转移到个人，这样，你们有足够的时间做好品牌推广和完善线下活动。"

"我只怕事情越闹越凶，让竞争对手获利。"

"这也未必，物极必反，这么一闹，消费者不想知道标维都难。"

庄暖晨用奇怪的眼神看着他："你总是这样吗？江漠远，我就没见你着急过。"

"这种事不值得着急。"

"可我快急死了。"

"说白了你还是个小丫头。"他笑容渐深，"这样吧，如果你去跟顾墨谈的话，就说，标维在广告投放上会多考虑《新经济》。"

"真的？"这是庄暖晨求之不得的事，有利益往来的话媒体总要买账。

"如果他不同意，想要继续的话……"江漠远说到这儿就止住了。

"你会怎样？"庄暖晨心里咯噔一声。

江漠远看了她一眼，唇角扬起淡淡的笑，那样的笑啊，虽温暖，却叫人畏惧。

"没什么，只是想说，办法多的是，人总不能在一棵树上吊死吧？你说对不对？来，尝尝这个，味道不错。"

顾墨是工作忘我的人，她打了无数遍电话，结果一直关机。

北京的小夜景一向是留给有时间的人来欣赏，庄暖晨在北京生活了这么多年没有一次静下心来好好体会一下城市夜景的魅力，其实在她心中隐隐有个渴求，那就是能有一天，在夜色下，她与顾墨十指相扣悠哉地享受美丽的景观，因为没有顾墨的城市是死的。

《新经济》报刊编辑部都在加班，过了晚十点，这里还是灯火通明。

"找谁？"一个小编辑抱着厚厚的一摞样张走了出来，差点跟庄暖晨撞上，吓了一跳，扶了扶脸上的眼镜问了句。

庄暖晨很少来这儿找顾墨，撞见个小编辑挺热情，一路带她去了编辑部。

顾墨随意靠坐在会议桌上，上身浅色衬衫下身休闲牛仔，整个人潇洒不羁，拿着红外线笔在对着大屏幕说话。

其中一个女编辑开了口："主编，干脆我们就直接做个有关非法集资的专题，这样的话更能引起社会关注。"

站在门外的庄暖晨一听这话赶紧拉住带路的小编辑，示意她先别通报。

顾墨皱眉："质疑跟下结论是两个概念，你要做非法集资的专题，那么好，我问你，你有江漠远非法集资的确凿证据吗？"

"不是有举报信吗?"

"举报信我们只是刊登了,在举报信后我们可没做任何的态度声明,再说了,一封匿名举报信能证明什么?举报信我可以是作者,你也可以是作者,除非我们可以获得更具新闻性的事实。"

"那我们接下来怎么做?"另一名编辑问道。

"继续盯AM集团跟标维集团。我的要求很简单:第一,不是新闻不做;第二,不真实的我不做,明白吗?"

"明白。"编辑们纷纷点头。

"主编,有人找你。"门口小编辑开了口。

《新经济》楼下的咖啡馆,加班的人还不少。

顾墨用一杯热牛奶换掉了庄暖晨的咖啡:"肠胃不好的人就少喝点咖啡,再说,你一喝咖啡就睡不着觉,我可不想整夜听你煲电话粥。"

庄暖晨笑了笑,那是在大学的时候,有一晚她嘴馋喝了杯咖啡,结果数了大半夜的绵羊还是睡不着,便给顾墨打电话,一聊就到了天亮。最后他被她聊清醒了,她终于聊困了,害得他在专业课上呼呼大睡,气得老教授的白胡子直翘。

"这么晚了还赶过来?"顾墨问了句。

"想你了。"

温柔的一句话像是泉水沁入顾墨的心房:"吃饭了吗?没吃的话我带你去吃。"

"吃过了。"

顾墨垂眸,拿着小银勺轻轻搅动了一下咖啡:"对啊,你应该吃过了。"

她很快明白了话中意思:"是,这两天我跟江漠远走得近一些,但都是为了工作,真的。"

"我没误会,能理解。"顾墨捏了捏她的小脸,温柔一笑。

见他笑了,庄暖晨才稍稍心安,拉过他的手轻轻攥着:"我们出去旅行好不好?今年的年假我还没用呢。"

"好,等我忙完这期的专题我们就出去,你想去哪我都带你去。"

"这期专题那么重要吗?"她忍不住问了句。

顾墨看着她的眼神微微转暗,一字一句:"很重要。"

"你刚刚还说没有确凿证据是不能扩散报道的,那么是不是可以换个专题?"庄暖晨下意识将他的手攥紧。

顾墨唇边的笑消散了:"你想跟我谈什么?"

庄暖晨深吸一口气:"既然连你都知道指控江漠远非法集资一事没有真凭实据,那为什么还要扩大影响呢?"

"如果你看了报道就应该清楚,在字词的把控上,《新经济》一向负责。"顾墨淡然道,"我们只是分析情况,跟进结果,给大众一个交代。"

"你有没有想过标维才是最无辜的?"

"无辜?"顾墨微微眯眼,"你对江漠远了解多少你就这么说?"

庄暖晨摇头:"我的工作是保证标维的品牌形象继续运行。"

顾墨压低了嗓音,咬牙切齿:"是颜明亲口对我说的,江漠远为了得到他酒店的运营权处心积虑。"

果然是表哥,她猜对了。

"表哥有没有说具体是怎么回事?"

"如果他一五一十地告诉我,《新经济》对江漠远的报道就是用'披露'这个字眼。"顾墨皱着眉头,"就算颜明真的说了,我也不可能实名制,那封信上面其实是写了他的名,被我去掉了。"

"为什么?"实名制的举报信对外界的影响程度远远大于匿名。

顾墨看着她,一丝情愫深藏眸底:"我不想把你牵连进去。"

像是骇浪在她心头拍过,顾墨从不是个徇私的人,可他为了这个理由宁可瞒着所有人降低了信件的真实度。她知道,他在做出这个决定之前有多么纠结。

"对不起……"庄暖晨用力绞着手指,"我知道让你撤稿子是得寸进尺,这是你的工作,我也不想你被连累。你看这样行不行,我会做危机公关处理,你也暂缓对标维的跟进。"《新经济》的舆论是风向标,这边暂缓的话其他媒体也不会争相报道。

顾墨看着她像是在看着一个陌生人:"交换条件是什么?"

庄暖晨注视着他:"标维多加一年的广告投放。还有,《新经济》可以成为标维名誉媒体顾问。"

顾墨没说话,食指在桌上敲动,一下下的缓慢而有节奏,他一眨不眨地看着她,那眼神预警着不可预测的风暴。良久后顾墨才缓缓开口:"这个条件,我可以定义它为贿赂还是利诱?"

像是盆凉水浇在庄暖晨的头上:"你在说什么呢?《新经济》是主流,我只是希望标维能够得到首肯,广告投放当然首选《新经济》,但目前的形势是,《新经济》与标维势如水火还如何合作?"

"事实上《新经济》与标维的梁子已经结下了,我想这个广告投放也不是那么好赚的。"顾墨冷哼,"标维提出这个要求希望《新经济》做什么？道歉？错误事件召回？"

"你误会了，我不会让你难堪。"庄暖晨拉过他的手认真说，"你这样性格的人怎么可能跟别人道歉？我不过想让你将事件压一压，我会说服标维第一时间召开记者招待会澄清这件事。"

"公关公司在处理媒体危机的时候，一是要求媒体方针对错误言论进行道歉撤稿，二是甲方主动召开见面会向大众澄清事实经过。"他的身子微微前倾，盯着她，"你为我选了第二条路，不但可以顾及我的脸面还能让《新经济》赚取大额广告费，暖晨，这么说来，我是不是要很感谢你？"

庄暖晨语重心长，言辞恳切："广告费一事是江漠远主动提出来的，这就代表着他肯向你让步，我知道让你放缓脚步会引起你的厌恶，但我只能这么做才能保障甲方利益。"

顾墨笑了笑，却收回了手："一个用人情，一个用金钱？照你这么讲，如果换作是夏旅或是你其他的同事，就直接让我撤稿道歉了？"

"顾墨，你不要太敏感了好不好？我们是在谈工作。"

"我也是在跟你谈工作。"顾墨的语气骤然转冷，"标维召开记者会我无权干涉，邀请《新经济》参加我自然会出席，但我的工作请你不要干预！"

庄暖晨呆呆看着他良久后才无力说了句："从头到尾我都没有干预你的工作，我是一直在请求你。"

"为了江漠远？"

他眼底的寒凉压得人喘不过气来，庄暖晨语气缓慢忧伤："要到什么时候你才能相信我？"

"等你辞职老老实实待在我身边的时候。"他咬了咬牙。

"为了你我可以放弃工作，但至少让我先把第一期活动做完才能交接吧？"她尽量压低嗓音来控制心底的悲怆。

"我很清楚心里爱着谁，但依这种情势发展下去，我是不是连异性朋友都不能交？"

顾墨眯了眯眼睛，一字一句："有我在你身边，你不需要什么异性朋友。"

庄暖晨面色苍凉，手指气得颤抖："这么说，你就是不相信我，是吗？"

殊不知，两人的争吵已经由工作转移到生活。

"没错。"顾墨直截了当，"江漠远可以借着给你送围巾的理由去找你，大可以再想个其他借口骗你发生关系。"

庄暖晨蓦地起身，脸气得煞白，很想骂他一句混蛋，但见他也是一脸受伤心就软了，他是她思念了整整六年的男人啊。

半晌后她哑着嗓子："我认识的顾墨不是这样的。"

顾墨闻言，起身看着她："你是不是还想说，你爱我也爱错了？"

眼泪冲上了眼眶，她想张口说不是，可如鲠在喉。

"还是，"顾墨喘着粗气，冷而深邃的眸透出看不到希望的脆弱，"连我爱你都爱错了？"

"顾墨。"

顾墨头也不回地走掉了。

"目前这是最好的解决办法，一来可以最快压低舆论，二来可以澄清事实，三来能够钳制AM集团有意借助舆论为自己产品造势的行为。"标维会议室中，庄暖晨冷静分析，"不过，尽快召开记者见面会才最理想。"

与顾墨的不欢而散让她明白，生活并非童话，没人能替代你做你本应该做的事情，只能咬牙坚持走下去，也许会更痛，但总比不去面对而等着发烂腐朽要好。

刑总和企划部的高层们倒是同意庄暖晨的建议，短短两天，AM的关注度就有攀升的迹象，明眼的人看得都很清楚，利用标维上位，就算是绯闻，那么AM的目的也达到了。

刑总语重心长："江总啊，我个人觉得庄经理的提议不错，虽说之前大家闹过不愉快，但在这件事情上她的处理办法还是很专业的。"

江漠远正襟危坐，脸色平静得很。

"江总，这次事件也是因为我们乙方的疏忽，在说明会上我也同样会对大众和甲方有个交代。"庄暖晨看不透他的心思，继续说服，"但甲方的态度更重要，要让大众看到诚意才行，希望你能改变初衷。"

江漠远沉默了片刻，命令了句："庄经理留下，其他人先散了吧。"

窗外是大片冬日暖阳，在纱帘上折射淡淡的光影。

会议室只剩下他们两人的时候，江漠远松了松领带："这并不是唯一方式，为什么？"

庄暖晨的心突突直跳，收住笔，与他对视："我认为，这是目前能够解决困境的最好方式。"

江漠远饶有兴趣地看着她："你所说的困境是什么？"

庄暖晨的眼滑过一丝惶惶不安。

"AM集团借势新车上市？AM新推出的车型跟标维的完全没有可比

性。"江漠远的语气不疾不徐，"那么困境是什么？如果我没猜错的话，是《新经济》吧？"

庄暖晨深吸一口气，轻声道："你误会了，我只想为标维选择最合适的方法来处理危机，没错，办法也许不是唯一的，但是最好的。"

"暖暖，我将其他人散了的目的就是想听你说实话。"江漠远的语气加重了些。

这像是一记警告落在头顶，庄暖晨心里七上八下。

"《新经济》不会因为广告投放而放弃初衷。"

江漠远不置可否："以顾墨的性格，拒绝是正常。"

她不是很理解，既然知道为什么还要碰钉子？

"广告费是个筹码，如果他接受了至少让你不会那么辛苦，如果不接受，我们也能掌握主动权。"江漠远语气淡然。

庄暖晨情绪复杂，这种感觉就跟听到顾墨将表哥的信件作为匿名信刊出是一样的，原来，江漠远不过是想给她一个可以跟顾墨谈判的台阶。

"谢谢你。"她的嗓子紧了紧。

"但我没想到的是，你宁可让标维出面召开见面会也不采用媒体道歉方式。"江漠远的手臂支在会议桌上，手指交叉，"为了顾墨？"

庄暖晨攥了攥手指："是，我不会让顾墨公开道歉。"

江漠远的瞳仁微微缩了缩，但很快就笑了："你怕公开声讨让媒体道歉会让顾墨名誉扫地，你也怕这么做会让他更误会你，但是暖暖，你有没有想过，你要维护的是甲方利益。"

"媒体道歉是两败俱伤的方式。"庄暖晨叹气，"《新经济》是经济领域主流刊物，标维因为这件事得罪了《新经济》，那么日后都会很麻烦，人情往来这种事还是你教会我的。"

男人好看的眉蹙了蹙："顾墨和我之间，你顾及的始终是顾墨。"

"确切来说，是爱情和工作之间。"六年她输不起，如果说一定要为这份爱情牺牲的话，她宁愿牺牲的人是自己。

她的话令江漠远唇边的笑凝固了。

庄暖晨没看见他的神情变化，敛着眸："而且，我也需要你对我表哥酒店收购一事的交代。"

"从什么时候起，你跟我有隔阂了，嗯？"

"我只是想知道真相，因为我发现我真的不了解你。"

会议室，有种异样的力量在压抑气流，江漠远没说话，神情高深莫测。这种感觉令她不安，他的眼神像是一张大网铺天盖地地压下来，让人透不过气。

半晌他起身，走到她身后。

庄暖晨脊梁发冷，准备起身却被男人的双手压住。他的手沿着她的双臂下移，将她圈在他胸膛之中。

"你知不知道，一旦涉及你表哥，连你也会受到牵连。"

他的担心竟然会和顾墨一样？

"表哥当时其实是署名的。"她头低下来。

江漠远没动，低沉的浅笑从胸腔扩散开来："真难为顾墨了。"

两人之间有了短暂的沉默。

江漠远很快收回手，走到窗子前看着外面的车水马龙，没有再说什么。她下意识起身，看着他高大的背影被阳光拉长，这一瞬竟觉出深藏在这道背影后的落寞。

"这件事我会考虑一下，出去吧。"

刚回公司，夏旅过来告知梅姐来了。庄暖晨二话没说，赶忙跑去办公室。

梅姐的办公室在最里面一间，离员工的工位较远，庄暖晨正准备抬手敲门，隐约听到里面有争吵声。

她原本不想多事偷听，但冷不丁听到"柏坤"两个字就止住脚步，听声音是安琪。

柏坤，南柏坤，安琪的老公，也是视频中的男主角。

"穆梅，你要不要脸了？你以为他会跟我离婚再娶你？"

梅姐开口，声音挺淡："为了得到这个男人，你使了多少手段？还不嫌累吗？"

"就算累也值得，现在他可是我老公。"

"是吗？"梅姐冷笑，"你以为，当柏坤知道你为了对付我处心积虑将杨天宇赶走的事，他还可能跟你在一起吗？"

"你乱讲什么？全公司的人都知道杨天宇是你弄走的！"安琪提高了嗓音。

"当天究竟是谁在杨天宇咖啡里下的泻药你我都心知肚明。安琪，你成功了，你不但处心积虑地弄走了杨天宇，还让我也在公司站不住脚，我没你那么厉害，也没你那么狠，我承认我输了。"

"难道你就没使手段往上爬？"安琪咬牙切齿，"人不为己天诛地灭这句话还是你教会我的！"

"没错，我不敢说自己是什么好人，但也不会泯灭人性。"梅姐冷笑。

"你现在在这儿装什么好人？柏坤今天跟我提出了离婚，你满意了？"安琪声嘶力竭。

"人不要太贪心，你处心积虑步步高升，当然要付出代价。当你将目标对准杨天宇的时候就应该清楚，那一刻你已经失去了柏坤。"

梅姐的嗓音是沁透着骨的凉，但这句话前一刻落下，后一刻一记耳光声响起。

门外的庄暖晨吓了一跳，生怕两人再大打出手，思量着要不要冲进去拉架，但里面很安静，半晌梅姐的声音才从里面传出来："闹够了吗？闹够了请出去，我还要收拾东西。"

又有杂物落地的声音，安琪听上去歇斯底里："没了柏坤，我什么都没了！"

"这句话你听着不耳熟吗？四年前我也是这么哀求你的。"

"所以你现在是报复我吗？"

"报复你？"梅姐好笑地开口，"安琪，使计赶走柏坤并栽赃嫁祸的人是你不是我，让我今天从公司走出去的人也是你，你说，咱们俩谁在报复谁？"

"你偷走了我老公！"安琪咬牙切齿。

"是你的，别人怎么偷都偷不走，不是你的，你想留也留不住。"梅姐淡然，"再说，那段视频不是你录的吗？"

门外的庄暖晨大吃一惊。

"我只是想看看你们两个有多过分！"安琪突然叫了一下，又放低了嗓音，喃喃道，"可视频不是我放的……"

"你我之间，从来都没有赢家。"

房间里又陷入沉闷。

庄暖晨如同石化，这件事显然就是螳螂捕蝉黄雀在后。

办公室的门陡然打开了。

红着眼睛的安琪与庄暖晨正好打了个照面，她脸色冷了冷，没说什么走掉了。

办公室里，东西乱糟糟地散了一地。梅姐的右脸有点红，看见庄暖晨呆呆地站在门口后，停下收拾东西的动作："出去喝点东西吧。"

上班时间，楼下咖啡厅的人不多。窗外暗沉，说不定又有一场风雪来袭。

梅姐看了窗外很久，待咖啡上来后喝了一口，从包里拿出盒香烟，刚要点，店员便上前劝阻。庄暖晨将店员拉到一边，压低嗓音道："我姐失恋了,拜托通融一下,现在店里没什么人,不会有影响的。"

待庄暖晨坐下后,梅姐说:"我以前不抽烟,但现在戒不掉了。"眼角的笑更像是自嘲。

烟雾混合着咖啡香,这一刻庄暖晨才真正体会到,梅姐要离开她们了。

"想听一个故事吗?一个有关好友如何反目成仇的故事。"

窗外飘起了零星雪花,街边行人行色匆匆。

梅姐低头搅动着咖啡:"我和安琪,曾经是最要好的朋友,我们一起上小学、中学、高中,然后又一起考进了北大新闻系。说实话,我和她待在一起的时间都足够别人两口子一辈子的时间了。"

庄暖晨心底掀起惊涛骇浪,她也听说过梅姐和安琪是好朋友,可没想到她们两个是从小玩到大,这种友谊的决裂想必是撕心裂肺的。

"可是,我遇到了柏坤。"梅姐的手指轻轻颤抖了一下,烟灰一下落在桌上。

庄暖晨的心也跟着这个动作抖了一下,她知道,这个男人彻底改变了她们两人的命运。

窗外的风稍大一些,吹得雪也横着飞,梅姐的声音在温暖的空气里轻轻扩散。

四年前,穆梅和安琪一同进了德玛,那时候的德玛还是本土小型的传播公司。两人同属一个部门从方案做起,半年后同时晋升为客户经理,再过半年又升为高级客户经理,一年内连升两次这实属罕见,可想而知两人的工作能力不容小觑。

穆梅在与客户沟通上有优势,安琪是小鸟依人型,穆梅教会她以柔克刚,从那天起安琪在谈合作方案的时候也开了窍。

两人当时同吃同住,工作虽说辛苦但有奔头。一年后,受到全球经济的影响,中国市场也有点萎靡,而形形色色的传播公司却像是雨后春笋似的冒出来疯狂抢生意,德玛一时间陷入危机。

当时安琪想走,但穆梅不同意,她主动找到老总,承诺会拿下一家大型企业的单子。安琪认为这是越职,但穆梅认为她们两个总要往前走一步。

果不其然,她们的上司开始发难,没少在老总面前栽赃嫁祸,万幸的是,老总一心只想着拉单的事情,给穆梅和安琪提供了翻身的机会和时间。

两人赶赴外地,与对方公司接洽,凭着穆梅死咬不放的精神和安琪的完美方案终于赢得了竞标的机会。

也就是在那天,她遇上了南柏坤。作为汽车设计的工程师,他也参加了竞标会,与穆梅一见钟情。

经过半个多月的厮杀，穆梅和安琪终于拿到了八千万那单的谈判权，两人都快乐疯了，都不会喝酒的她们找了一家酒吧喝到天亮。

合同很快谈下来了，可在即将签署的时候，穆梅将电话打到老总办公室提了条件，她要和安琪分别带团队，总监的位置和年底分红一样不能少。

其实是变相挤走头上的总监，老总心知肚明，但也只能答应这个条件。安琪认为她是趁火打劫，但穆梅告诉她，人不为己天诛地灭，那个总监嚣张跋扈，不如取而代之，她们两个又不是没这个能力。

合同签订，老总履行承诺，全公司通发邮件，并让她们两个组建自己的团队，从人员到奖金制度全由她们一手操办。两个部门相互合作，德玛公司也步入良性循环，合同接二连三地相继找来。

没多久南柏坤离职了，自己成立公司。当他抱着大束鲜花站在穆梅面前求婚时，她觉得，这辈子都要跟这个男人过了。

随着德玛的扩大，业务也越来越繁忙，穆梅又是个事业心极强的人，渐渐地陪柏坤的时间越来越少，她知道挺对不起柏坤的，但没办法，这份事业是她一步一个脚印打下来的，她怎么可能放弃？

她终于赚到了钱，但也失去了柏坤。

那晚她出了奇地想见柏坤，一路开着车到了他家，没承想看到的是她最要好的朋友和她最心爱的男人滚在床上。

这世上两个对她同样重要的人，双双背叛了她。

穆梅发了疯，哭喊着砸东西，柏坤上前拉住她，她狠狠给了他一巴掌，安琪冲上来抱着她，她恨不得将安琪打死。

足足一星期，穆梅将自己关在家里。柏坤找她，恳求她的原谅，安琪也跑来道歉，但她很坦然地说，她爱上了柏坤，她要跟他在一起。

穆梅心如刀割，她忍着眼泪求着安琪离开柏坤，就算看在朋友的情面上；安琪也哭着说，她已经怀上了柏坤的孩子。

穆梅开始了天天醉酒的生活，可柏坤对她没有放手，他口口声声说不会娶安琪，孩子他会负责，可老婆他只承认穆梅。

直到一天，穆梅是在一个陌生男人的怀里醒来的，柏坤冲了进来，看到这一幕后脸色铁青，二话没说转头就走了。

之后她就听到了南柏坤与安琪登记结婚的消息。

后来穆梅终于知道，那天早上的一幕是安琪精心准备的，为的就是让柏坤死心。再后来安琪"意外流产"，可穆梅看到了医生诊断，安琪压根就没怀孕。

从那天起，穆梅和安琪势如水火，而柏坤对穆梅一直念念不忘，两人就拉拉扯扯直到现在。

梅姐喝了口咖啡笑了笑，笑里有无奈和悲凉："德玛被收购后，老人们也走了不少，现在公司上下都知道我和她是死对头，但真正的原因没几个人知道。我和她争了太多年，什么都在争，甚至连一个车位都在争。"

庄暖晨突然想起梅姐一直使用的车位。

"808，8月8号，柏坤的生日。"

庄暖晨这才恍悟，又悲从中来："怎么女人做点事情就这么难？到最后连小小的幸福都守不住。"

"女人无论有没有事业，该被抛弃的时候一样会被抛弃。"梅姐眼神沉静，"错在我们遇上了一个错误的男人，他不够深爱你，不够相信你，不够有耐性来等你。"

庄暖晨没有接梅姐的话，也许只有经历过撕心裂肺才能看得如此彻底吧。

"你一定要走吗？"

"视频一事总要有人出头来扛吧。"梅姐淡淡一笑，"说实话，这么多年我真的累了。"

"程总如果放走你的话，真就是非不分了。"

梅姐轻轻摇头："等你有一天坐上了他的位置就会明白一个道理，公司运营是靠整体，绝不是一个人的战场。说实话，这次竞标标维的案子，幸亏你的想法独树一帜，否则按照我一贯的思路，我八成也会和杨天宇一个下场。在这方面，不得不说安琪的确更胜一筹，那么你认为目前谁对公司更有利呢？再说了，我想凭着这么多年在圈子里积累下来的关系网，我单独干应该不难。"

庄暖晨听她要单干自然替她开心，紧跟着又担忧："程总是不是知道了你的想法？"

梅姐抿唇："我知道你在想什么，放心吧，我跟杨天宇的性质不一样，单干目前只是我的一个想法。我也跟程总说了，他表示支持。"

"那以后呢？我的意思是……"

"我跟他，永远不可能了。"梅姐将烟灰缸拿到了一边，"暖晨啊，你一定要记住一句话，一次不忠永生不用。相比爱情的遥不可及，我还是宁愿活在卑微的自尊里。"

"透句话吧，我向程总要过你。"梅姐调整了一下坐姿，又谈回工作，"程总给我的回答是，如果我单干可以带走公司任何人，但你，他绝不给。"

"这么器重我？"庄暖晨像是听了天方夜谭似的。

梅姐点到即止："总之，你好好加油。不过要提醒你一句话。"

"什么？"

"记住，不要轻易相信任何人，尤其是在职场上。"

一句话说得庄暖晨后背发凉。

梅姐的离职不亚于一场风暴，公司上下揣测不断，安琪的状态也好不到哪去，不知是不是因为南柏坤跟她提出了离婚。

标维那边依旧没给确切回答，万幸的是顾墨多少手下留情，给了标维一个喘息的机会，但庄暖晨知道顾墨还在查这件事，一旦让他查出什么苗头，等待标维的将是更大规模的信息灾难和舆论浩劫。

这两天她累成了死狗，挨个拜访媒体，而顾墨和她进入了冷战。

这晚忙完手头工作，她连饭也懒得吃了，正准备赶末班地铁，一辆钛色商务车缓缓在身边停住，她回头一看，惊讶，竟是程少浅。

冷夜的小区没太多人，程少浅将她送到地方后熄了火。她解开安全带后看着他："程总，你是有什么事吧？"

程少浅从烟盒里抽了支烟："介意吗？"

她摇头。

车窗被落下，他点了烟。

"我是找你有事。"吐出烟圈后他轻声说。

"其实我之前也有话跟你说，但现在没了。"庄暖晨如实相告。

"有关穆梅的？"

她点头。

"巧的是，我找你也是因为穆梅的事。"程少浅夹烟的手随意搭在车窗外："穆梅的事，希望你能理解。"

庄暖晨一愣，赶忙道："我能理解，之前没跟梅姐谈的时候我的确想法偏激。"

"那就好。"程少浅温润一笑，"这段时间辛苦你了，对于标维和《新经济》之间的矛盾，我看在眼里，你的处理方式我也看在眼。"

庄暖晨垂下眼帘："这件事，是因为我工作没做严谨才造成了麻烦，是我对不起公司才对。"

"疏忽在所难免，更何况是人为？"程少浅不以为然，"人生不如意事十有八九，只有碰到了想办法解决才能逐渐练就金刚不坏之身。"

她笑了笑。

程少浅看向她："那么我现在来问你，还能不能坚持下去？"

"我……"她不知道自己还能不能坚持下去,在孤立无援的状况下,在左右为难的情势中,她对如何突破重围赢得胜利丝毫没有把握。

"所有的成功都不是偶然的,你遭遇的问题就算今天有人出面帮你解决了,以后你还是一样会重新遭遇。"程少浅语重心长,"如果你说你坚持不下去了,那么我可以派其他人来解决争端,但你如果能够坚持,那么我希望看到斗志昂扬的你。"

他的话令她心里顿时光亮了起来:"我能继续下去,我都做了一半儿了,就这么放弃实在太可惜了。"

程少浅笑了笑点头:"你是个很有潜力的姑娘,只要,我给你一个支点。"

庄暖晨不解地看着他。

"穆梅走了,我不想招空降兵。"程少浅倚靠在车座上,静静地说,"我想,如果给你历练的机会,你绝对可以胜任总监一职。"

庄暖晨愣了好半天这才有了反应:"我、我没听错吧?你升我做总监?"

"怎么,没信心?"

喜悦和对未来的不知所措扑面而来,她紧了紧嗓子:"说实话,我真的不知道该如何做,我觉得我没有梅姐做得好。"

"穆梅的能力也不是天生的,人都一样,只要不是朽木都能成材,就看有没有成材的机会。"程少浅含笑,"在我看来,你做事很执着,有拼命三郎的劲儿,标维这么苛刻的案子你都能谈下来,面对标维和《新经济》的纠纷你都能坚持到现在,这种劲儿不是每个人都具备的。看一个人是否有本事担当,就要看她在困境中如何顺利脱险并扭转困境,暖晨,你就是这样一个人,我相信我没看走眼。"

庄暖晨听得心潮澎湃,这是她跟程少浅聊得最正式的一次,之前她对他也挺不客气的,甚至觉得他不近人情,没成想他一直在默默观察着她,对她的了解远远超出她自己。

"我怕会让你失望。"她还是说出了担忧。

程少浅挑眉:"这世上除了你父母外,你不需要怕任何人对你失望,因为一旦你做不好,唯一对不起的就是你自己。"

一句话猛地点醒梦中人。

"那么我现在再问你,总监一职你有没有信心?如果还是没信心,我可以考虑其他人。"

庄暖晨知道他有心激自己,抿唇轻笑:"其实你早就知道我会怎样选择是不是？以送我回家为名，实则想动之以情晓之以理。"

程少浅爽朗一笑："我果然没看错人。"

"我接受。"庄暖晨心情大好，对工作的激情像是烈火似的灼灼燃烧。

"好。"

车窗被咚咚敲了两声，吓得庄暖晨一回头，目光对上车子外的男子。

"顾墨？"她赶忙下车。

程少浅也跟着下了车。顾墨的车停在了不远处，脸色看不出是高兴还是不悦："暖晨，我一直在等你。"

庄暖晨的心口一疼。

"程先生，可以将女朋友还给我了吧？现在不是工作时间。"顾墨看向程少浅，扬声。

程少浅双手一摊，不置可否。

顾墨牵过她的手，刚要走，身后程少浅的嗓音扬起："顾主编，有句话不知道你爱听不爱听。"

顾墨停住脚步，转头看向程少浅时，目光有一瞬的猜忌。程少浅淡淡说了句："爱一个人就不要绑着她，绑得越紧就越容易失去。"

顾墨没料到他会说出这么句话，愣了三秒钟，再反应过来时，程少浅已上车走了。

"你的上司管得还挺多。"良久后他开口。

"你来干什么？"庄暖晨想起这两天的冷战，心里来气。

顾墨伸手将她一把搂在怀里。

"放开！"庄暖晨伸手捶打他，眼眶红了。

顾墨搂得更紧，痛道："你知道我多怕失去你吗？对不起，原谅我，我知道我上次的态度很不好。"

庄暖晨的眼泪终于流下来，从未有过的委屈一股脑儿倒了出来，顾墨更是心疼，在她耳边一遍遍落下"对不起"三个字。

接下来的日子顺风顺水，她跟顾墨没再拌嘴争吵，两人似乎也找到了平衡工作和生活的支点，什么话该提什么话不该提，顾墨倒是有了分寸。

没多久标维给出准信，决定召开说明会进行澄清。

顾墨是重点邀请对象。说明会开始之前，庄暖晨默默祈祷别再出任何岔子了。

夏旅一脸担忧："江漠远没说要出席吗？"

"这个时间没到可能就悬了。"

"但愿今天这场说明会刑总能兜住吧，不过我看也够呛，光是一个顾墨就能问到人哭。"夏旅说完这话蓦地瞪大双眼,指着前面嘴巴张大。

庄暖晨见着奇怪,顺势一看,愣住,江漠远竟出席了说明会。

记者们全都第一时间挤到了前面,偌大的会场都是"咔嚓"声,有的没挤过的记者只能在后面高举相机盲拍。

顾墨没动,静静关注眼前状况。庄暖晨赶紧冲上前,安抚记者们回到席位上去。

从未在媒体记者们面前露面的男人,一向被媒体猜测不透的男人,一旦出现,自然会令媒体躁动。

好不容易安抚了记者,庄暖晨不是滋味地看了一眼江漠远。今天的他依旧穿着正式,可见对这场说明会的重视。

说明会有条不紊地进行,记者们的问题没因江漠远主动配合出席而减少,反而更加锋利,顾墨却始终没开口提问。

刑总被记者们问得冒了冷汗。江漠远这时才开口:"诸位,我出席这次说明会只想澄清两点,第一是有关标维车型技术问题。"

所有人都安静了下来。

"几年前,标维的确因为车型技术的问题打过一场官司,我手中的这份资料记录了当时事件的全过程,稍后会通发媒体。"江漠远一伸手,一边的周年递了份文件。

他扬了扬文件:"被媒体质疑的那款车是出自南柏坤之手,不过当年在技术转让一事上发生了意外,才导致合作终止,最后由另一位工程师接着完成的,资料上会有合同声明。"

顾墨冷笑一下。

"第二,匿名信一事。"江漠远言简意赅。

记者们忙得一团乱,显然跟不上他的节奏。

庄暖晨的心突突直跳,敏感察觉到他的目光,再对上去却见他依旧看着媒体。

"酒店收购确有其事,但非法集资是无中生有。"

记者们想要提问,江漠远却微微抬手做停止状。

"当时因为友人的关系注资了一家酒店,后来酒店财务携款逃跑,无奈之余,我才与酒店方达成全面收购协议,当时也有律师在场。收购酒店也好,投资其他项目也罢,我江漠远讲求的就是你情我愿,这其中没有一桩是见不得光的,如果还有质疑,我随时欢迎大家查个明白。"江漠远目光十分沉静,"不过我要提醒大家的是,诸位只是媒体记者,在法律没有下定论之前你们却给出结论是否越权了?该澄清的标维不会隐瞒,但如果有哪位再无事生非，我不排除动用法律手段解决一切纠纷。"

记者们面面相觑，许是还没见过这么一位不客气的主儿。

"江总，方便透露一下酒店名称吗？还有您刚刚提到了一位友人，又是谁？"一名记者开口询问。

江漠远意外淡笑一下："能让我主动投资的人不多，她算是其中一个。"

庄暖晨的心咯噔一下，而顾墨的脸色有点难看了。

记者们全都沸腾了。

江漠远却话锋一转："应该说我很珍惜这位友人，所以愿意为她去做一些事，至于酒店，我清楚诸位有本事翻出来，但在这里不得不想向各位求个情，大家出来做事不容易，得饶人处且饶人。在这里我可以透露一点，接手酒店不过是权宜之计，机会合适，我会奉还酒店。毕竟相比管理酒店，我更喜欢研究汽车。"

庄暖晨纳闷，他会将酒店还给表哥？他究竟在打什么算盘？

江漠远在说明会上的照片堪比明星照还有话题，网上最高一项调查就是"好男人外形和内在评比"，最后竟是江漠远排首位。面对这些越见走样的消息，庄暖晨哭笑不得，有这么大的网络影响力还需要什么明星代言啊，早点把他拉出来多好。

标维的活动宣传顺利进行，舆论转向了活动和车型的发布，这场仗的主动权终于回到了庄暖晨的手里。AM那边气急败坏，面对公众说些不咸不淡的话，但很显然，对方的领导层没有带来足够的震慑力。

顾墨走进总编室的时候，年过五十的总编嘴里叼个烟斗，指了指沙发示意他坐下。

总编姓汪，做了一辈子的新闻媒体工作，做起事情来有板有眼，不过自从他聘用了顾墨之后就基本上不怎么管事了，顾墨是他信任的手下。

汪总编将一份合同推到了桌旁："看看这笔单子是不是你签的？"

顾墨起身拿过来看了一眼，是广告的洽谈合同："没错，是我签字通过的，出什么事了？"

"我一向看重你，可没想到你做事这么粗心大意，这次报社可被你害惨了。"汪总编指了指合同，痛心疾首，"对方说白了就是一家皮包公司，只不过是想利用媒体走个过场去圈钱，人家原厂的人告上来了，要让报社包赔一切损失！"

"怎么可能？"顾墨大惊。

"怎么就不可能？"汪总编发了脾气，"我一向觉得你办事稳妥，没成想就趁着我不在社里这工夫你就给我惹了祸。听着,你自己惹下的祸自己承担!"

会所里。"然后呢?"庄暖晨又震惊又焦急。

下了班,顾墨早早就在公司楼下等她,见了她后又一声不吭地带她来到这家会所,环境安静适合聊天。

没成想,顾墨却告诉了她这么一件惊天动地的大事。

顾墨喝了口烈酒,眼睛里冒火:"这件事是我一人的责任,报社怎么可能承担?老汪连杀了我的心都有了现在。"

庄暖晨内心惶惶:"要不然我们一起见一下对方公司的负责人呢?把情况跟他们说一下。"

"没用。"顾墨摇头,"事实上的确是我给对方造成损失,就算老汪今天把我开了,这笔款项也的确该我来赔,否则,对方将我告上法庭,有合同在,我就算是跳进黄河也洗不清。"

庄暖晨察觉事态的严重性:"你跟我说实话,这次要你赔偿的话,需要多少钱?"

顾墨将杯中酒一饮而尽,愤愤不平地说了句:"四千万。"

"什、什么?四千万?"庄暖晨一脸震惊。

顾墨手指抵着头:"两年的广告费。"

心中一团烈火灼烧,连她都替他不值:"他们应该找到那个骗子才对,怎么可以将全部责任都落在你头上?"

"跟我签约的那人早就溜到国外去了,对方只能紧揪着我不放。这段时间老汪将我停薪留职。说句不好听的,他就是想等着事情结束后一脚踢开我。"

庄暖晨听得窒息:"怎么突然会发生这种事?"

顾墨尽量保持冷静:"今天我等你的时候又把事情从头到尾地想了一下,跟我签约的人有详尽的资料,一切程序都很正规,正因为这样我才上了当。"

"报警吧。"

"所有的证据都对我不利。"

庄暖晨心疼地看着他,两人沉默间,顾墨的手机响了。见他接完电话后脸色更难看,她又是一阵紧张,忙问他怎么了。

"是医院的电话,我妈现在只能用仪器维持,医生问还要不要继续。"

"当然要啊。"庄暖晨说完突然意识到一件事,"阿姨下期的治疗费要多少？"

"费用杂七杂八加起来，三百万左右。"

如此高昂的医疗费令庄暖晨瞠目结舌，先要赔偿四千万的高额广告费，再是担负三百万的医疗费，不用问也知道这完全卡住了顾墨。

"我这儿还有些存款，你先拿去，我看看再跟别人凑一凑。"她开口。

顾墨拉住她的手："不用替我操心，大不了我把房子和车全都卖了，股票和债券我都有投资，套回来就行。广告费我不可能全额赔偿，既然要私了，说明还有商量的余地。"

"房子也不可能马上就卖得出去啊。"

顾墨名下有两套房子，一套在老家一套在本市。老家的房子卖价不会太高，北京这套是复式，值钱是肯定的，毕竟面积、户型、小区环境和周遭设施的优势都在那儿摆着呢，但问题就是，这么大的户型，要找买家时间上太仓促了。

"必要的时候我会让下价钱。"顾墨攥紧她的手，轻声道，"我只是觉得这件事太巧合了，好像被人算准了似的，先赔款然后又是医疗费。"

"你有怀疑的对象？"

顾墨不语，想起汪总编的话："想想你最近得罪了谁，顾墨啊，以后你要收敛一下性子才行。"

"顾墨？"庄暖晨伸手晃了晃。

顾墨反应过来，刚要开口，视线就落在她身后，目光一冷。庄暖晨吓了一跳，回头发现，不远处竟是江漠远。

他刚从楼上走下来，边走边跟身边的人不知聊些什么，看得出像是刚刚达成了某项合作。

庄暖晨心中暗叫不妙，起身拉过顾墨："要不我先陪你去趟中介问问情况吧。"

顾墨脸色寒凉，突然想到在调查江漠远的时候似乎扫过他接触过的公司，其中一家就是跟他索赔款项的公司。没错，最近他得罪了什么人？除了江漠远外恐怕没别人了吧？

江漠远见到两人后略微惊讶，不过面色很快恢复平静，回头说了几句话，身边几人连连点头离开了。

下一秒顾墨就冲过来了，一拳打在江漠远脸上："你这个衣冠禽兽！"

江漠远硬生生挨了他一拳，踉跄倒在地上。顾墨一下子将他扯了起来，抬手又要补上一拳。庄暖晨冲上前死命拉着他："别打了！顾墨，住手！"

江漠远的嘴角流血了，开口依旧淡然："放开。"

顾墨却冷笑:"你装什么装?不是挺能打的吗?"江漠远的有心做戏令他更加坚信这件事跟他脱不了干系。

江漠远干脆看向庄暖晨:"带你男朋友回家吧,他醉了。"

庄暖晨见他不计较,心里的石头也放下了,死死攥住顾墨的手,低声道:"放手啊,你还想等着工作人员报警吗?"

两人的争执已经引起了侍应生们的注意,顾墨见状后松手,眼里冒着火。江漠远没搭理他,旁边侍应生递了张毛巾上来,他接过,擦了擦嘴角的血,转身要离开。

"你给我站住!"顾墨站在他身后,寒得像块冰。

庄暖晨劝也不是,不劝也不是,一脸谨慎地看着眼前一幕。江漠远停住脚步,回头看着他。

"事情是你搞出来的吧?"顾墨眯着眼睛,额头上的青筋暴出,"是你鼓动了那家公司一定要向我追讨赔款,而且知道医疗费什么时候交。那家公司的负责人和你有过生意往来,医院里你又有个孟啸,你不需要多少人才能操作这件事,他们两个人就够了。"

江漠远有了莫明其妙的表情:"我听不懂你在说什么。"

"顾墨,"庄暖晨将他拉到一边,"你这是在干什么?"

"怎么,你心疼了?"顾墨见状更是来气,甩开她的手,冲着他道,"你算什么男人?有本事栽赃嫁祸,没本事承认?"

顾墨的话引起了他的兴致,干脆不走了,在沙发上坐了下来,他伸出拇指随意地蹭了一下嘴角。

"行啊,既然撞见了,那就新仇旧恨一起算。"

顾墨气不打一处来,抬步就要上前。庄暖晨一把拉住他,拼命冲他摇头。

"放开!"

顾墨再次推开她,在江漠远对面坐下,庄暖晨只好上前挨着他坐下来。

顾墨死盯着他:"先是找人坑我四千万,然后再在外人面前装无辜,江漠远,你狠,我今天总算领教到你的手段了!"

江漠远眼底是不动声色的平静:"你说的那家公司负责人我是认识,我也听说有媒体连累他们公司受损,原来就是你啊。"

"你少在我面前装蒜!打击报复是吧?"

"顾墨,你太敏感了——哦,也对,赔偿四千万是吗?"他略感无奈摇头,"不是笔小数目。"

"江漠远——"

"还有，你刚刚说什么？你母亲的医疗费？"江漠远打断了顾墨的愤怒，眉梢眼角尽是关切，"之前我也听孟啸提过，得了那种病很费钱，几百万总有了吧？"

顾墨倏然攥紧了拳头，牙根咬得咯咯直响。

"这几年的打拼你完全可以负担这份高额的医疗费，不简单呐。"江漠远一抬手，侍应生上前。

"一杯黑咖啡，再给这位先生来杯茶降降火，这位女士就牛奶吧。"

没一会儿三杯饮品端上来，侍应生又无声退到了一边。

江漠远语气清淡："你可以卖房卖车，但我想没哪个报社敢再收你了吧？这次难关过了，下次怎么办？"

"你想说什么？"

江漠远淡淡一笑："我可以帮你渡过难关，四千万加上你母亲的医疗费，如果运气够好的话，我想我可以试着说服一下我的那位朋友，最起码你不用丢掉工作。"

庄暖晨心中一喜，看着他："江漠远，拜托你让我们跟对方见一面，这件事真的对顾墨不公平，我——"

"你的条件是什么？"顾墨的目光更加阴沉。

江漠远沉稳淡然地与他冰冷的目光相对，开口："我要你的女朋友。"

庄暖晨倏然一惊，不知名的凉意沿着血液蔓延扩散。

"不用你卖房卖车，更不用你丢掉工作。"江漠远修长十指悠闲交叉在一起。

顾墨缓缓起身，居高临下地盯着江漠远："你想要她？做梦！"说完拉起庄暖晨的手转身就走。

她整个人都昏昏沉沉的，任由顾墨拉着，一脸苍白。

身后，江漠远低沉的嗓音扬起："你出了这个门，就什么都没了。"

顾墨停脚，回头冷笑："我本来就什么都没有！暖晨，我们走。"

她不知道怎么走出会所的，也不记得后来又是怎么样，脑袋里只有江漠远的那句话，字字都跟钢钉一样扎得她痛不欲生。

上车后，顾墨攥着方向盘，胸膛上下起伏，良久拉过她的手："暖晨？"

这一刻她才回过神，下一刻扑他怀里。

"没事了，不要怕。"顾墨收紧手臂，温柔低语。

她的泪打湿了他的衣衫，不知是因为委屈还是害怕，是的，她没经过这种事。顾墨心疼地捧起她的脸："现在，你清楚他是怎么的一个人了吧？"

庄暖晨的眼眶又红了。

"我要你跟我发誓，无论什么情况你都不能去找江漠远！"

庄暖晨的心跟着他的话颤了一下。

"发誓！"他严苛地要求了句。

"我发誓。"庄暖晨深吸了一口气，"我发誓无论什么时候都不会去找江漠远，否则就让老天爷惩罚我一辈子得不到幸福！"

顾墨终于笑了："傻瓜。"

"是你傻。"这一刻她觉得什么都值了。

"事情总会解决的，你要做的只有一件事，好好爱我就行了。"顾墨的语气坚定。

庄暖晨从他怀里抬头："不行，我要跟你一起面对，我帮你一起想办法，所以你也要发誓，不管未来多么辛苦，你都不能将我推开。"

顾墨动情看着她："我不忍心看你受苦。"

"那你忍心看我每天都哭吗？"

顾墨摇头。

"那么，我们从今天开始就拧成一股绳，对方公司不见我们，那我就天天去烦他们领导，你知道我还是挺有缠人功夫的。"

顾墨心生感动，将她紧搂入怀。

顾墨将房子交托给了中介，与此同时，他将车子拖到了二手车市场，又将银行的各类投资终止套回，他原本就有存款，所以交付医疗费不算太大的问题。

这几天天气愈发凉了，庄暖晨倒是热火朝天地跟着顾墨跑东跑西，到对方公司去堵人，后来对方都怕了，一看见她就绕着走。

程少浅升了她的职，她成为活动一部总监，在这个时候升职加薪犹如雪中送炭，高薪和年底分红足可以让她有资本来帮助顾墨，梅姐在做部门总监的第一年就买上了别墅和车子，她也绝对有信心可以做到梅姐那么好。

之前她也想过要不要跟程少浅借些钱，但始终无法张口，程少浅是伯乐，已经帮了她太多忙，她怎么可能再去麻烦他？

尤其是程少浅将另一家公司的案子分到了她手上，她暗自算了算，光是年底分红就是一笔不菲的收入，这样她既可以赚钱又有借口让手下跟进标维的案子，她不用再去面对江漠远。

只是她无意听到安琪跟程少浅在办公室里吵，她才了悟，也许程少浅早就将她的现状看在眼里,知道明给她不要,便用这种方式助她渡过难关。那一刻她就决定,她一定要好好做,不让程少浅失望。

周五晚上又下起了雪,庄暖晨急匆匆往家里赶,准备回家带上煲好的汤跟顾墨一起去医院看顾阿姨的时候,小区门口的车子引起她的警觉。

男人从车上下来,见她后轻轻一笑:"暖暖。"

庄暖晨没料到他会出现,手一抖,怀里东西咚的一下掉在地上,在一层积雪上砸了个坑。

江漠远朝这边过来,她下意识后退了一步。见她充满警觉,他忍不住低笑:"我有那么可怕吗?"

"你不是可怕,是可恨!"庄暖晨倔强地仰着下巴,"你怎么会变成这样?我之前真是看错你了!"说完转身快走。

"你相信我能那么做吗?"

庄暖晨蓦地停步。

江漠远轻叹了一声,走上前:"我知道你会误会,所以今天特意找你解释清楚。"

庄暖晨盯着他,没说话。

"我只是想看看你对顾墨而言是不是最重要的。"江漠远眼底是柔和的光。

庄暖晨没料到他会这么说,愣住了。

"暖暖,"江漠远靠近她,"你想想看,如果我真那么卑鄙,早两次我就要了你了。"

庄暖晨想到了之前的那两次,心莫名蹦跳。

"我只想知道,顾墨会在你和钱之间做出怎样的选择。"江漠远的嗓音悦耳动听,伸手轻篰她的肩头,"之前我也想过,也许他不会在你面前做出选择,事后会来找我。不过我等了几天都不见他主动上门,我才知道,他是真在乎你。"

庄暖晨的心咚咚直跳,这件事转变太快,快得让她反应不过来,依旧心有余悸:"江漠远,我不知道你哪句话是真,哪句话是假。"

"我是真心祝福你和顾墨。"江漠远认真说了句。

"真的?"

江漠远点头。

心里的郁结一扫而光,对他的排斥和害怕也像是被风吹走似的,不留痕迹。

"可以相信我了吗?"江漠远举高双手,"我可是在大雪里足足等了你两个小时，就为了跟你解释清楚这件事，暖暖，我长这么大还从没等过哪个女人。"

庄暖晨忍不住扬唇。

"好了，你笑了我就放心了。"江漠远伸手从衣服兜里拿出样东西来，"对了，这个还给你，收好了。"是张银行卡。"江漠远，你……"

"别误会，看好了这是你之前给我的银行卡。"江漠远轻声解释，"这里的钱一分都没动。"

"不行，这是我爸爸的医疗费和手术费，这笔钱不能让你拿。"

江漠远将银行卡强行塞进她的衣兜里："就当你先欠着我的，现在这个节骨眼上，你和顾墨都需要钱。"

庄暖晨咬了咬唇："谢谢你。"她真的需要钱，别管钱多钱少。卡里的钱虽说九牛一毛，但至少能缓解一下。

"谢我做什么，就是把你的钱还你而已。"江漠远轻轻一笑，"我会找机会让你们跟对方公司的负责人见一面，到时候你们怎么谈就是你们的事了。"

她大喜："谢谢你。"

江漠远的笑淡淡的，伸手将她搂在怀里。她整个人一僵，下一刻听他温柔地说："我希望你一直幸福下去，就这么简单。"

下一秒雪地里扬起一道怒吼声："你们在干什么？"

回到家，庄暖晨几乎是被顾墨扔在沙发上的，痛得她直皱眉。

"庄暖晨，你已经跟他上过床了，是不是？"他怒吼，"是你亲口答应我，不再见江漠远，转眼他就给了你这张银行卡，我问你，在你跟他上床的时候心里想的是谁？有没有想过我？"

庄暖晨被摔得头昏脑涨："你误会了，那张卡本来就是我的。"

"是啊，那张卡是你的，但卡里的钱是江漠远的！你心动了，因为你怕跟我在一起受苦！"

庄暖晨觉得两条手臂快被他捏断了，用尽全力推开他："卡是我的，钱也是我的！没错，今天我是见了江漠远，但是他主动来找我的，他希望我和你能够幸福。这张卡是我爸住院的时候我给他的，我不想欠他的人情，今天他将卡还我，只是希望我能帮你渡过难关。"

顾墨站在原地，整个人都是僵硬的。

"卡里的每一分钱都是我这几年省吃俭用节省下来的，我需要钱不是因为我贪慕虚荣，而是希望能用这笔钱在北京买套房子，接爸妈回来住。"

顾墨嘴唇动了动，良久后道："江漠远摆明跟我来争你，你要我怎么不敏感？"

"我不明白你的意思，什么叫摆明？"庄暖晨感到不可思议。

"江漠远对你别有用心，他就是想要得到你！"

"顾墨你要记住，别说江漠远对我没什么，就算他真表明对我有意思，我也不会跟他在一起，我的心里只有你。"

顾墨低头，额头与她的相抵，悲凉道："暖晨啊，我要怎么才能彻底相信你？其实我也很累，我比你还讨厌这样的自己。"

这句话说得她心头揪痛。

"我有办法让你相信。"她哽咽道。

顾墨疑惑。

她闭了下眼，手指攥紧了又松，缓缓抬手，颤抖着将上衣扣一颗一颗地解开。

顾墨蓦地明白了，一僵，脸色愕然。

"只要你今晚留下，你、你就知道……"她说得艰难。

他的呼吸也急促，女人洁白的肌肤和清香的体味刺激着他的理智，他喉头滑动一下，但很快强行压了欲念，弯身拾起衣服，披回她身上。

"你……不喜欢是吗？"她不知道要怎么做了。

顾墨拥她入怀，深情言语："不是不喜欢，而是喜欢极了。暖晨，我相信你。"

泪水滑落，庄暖晨紧紧搂住他："顾墨，我爱你，爱你。"

标维的首次活动在圣诞节当天拉开帷幕，一场"以爱为名"的新车型上市宣传声势浩大地沿着北京直到上海，再迅速扩展到其他重点城市。与此同时，标维在海外的宣传组也在庄暖晨的提议下给予积极配合，影响范围扩大，当天到场媒体没有一家提前退场。

因为预热，再加上曾经有舆论话题被爆炒过，新车型一上市便接来不少订单，在与AM同时上市车型的这场明争暗斗中，庄暖晨帮助标维打了一场漂漂亮亮的仗。

梅姐来到现场，陆珊也来了。活动结束后陆珊笑着恭喜："如果将你拉来我们奥斯，可能这次德玛就不会赢得这么漂亮了。"

还没等庄暖晨说话，梅姐先替她回答了："想都别想了，暖晨可是程少浅的宝贝，连我都挖不走呢。"

活动结束后，团队能暂且轻松些，但庄暖晨心里的弦还没松，顾母的医疗费交了，那笔赔偿金的事还没解决。房子有人陆陆续续来看，但显然有趁机杀狠价的打算，气得顾墨差点骂人。

这段时间也有不少猎头找过来，但得知顾墨的情况后都纷纷摇头。媒体圈说大不大，顾墨在圈子里曾经又极具话语权，所以外人想要知道他的情况易如反掌。

圣诞节过后就是元旦，庄暖晨想趁机跟顾墨庆祝一下，一来是为他打气，二来新年新气象，希望坏运气早点过去。

元旦前一天，庄暖晨一人吃的晚餐，十点多了，车上的人少得可怜。

大巴开上高速，车厢的灯就熄了，庄暖晨蜷缩在靠窗位置，眼泪就流下来了，耳畔回荡着下午顾墨气急败坏的话。

"庄暖晨！我一次次相信你，你却一次次骗我！你说你跟江漠远没关系，那江漠远怎么会帮着赔偿对方四千万？哪个人能这么阔气拿出四千万只为交个朋友？"

当时她是什么反应？震惊，之后又是疲累。

震惊的是，江漠远为什么替他们还债？顾墨不会信口开河。

疲累的是，顾墨再次将矛头对准她，从复合到现在，一次次的争吵都是围绕着江漠远，她累了，累到连解释的力气都没了。

顾墨是个好情人，跟他在一起她开心她快乐，但他又是个多疑的人，不论她怎么做他都怀疑。最后她只能跟他说："这件事我会问清楚，我也是从你口中才知道这件事。"

哭累的庄暖晨将头抵在玻璃窗上，闭着眼，心想着一会儿下了车一定要给江漠远打个电话问明白。

大巴里的空调温暖，她恍恍惚惚的，又像是回到了大学校园，顾墨弹尤克里里给她听。直到身体一晃，她猛地睁眼，这才发觉自己是睡着了。更让她抓狂的是，坐过站了。

出了北京城区的站就很长，好不容易等车到站，她下了车，一脸茫然地看着四周。一片漆黑，连路灯都灭了，路上连个人影都没有。

她赶紧跑到对面的公车站，看了一眼末班车的时间，晚九点半。拿出手机看了一眼，已是十一点半了。

没有回京的大巴车了，前不着村后不着店，她从没来过这里，一出北京城连东南西北都分不清。

二十几分钟后，还终于被她找到了两辆拉活儿的私家车。俩司机不知聊了什么，看样子准备收车了，庄暖晨快跑过去，将司机吓了一跳。

"这么晚你要去北京？"司机瞪大双眼看着她。

庄暖晨点头："走不走？"

司机的头摇得跟拨浪鼓似的："太远了，这一来一回的，我这马上要收车回家了。"

另位司机犹豫地问她能出多少钱，庄暖晨一听来了希望："你想要多少？"她从没在这个地方回北京，跟黑车讨价还价先知道实底再说。

司机想了想，冲着她伸了根手指头。

"一百？"

"开玩笑呢？"司机翻了翻白眼，"一千。"

"一、一千？"庄暖晨差点惊叫出声，"从这到北京你敢要一千块？"明显宰人。

司机跟她掰扯："姑娘，我拉你回北京，然后我只能空车回。你一个小姑娘的，这儿附近又没有宾馆酒店，再不走就要睡大街了。"

"你要那么高我怎么走？再低点。"

"不行，就这个价爱走不走。"

庄暖晨气得一扭头离开了，身后的司机也没往回喊，看样子对方也是没太多心思做这单生意。

十二点，她累得一屁股坐在马路上，手指冻得冰凉，连同眼眶的泪水。

顾墨的电话打了一遍又一遍，迟迟没人接，庄暖晨的双脚都冻麻了，紧攥着手机，抵在耳畔生怕听不到顾墨的声音。

雪又下起来了，冷得要命。她尽可能地缩成一团，压住想哭的欲望。想到艾念，不行，她在外地，又给夏旅打电话，不想夏旅关机。

连打了几个喷嚏，庄暖晨觉得头昏昏沉沉的了。决定妥协，一千就一千，只要能回家就行。她又往回走，然而那个司机也收车了。

从未有过的绝望充塞着她，太阳穴疼得要命，周围的天寒地冻和内心的惊恐害怕交织在一起。她找不到顾墨，这种孤独感像是又回到了六年空白的时间里。

庄暖晨僵站在雪地里，几乎每一根头发丝都在叫嚣着冷。她不停地翻着通讯录，竟找不到一个她能保证会赶来接她的人。

直到她看见了江漠远的名字。

她迟疑了好久，打，还是不打？她有种预感，如果这通电话接通了，江漠远一定会来接她，她就可以回家了。为什么会这么肯定，她不清楚。

冷风吹得她头皮都疼，跟被针扎似的。再次拨打顾墨和夏旅的电话都没接通后，又做了十几分钟的思想斗争，庄暖晨拨通那个电话号码。

是她今晚唯一的希望了。

手机那头响了，庄暖晨被冻得冰凉的心也跟着复苏，强烈撞击着胸膛，电话每响一声心就加速一下,牙齿在咯咯颤抖。

很快那头接通了,一时间她竟然说不出话来。

"暖暖?"他应该还在应酬,环境不算嘈杂,不过有人在聊天,他的嗓音温暖轻柔。

庄暖晨像是看见了灯塔,那是一道温暖柔和的光亮,驱散周围寒凉。

手机那头说话声渐小,他应该是找了处安静的地方:"出什么事了?"

半天,她才找回声音,颤抖着道:"我、我……坐过站了。"

"别怕,告诉我你现在什么位置。"

庄暖晨环视了四周,带着哭腔:"我也不知道,周围什么标志都没有。"

江漠远马上道:"想想自己是在哪站下的?"

庄暖晨终于记起了刚刚的车站名,赶紧告诉他,又小声道:"可是我已经离开车站了。"

"现在还能走吗?"江漠远轻声问道。

"走不了了,太冷了。"

"好,打开定位等我,我马上来接你。"江漠远又叮嘱她,"要是冷的话就在原地多走动走动,知道吗?"

"你能找到我吗?"她真的好怕。

"放心,等我。"

挂断手机后,庄暖晨一个身子不稳坐在地上,整个人都虚脱了。

她知道不应该找江漠远,不应该耽误他的时间。可听到他声音的那一刻,心里的害怕、惊慌、孤单,统统就一扫而光了。

江漠远一路开车上了高速,深夜下着大雪,车原本就不好开,他却将油门踩到了最大。除了担心外,还有一股激流在他胸腔里冲荡,他只知道庄暖晨需要他,这是从未有过的感觉。

雪密密麻麻地下,当车灯扫到街边蜷缩成一小团的人儿时,江漠远猛地踩刹车。

庄暖晨缩得都快没了,如果不是戴着顶艳红色的帽子他绝对看不见,雪几乎将她覆盖。恐惧充斥着江漠远,他快步上前,蹲下身,手抚上她脸才发现,她身上的温度似乎比气温还要低。

"暖暖?"

庄暖晨艰难睁眼,恍惚间看见了男人欣喜深邃的眼,这一刻她似乎看到了温暖的光。

江漠远二话没说将外套脱下来披她身上,用力裹紧,将她慢慢搀扶起来。外套上的气息让庄暖晨一下反应过来，他真的来了。

眼泪一下就冲出来了，两手紧攥着他的衣角。

"没事了，别怕。"紧紧将她纳入胸膛，他轻柔道，"我们回家。"

庄暖晨再睁眼时车子已经停了，自己上了车什么时候睡着的都不知道。头昏沉得要命，被江漠远一路拉进了电梯，她问："这是哪儿？"

"我家。"他含笑，话音刚落，电梯门也开了，直接入户。

金属门映得她脸通白，她止步在外。

"进来吧。"他回头，轻轻一笑。

她心一颤，摇头："我……我想回家。"家是一个人的隐私，她不知道他将她带来这里是什么意思，总觉得怪怪的。

江漠远薄唇扬起，耐心温和："已经很晚了，先在我这儿休息，明天一早我送你回去。"像是商量，口吻却坚决。

庄暖晨也着实难受得要命，便从了他的安排。

房间里是由深咖、银灰及黑色组成了优雅暗调，像极了江漠远的风格，气息干净流畅，还带着淡淡的松香。他从柜子里拿出双拖鞋来："不好意思，只有男士拖鞋，先对付穿一晚。"

是双新的，跟他脚上的是同款同色。

进了房间，她下意识打量了四周。恰到好处的面积，没大到夸张离谱。最温暖的当属落地灯，从一层直达二层的高度。

"你不是说在北京没房子吗？"

江漠远给她端来杯热水："我只是说我没在北京买房子，这套房子是公司买的。"

"奢侈。"她先在沙发上坐下，身体透支得厉害。

"饿不饿？"

她摇头，已经饿过劲了："我好累，想休息。"

江漠远轻声道："不吃饭怎么行？这样，你先到二楼洗澡，我给你弄点吃的。"又摸了摸她的头，"再给你备点姜汤。"

庄暖晨迟疑开口："你有没有多余的睡衣或是可以借我穿的衣服？"她里里外外的衣服原本是冰的，但房间里的温度很高，现在湿嗒嗒难受极了。

"我去给你拿。"

江漠远返回时，手里拎了件纯白色衬衫，"这个应该可以。"他的睡衣都太大，她肯定穿不了。

江漠远带她到浴室后，下楼去了厨房。一阵手机铃声引起了他的关注，是从庄暖晨的包里传出来的。

从包里拿出手机，来电的名字令他蹙了蹙眉头。手指一按，手机转无声。他就一直等着，直到手机不闪了，直接关机。

等姜汤和粥都煮好了，也没见庄暖晨下楼。

江漠远上了二楼敲敲浴室的门，里面一点动静都没有。他生怕她出事，顾不了那么多直接闯进去。

庄暖晨趴在浴缸旁，脸色格外苍白，已经洗完了澡，身上穿着他的衬衫，长发湿漉漉披在肩上。

"怎么了？"江漠远大踏步上前，语气急切。

庄暖晨目光涣散，见他闯进来，努力扶着墙站起来。江漠远站在原地，身子有点僵，直到她摇摇晃晃差点倒了他才反应过来，伸手将她接怀里。软玉在怀，清香满鼻，他眼神暗了暗。

她歉意地笑了笑，有气无力地说："身上一点力气都没有。"

江漠远见她双腿都在抖，直接将她抱回了卧室。

卧室的光温暖柔和，庄暖晨窝在床上的瞬间就觉得天旋地转的，身上一会儿冷一会儿热的。江漠远坐在床边，喂她喝了点粥和姜汤。她身上开始发烫，生怕她烧起来，他又给她喂了药。

庄暖晨迷迷糊糊睁眼，头仍旧很晕。她无力斜躺看着将姜汤空碗放到一侧的男人，从没见他穿过家居服，浅麻色，很随意很好看。

眼皮越来越沉，她还有事要问他，也要感谢他今晚的出现，却架不住这份沉重，合了眼。江漠远没离开，她身上是他的衬衫，这种亲密接触想想便令他心海沸腾。

他凑近她，女人的气息轻浅芳香。他的心就像被猫爪挠过似的，痒痒的，忍不住低头吻上她的唇……

庄暖晨惊醒时，映入眼帘的是细白的纱幔，冬日的阳光经过纱幔的折射细细蔓延入室。

头昏昏沉沉，她一动就觉得身子像是被车碾压过去似的疼。腰有点沉，手下移却摸到了男人箍在她腰上的手臂，惊喘，扭头对上男人的脸，吓得她赶忙又转过脸。

目光落在散落一地的衣物上，脸色惨白。渐渐地回忆回来了，她想起自己坐过了站，后来，江漠远来了，再后来，他将她带回了家，他的家……

再再后来，她洗了澡，许是感冒了，全身一点力气都没有……

接下来的画面破碎难以拼凑，不是她在做梦吧？

腰蓦地被男人手臂圈紧，她惊叫挣扎，就听男人低笑："醒了。"

庄暖晨心跳差点骤停。

他手臂抬起支起上半身，低头："暖暖，昨晚是我在爱你。"

她全身僵冷，原来脑海中那些残留的片段是真实发生过的。她死盯着他，很想一巴掌打在他脸上，很想质问他凭什么这么对她，他可知，除了这个，她再也没有什么珍贵的东西给顾墨了。

可是，她又自嘲，她有什么资格装得跟贞洁烈女似的？没人逼着她打那通电话不是吗？见她不语，江漠远伸手覆上她的额头："是不是还没退烧？"

庄暖晨条件反射地将脸扭到一边，避开他的碰触。

江漠远倒是好耐性，低头吻了一下她的发丝："我去给你备点吃的，吃完饭再吃点药。"

等他出了卧室，她环抱着自己靠在床头，眼泪流了下来。

大街小巷尽是元旦的喜悦气氛，新年伊始，各个商家都想着讨个好兆头，一时间网罗顾客的方式五花八门。车窗内，庄暖晨将目光收了回来，脸色依旧苍白得很。

开车的江漠远转头看了她一眼，从她醒来到现在一句话没说。可在清晨，她的眼神曾经泄露出愤恨，每每想起，总会有一种烦躁在心底挥不散。他知道她在想谁，这令他更不悦，但忍住了。

庄暖晨斜倚着车座，脸偏到一边，疲累地闭上双眼。

在他准备早餐的时候，她曾想过悄无声息地离开。在别墅外走了十多分钟都没见一辆出租车经过，江漠远追上她，将一件男士外套披在她身上，裹紧。他说，计程车很少来这里，他还说，她的身子很虚弱要先吃点东西，他又说，今天是假期，如果她想外出的话，他可以陪她。

她只是轻轻回了句："我想回家。"

江漠远沉默片刻："好，吃完饭我送你回去。"

车驶进小区，在楼前停了下来。待那些从超市回来的左邻右舍上楼了后，庄暖晨才伸手去开车门。开了几次都没打开，手指都在颤。

江漠远绕到副驾一侧为她打开了车门，下了车，空气中的薄凉令她打了个冷战。他将外套脱下来准备为她披上，刚碰到她，她就后退了一步，像是在警惕着一头随时会扑上来的野兽。他哑然失笑，她却转身就走。

"暖暖。"

她停步，却没回头。

男人的脚步声由远及近，最后眼前的光被高大的身影遮住。他低叹，伸手将她的围巾裹紧了些，轻声道："好好睡一觉，醒了打电话给我。"

荒唐感似火苗燃烧，他们两人之间的细微变化她能够清晰察觉到。他是她高高仰视的神啊，可神一旦有了欲望便不再是神了。

手心多了东西，是江漠远递给她的感冒药："吃完药再休息。"

庄暖晨紧紧攥着药盒，手指被药盒的边沿硌得生疼。江漠远轻捏她的下巴，命她抬头看着他："你究竟在想什么？"

她的唇颤了颤，声音就像是堵住了似的，出不来，憋得难受。

两人僵持了能有一分钟之久，江漠远最终还是妥协了，温柔道："回去吧，天太冷了。"

庄暖晨转身就走，他却站在雪地里没有离开。直到防盗门前，她停了脚步，回头看着他，终于开口说了第二句话："为什么？"

为什么？明明知道她心有所爱，为什么还要这么做？

江漠远唇梢的笑温暖萦绕，一直蔓延至眼角："因为我喜欢你。"

庄暖晨愣住。是啊，多么简单的理由，只需要几个字便诠释了他的行为，那么堂而皇之，那么理直气壮。可是，一句喜欢就能彻底摧毁别人的幸福吗？

庄暖晨在浴缸里许久，直到手指都泡得泛白，夏旅一通电话打过来。

"宝贝儿，你昨晚上去哪了？怎么一直关机呀？"

庄暖晨无力地倚靠在浴缸旁："怎么了？"手机可能出了故障，自动关机了。

"还怎么了？顾墨到处找你，电话打到我这儿，我只能骗他说你跟我在一起呢，等他问你的时候你可别说漏了。"

她"嗯"了一声。

"你怎么了？"夏旅听出她不对劲，赶忙问，"你到底去了哪儿？"

"以后再说吧，我有点累。"

泡在浴缸里，水都凉了，泪水却滚烫。

顾墨这个名字，像是把刀子似的直扎在胸口，终于扎疼了她的神经，她拼命地拍打着水，歇斯底里地大叫，劈头盖脸地痛哭……

后来她是被一阵敲门声惊醒的，才发现自己不知什么时候窝在沙发上睡着了，披头散发的。

是顾墨，开门时，庄暖晨的呼吸一度艰难。下一秒她被他搂进怀里，泪水就决堤了。

"你去哪了？我需要你的时候你在哪里？为什么不接电话？为什么？"她拼命捶打着他，哭得像个无助的孩子。

顾墨任由她捶打着自己，紧紧将其搂住："对不起，对不起……"他一遍遍道歉。

回到房里，等她哭够了，顾墨跟她解释："是我不对，我不应该对你发脾气。我昨天晚上情绪很不好去了酒吧，喝了很多酒……对不起。我给你打过电话，你关机，夏旅说你在休息，我知道我又惹你哭了。"

庄暖晨哀伤，她怎么舍得怪他呢："是我不好，顾墨，是我。"她哽咽了。

顾墨一把抓住她的手，急切地说："暖晨，我们结婚吧。"

庄暖晨怔住。

"我不能没有你，所以我们结婚吧，马上就结婚。"顾墨认真地看着她，"我知道我太疑神疑鬼了，今早我又问过对方公司，原来江漠远是让对方公司承接了四千万的单子，对方给误解了，还以为是江漠远替我们还了钱，但无论如何，我都不想欠江漠远的人情，有人看上了我的房子，价钱很理想，钱我们还给他。"顾墨由衷道。

庄暖晨的眼泪又下来了，如果这件事再发生得早一点，如果她和顾墨可以将事情查得清楚一点……

顾墨见她又哭了，慌了手脚，赶忙扯过纸巾为她擦眼泪，轻声哄道："还不原谅我吗？暖晨，我向你保证，以后我决不会再怀疑你了，我们结婚。"

"顾墨，"她开口，将他的手轻贴在脸，"我从没有怪过你，要怪就怪我不好。"

因为她已经无法再有资格跟他说一句"你误会我跟江漠远"了。

"傻瓜。"顾墨动容，将她搂紧。

她窝在他怀里，闭着眼，还不知这种安静的幸福能享受多久。两人拥抱了良久，直到顾墨"咦"了一声，松开手，伸手拉过她的睡衣。

她顺势看过去，脸变得煞白。睡衣的下摆是殷红的血，不多，却刺眼。

顾墨笑了，伸手揉了揉她的头："这有什么不好意思的？肚子疼吗？"

她的心悬挂在嗓子眼上，原来他以为她是生理期了。

"不疼……"疼的是心。

"换件衣服吧，我给你煮点红糖水。"顾墨温柔道。

庄暖晨又冲进洗手间，打开水龙头后开始流泪。睡衣上沾着斑斑点点，纵使她刚刚泡了澡，还是没能完全洗去江漠远的痕迹。

她恨，好恨。

元旦过后，上班族们又开始了新一轮的战斗。

庄暖晨坐在梅姐的办公室里，回想着这一年多发生的事情，一桩桩一幕幕，感慨万千。

程少浅曾建议将这间办公室重新装修一下，被她拒绝。坐在梅姐曾经坐过的位置上，看着梅姐曾经用过的每一样东西，她心里才有底，才会有勇气继续下去。

短短一个元旦，打开电脑时邮箱竟快爆了。正准备给部门开会，夏旅敲门进来，一屁股坐在沙发上，有气无力。

"怎么了？"庄暖晨见她脸色不对劲。

"标维第一期结款，我一大早不就过去盯了吗？可江漠远不签字。"

标维在第一期活动中打了胜仗，他还有什么理由不签字打款？

"说原因了吗？"

"他说你知道原因。"

庄暖晨将文件放到了一边："什么意思？"

"如果我知道原因的话就不用白跑一趟了。"夏旅盯着她看，"江漠远放话了，除非你亲自去见他，否则他不会签字。"

庄暖晨一时间呼吸不畅。

这两天江漠远给她打了几个电话，她没接，他还来家里找过她，她吓得缩在床上不敢开门。她怕他，是真的。

"或许，"夏旅想了想，"你可以找程总帮忙，江漠远总不会不给程总面子吧？"

庄暖晨眼前一亮，是啊，她怎么没想到？

程少浅上午没来，听秘书说还没回国。等部门会议结束已经是下午两点，秘书才通知庄暖晨说，程总来公司了。

庄暖晨到了程少浅办公室时，上午那股子心潮澎湃早就过劲了。难道她要跟他说："程总，催款的工作我做不了了，你帮我吧？原因是我跟江漠远上了床。"

程少浅正在跟秘书交代一些事情，待文件签完秘书离开后，他上下打量了庄暖晨一番："才三天没见，怎么瘦了？"

三天？有些事也许就在短短的几分钟内彻底改变。

程少浅见她兴趣缺缺，倒也不勉强，言归正传："怎么了？"

庄暖晨抬眼："程总，目前我们组业务量大，标维有心为难的话，我想请其他人介入。"

程少浅与她对视，低眼思考，良久后突然问了句："你所谓的为难，是指江漠远？"

庄暖晨心口一闷，没料到他会猜中。深吸一口气："我想我会处理好的。"

程少浅若有所思："如果你真觉得为难，我可以帮你处理。"

"不，谢谢你。"该来的还是要来，她能躲得过一时，难道还能躲一辈子？工作上她总不能躲在程少浅的翅膀下吧？

程少浅笑了笑："好，但如果标维有心为难，你可以随时让人介入，这是你的权力。"

是他赋予她的权力。

庄暖晨拖到了第二天上午才去标维，因为乙方和甲方的总结会放在了这一天。

标维这期活动的成功，使得企划部的人对庄暖晨另眼相看，见她来开会，纷纷上前打招呼。她以为江漠远不会参加，没料到他竟也出席了。

会上，夏旅等人简单做了总结，又通告下一轮活动将会配合怎样的节日进行，而品牌战略部的同事们也提出了最新方案，广告设计部那边提交了样片。

庄暖晨刻意不去看江漠远，即使如此，她还是能敏感察觉到他的目光。企划部的人兴致盎然，七嘴八舌提出应庆祝一番的建议，她没心思听，总想着要用什么方式让标维赶紧签字打款。

没成想江漠远提出了建议："这个周末就举办庆功会吧，一来是犒劳销售部，二来是感谢乙方的群策群力。"

"江总的这个提议好。"企划部的高管们点头赞同。

"庄总监。"男人嗓音温润深沉。

庄暖晨抬头与他的目光相对。

"庄总监最辛苦，庆功会一定要参加。"

他的笑映在她眼里，不经意又想起在床上时，他凝视着她的眼神，寒意蔓延。

"大家玩得高兴就好，这个周末，我可能没时间。"

其他人惊讶，总裁主动邀请，她竟不领情。身下，夏旅踹了庄暖晨一脚。

她却依旧保持笑容，眼神淡定祥和。

江漠远唇角挑起："这样啊……"他思考，再看向她时笑容更深，"要不这样吧，庄总监哪天有时间，庆功会就定到哪天，你是主角，不到场怎么行?"

庄暖晨对上他的笑,轻声说:"江总太客气了。"私下,手指却紧紧攥着。

"一切要看庄总监的时间。"江漠远又故意问了句,"就不知道庄总监哪天有时间。"

会议室所有人都看着庄暖晨。她略显尴尬:"既然大家都有兴趣,那这周末我参加。"

临近中午,阳光柔和。

敲了办公室的门进去后,江漠远坐在沙发上正在喝茶,看样子就是在等她。

空气中浮动着他的气息,混合着猴魁的清香,之前她很喜欢。可经过元旦的噩梦后,他的气息宛如毒药,她避犹不及。

强忍着对他的排斥和恐惧她走上前,将合同放在茶几上:"江总,第一期的款项就差您的签名了。"

江漠远看了文件一眼,抬眼看她时泛起温柔,朝她一伸手:"过来。"

庄暖晨害怕跟他有任何肌肤上的接触,却也不能一走了之,只好蹭着沙发的边沿坐下来,离他有几人远。见状他笑了,主动坐过来。

庄暖晨一惊,想要起身却被他按住。

"你跟我应该越来越亲密才对,怎么变得生疏了?"江漠远伸手捏住她的下巴,含笑。

她下意识后缩,他却没再逼她,温柔低问:"还不舒服吗?"

她条件反射地盯着他。江漠远眼底闪过一抹戏谑:"我是问你的感冒好点没。"

庄暖晨这才反应过来,皱了皱眉头,淡声道:"江总,合同已经带过来了,请您签字吧,再不签过了日期算是标维违约。"

江漠远深深看了她一眼,笑了笑:"好,文件拿过来吧。"

他的意外配合反倒令她没想到,怎么这么好说话?摊开文件,江漠远拿过一支钢笔,很利落地在落款处签下名字,她长长松了一口气。

阖上文件,她淡淡说了句:"乙方虽然是为甲方服务的,但也请江总以后尊重一下乙方的工作,这个字昨天就应该签的,夏旅根本就不用白跑一趟。"

收回的手腕下一刻被江漠远拉住,她挣扎几下却被他蓦地搂入怀里:"不这样的话,我怎么能见到你?"

她愕然。

他的低叹落在她的鼻息，温柔缠绵："我很想见你，很想你。"

她蓦地一窒，温润谦和如江漠远，却从未跟她说过这种话，两人之间的变化令她骇然。

见她目光呆滞，江漠远抬高她的脸："怎么了？"

"江总，"庄暖晨从沙发上站起来，拿出张支票递给他，"这些钱还你。"

江漠远低头看了一眼，目光又落在她脸上："什么意思？"

"我到医院和酒店详细查了一下，这些钱是我父亲住院治疗和母亲住宿的全部费用，一分不差。"

江漠远眉头一蹙，脸上浮过一丝不悦。

庄暖晨深吸一口气："还有顾墨的债务，我和顾墨会一起还。"

他沉默地看了她良久，起了身，大手从她发丝间穿过，覆上她的后脑，微微用力，她不得不抬头与他目光相对。

那双眼，有那么一瞬滑过的寒令她战栗，可他却笑了。

他俯下头，一字一句告诫："你是我的女人。"

庄暖晨攥紧了手指，指关节都泛白，良久后道："我只想过平静的生活，跟我爱的人在一起，如果江总认为那晚还值钱的话……就当我是还了你对我的所有帮助。"

"你说什么？"江漠远的声音陡然转冷。

她挣开他的手，将文件装在包里，淡淡说了句："以后夏旅会全权负责标维的案子，请江总理解，因为现在客户较多，我只能做出调整。"

"你答应过我，无论如何都不会将标维的案子转手别人。"江漠远坐下来，沉声道。

庄暖晨从容回答："你也答应过我，我们可以是朋友。"

江漠远眼梢泛起一丝无奈："我承认，我食言了。但是暖暖，喜欢一个人没有错。"

"江漠远，"庄暖晨缓缓道，"我仰视你、崇拜你，之前的一年里，你从没对我提出非分要求，我喜欢这样的你，让我心生敬意。你帮了我那么多，你知道我有多感激你吗？可是，怎么就一切都变了？我没有恨你，因为我压根就没资格来恨你。我唯一的请求就是，让我过平静的日子，我承受不起这种关系的变化，你就当我矫情，我没办法跟你保持暧昧关系。"

将心里的话和委屈统统倒出来后，她鼻尖泛红，转身准备离开。江漠远叫住了她，走上前，却从背后将她搂住。

她一惊，全身僵硬。

江漠远将脸埋在她的发丝间，嗓音有恳请的痛楚："重新回到我身边吧，我会给你想要的。"如果之前的拥有只是雇佣关系，那么这一次他要实实在在地占有。

庄暖晨没料到他会这么说，惊讶转头。

他抬头，眼神转为柔和依恋："无论你想要什么，我都会满足你，只要留在我身边。"

庄暖晨愣愣地看了他好久后才绝望地说："原来，你压根就不知道我刚刚在说些什么。"说完用力推开他，离开。

这阵子顾墨的房子又无人问津了，之前谈好的那人反悔，对方公司因为之前江漠远的关系多少通融了些时间。《新经济》那边已经正式解除与顾墨的合同，不过那点赔偿金连塞牙缝都不够。

庄暖晨看着心疼，但也不能表露太多，顾墨是个生性骄傲的人，哪能让女人来同情？顾墨会经常耍点小脾气，但不是针对庄暖晨，大多数像是自虐，有时候一天也不吃饭——她几乎天天往他家跑给他做饭，第二天一看，饭菜一口没动。

她知道他心情不好，也变着法子逗他开心。

不过顾墨毕竟不是个自暴自弃的人，他经常去看母亲，要不然就来接庄暖晨下班，两人倒是风平浪静，只是，每次顾墨一提到结婚的事她就心颤。

又到周六，顾墨去见一位传媒界的老前辈，庄暖晨难得睡了个好觉，直到接到一枚红色炸弹，赶忙洗漱出门。

"艾念，你不是吧？这么快就结婚？"她看着喜帖上面的日期，"正月啊，这也太急了。"

艾念约在了咖啡厅，见面后庄暖晨直奔主题。

艾念没喝咖啡，点了杯玫瑰茶："不快了，我和陆军都老大不小了。"

"我是说你们定的日子太快了。"庄暖晨重申了一次，"现在都一月份了，你们还剩几天准备呀？"

"有陆军呢，我才不操心这个，不过这次婚礼我们也没打算办多大，你们一定要来啊，我在北京也没什么朋友，那些同事什么的人走茶凉的。"

庄暖晨转头看着身边的夏旅，她靠在一边，闭着眼，庄暖晨见状便拿起旁边的抱枕，照着她的脸就砸了过去。

夏旅一激灵睁眼，见是庄暖晨使坏，抓着抱枕就要反击。

"我们在谈婚事，你却在睡觉。"庄暖晨赶紧声明。

"大姐，我是凌晨才回的家，明晚还有庆功宴呢，今天也不让我好好休息。"夏旅挂着对熊猫眼，"你们说什么我都听着呢，艾念，我就问你一句，你想好了嫁给陆军？"

艾念"嗯"了一声。

夏旅看向庄暖晨："人家艾念都想好了你跟着操心什么？又不是让你嫁给陆军。"

庄暖晨瞪了她一眼，看向艾念："你放心，你的婚礼我俩肯定参加，在学校的时候我们不都说好了吗？"

"那伴娘的事……"

"我不要啊，今年我都伴了两回了，再伴一回我就嫁不出了。"庄暖晨认真道。

夏旅扑哧一笑："得了得了，我来吧，这个时候咱们还真别惹庄同学。"

艾念看向庄暖晨，稍许问她："你决定好了吗？"

关于元旦前晚跟江漠远的事，还有顾墨求婚的事，庄暖晨跟她们说过，在她惊惶无措的时候。

她抬头："我已经跟江漠远说清楚了。"

"说清楚什么？"艾念问。

"我要和顾墨在一起。"庄暖晨摆弄着杯子，"人都害怕变故，我也一样。"

夏旅和艾念相互看了一眼，良久后夏旅突然问："你对江漠远一点感觉都没有吗？"

庄暖晨沉默了好半天，才艰难开口："我爱顾墨，很想跟他走完一辈子。江漠远对我的种种好，我很感激，但在感激之余我也终于对他产生了喜欢，这很危险。我害怕面对这种喜欢，也决不能让这种感激变了质。"

"你认为，江漠远不能带给你幸福？"夏旅问。

"我从没想过跟他在一起是什么样。"庄暖晨无力叹气，"顾墨我是了解的，我知道他会全心全意待我，而我也会心疼他，爱他，这就够了。"

"我赞成你的做法。"艾念肯定道，"你仰视另一半可以，但不能把脖子都折过去，会死人的，江漠远就是这种。顾墨不同，他没那么复杂，爱你就是爱你，想娶你就是想娶你，找丈夫宁可找个潜力股你慢慢雕琢，也好过当红股让你遥不可及。"

"是啊。"庄暖晨喝了口咖啡，"我自认为不是什么清高的女人，所以我肯定了对江漠远的喜欢，同时我又是个胆小害怕变故的女人，所以要呵护好心底的爱情，人要爱在当下才幸福。"

"没错没错，爱在当下！"艾念赶忙举杯，"为这句话咱们干一杯。"

夏旅眨眼："我看你们都成哲学家了，我没想那么远，现在就是谁对我好，我就爱谁。"

三人的杯子碰在一起，相视而笑。

周日晚，庄暖晨正准备去参加庆功宴，不想顾墨来了，兴冲冲地拉着她到了楼下——单元门口停放了一辆超帅的重型摩托车。

"这是？"她惊讶。

"没了车子有辆摩托也好，怎么样？"顾墨心情不错，将一顶头盔塞到她手里，"你知道我一直很喜欢骑摩托，还有这个，就是因为我骑摩托你才送的。"

月光下他举高了手，精致的尾戒闪了闪。

庄暖晨抱着头盔笑了，大学的时候顾墨一直骑摩托，全校的女生无不被他潇洒的样子倾倒，她送了他这枚戒指，属于她的印章。

顾墨拉过她："咱们去选戒指吧，我想，是时候要把这枚尾戒变成结婚戒指了。"

"现在？"她一愣，一小时后将是庆功宴。

顾墨点头："怎么了？"见她迟疑，语气变得不肯定。

庄暖晨凝视他，他显得那么小心翼翼，越是这样，她心里反倒不安。

"我……有件事想跟你说。"她不想瞒他了，那晚的荒唐她忘不掉。顾墨越是对她好，她越是惴惴不安。和盘托出也许是最好的方式，最起码她将选择权交到了他手上。

她犹豫纠结的眉眼落在顾墨眼中，他笑了笑，"我知道你想说什么。"他为她戴上头盔，"就当为了我好吗？其实，我真不想看着你去参加什么庆功会。"

当他说到前半句的时候，庄暖晨着实吓了一大跳，但听到后半句才知晓他误解了她的意思。惊骇是减缓了不少，可到了嘴边的话再也说不出来了。顾墨现在哪怕听到江漠远这个名字都厌烦至极，一旦知道那晚的事，他又会怎样呢？顾墨有时太极端，能做出什么事来连她都无法预料。

庄暖晨搂住他，心里酸甜苦辣咸倒是都有了。

她主动投怀令他欣悦，紧抓住她的手："走，选戒指去。"

标维这次的庆功酒会一改往日保守低调的作风，邀请了两三家平时要好的媒体记者前来，主办方除了提出尽量别拍行政总裁的照片的要求外也无其他。

庆功会不但有标维的人出席，还有德玛传播的相关负责人员，除此之外还有平日有业务往来的高级经销商、合作机构等的负责人。

一些负责人纷纷上前来给江漠远敬酒，简单寒暄后，他扫视了一眼现场，眼神略有不悦。

夏旅端着酒杯上前："江总如果是找暖晨的话那就算了吧，她今晚有事来不了，特意让我跟您道声抱歉。"

江漠远借着抿酒的动作漫不经心问了句："哦？什么事这么紧要？"

夏旅迟疑了一下，最后还是说了句："我想，终身大事总比这庆功宴要重要吧？"

江漠远拿杯的手微微一滞。

"有句话不知道当讲不当讲。"

"请讲。"眼底深处的情绪被很好地收敛，江漠远又是一贯的平静。

夏旅认真道："顾墨除了暖晨什么都没了，而暖晨，除了顾墨外也什么都没了。暖晨如今能够步步高升，其实还多亏了江总当初的成全。好人如果做到底才可彻底称为好人，江总，您说是不是？"

江漠远轻轻一笑。

夏旅离开后，他微微转身："周年。"

一边的周年走上前，未等他开口问，便压低了嗓音在江漠远耳边说了句话。江漠远闻言后薄唇轻勾："北京这座城还真小。"

在挑选戒指这件事上，顾墨是比庄暖晨精心得多。只是两个多小时过去了，两人的意见总是不合。顾墨想给她买一款好的钻石戒指，庄暖晨却执意要普通的白金戒指。

"七十分的钻戒竟然要八万多？"庄暖晨死活不要，抢钱啊。

柜台小姐解释说："您别看是七十分的钻石，现如今一克拉的钻戒基本都在十五万左右，要是D色的会更贵。我们家每款戒指都能进拍卖行的，您看市面上也有便宜的戒指，但成色不好切工不好，再大有什么用呢？只能进典当行。如果二位是挑选了很多家珠宝店的人就能知道，其他店家都只是将钻石拿在灯光下给你看，但我们家钻石您可以拿到暗处去看，还是一样璀璨夺目，其他家不敢，是因为钻石的净度不够、成色一般，更重要的是切工不合格。"

顾墨拿过来戒指，放在柜台下面的暗处比量了一下，点点头，跟庄暖晨道："真的不错这款戒指。"

"是啊，先生女士，完美切工的钻石，就是要把从外部射入钻石的光线全部凝聚，能从桌面和冠部所有刻面全部反射出光来才行，底部切得深，就会漏光，切得太浅光线又会从底部走，差一点儿都不行。更重要的是，我们家的每一款戒指都是采用手工制作，您根本就不用担心戒指的抓托会松的问题，摸上去十分平滑，不会有刮衣服钻石脱落的现象，一辈子戴在手上钻石都不会掉，我们敢有这个保证的。"

顾墨被说得心动，敲了敲桌面："就这款吧。"

"好的先生，还用量一下戒托吗？"

"行——"

"等等等等。"庄暖晨将顾墨拉到了一边，压低嗓音，"买那么贵的戒指干什么？"

顾墨笑了笑，轻声道："要是两个月前，我会买个鸽子蛋给你，现在这个，我都觉得委屈了你。"

"戒指真不用买那么贵的，我们用钱的地方还很多，这次听我的，行吗？"

"不行，我不能让你的那些同事笑话你。"顾墨说得认真。

"我不喜欢钻石还不行吗？"

顾墨被她的样子逗笑了，却明显没改变初衷。

庄暖晨没办法，走到柜台前："对不起，我们不要这款戒指。"

"暖晨——"

"暖暖。"

顾墨的嗓音与另一道男子声音同时扬起，庄暖晨拿戒指的手轻轻一颤，与顾墨一起回头。

珠宝店会员通道，江漠远竟站在那。

她一愣，他不是应该在庆功宴上吗？

江漠远的意外出现，最不能接受的就是顾墨，脸色顿时就沉了。庄暖晨心里七上八下的，暗自拉扯了一下顾墨："走吧。"她不想节外生枝。

顾墨也是懒得多言，拉过她的手就要走。

"等等。"

顾墨不耐烦，皱起眉头："干什么？"

江漠远十分好耐性，一伸手，珠宝店的经理打开了个长方形绒盒递过来。他指尖一挑，钩了条手链出来。

庄暖晨心一颤。

"这条手链是我曾送一位朋友的礼物，后来弄坏了，送来这里做了修补。"江漠远笑着上前，"可我毕竟是个大男人，对首饰这种东西一窍不通，暖暖，倒不如你来看看，这手链修补得怎么样？"

庄暖晨压住心头的不安，看也没看，轻声说了句："坏掉的东西，再修都跟以前不同。"

江漠远爽朗一笑："也对，不过万一这条手链以后还能用得上呢？比如说，我的那位朋友突然哪一天就很想戴它了。"

他话中的含义令她心头警觉。

顾墨厌恶这种邂逅，攥紧她的手，看向江漠远："说不定你的那位朋友已经不喜欢这条手链了，你又何必多此一举？不好意思，我和暖晨很赶时间。江总没结婚不清楚，原来挑选婚戒还是件费心费力的事。"

他有心挑衅，庄暖晨听得明白，江漠远听得更明白。

"二位要结婚了？"

顾墨将她搂紧，大有炫耀之意："婚礼很快了，欢迎江总来喝喜酒。"

"恭喜两位。"江漠远的反应看上去挺真诚，却将手链递给庄暖晨，"就当我的贺礼了，收下吧。"

顾墨冷笑："这条手链不是要送你朋友的吗？"

"你说得对，也许她已经不喜欢了呢，那我倒不如来个顺水人情。"江漠远语气自然。

顾墨眼神暗沉了下来。

庄暖晨轻声道："这条手链太贵重了，我不能收，江总的心意我和顾墨都领了，不好意思，我们真的赶时间，先走了，再见。"

冬季的寒一直凉进人心深处。

上了车，江漠远没有命司机开车，坐在车后座沉思。

周年坐在旁边："江总，接下来去哪儿？"

江漠远没吱声。

司机从后视镜看了一眼周年，周年递了一个少安毋躁的眼神过去。江漠远拿过烟盒，抽了一根烟出来，叼在嘴里，周年打了个火上前，司机见状落下车窗。

烟圈像美人的身姿从车窗钻了出去，摇曳在薄凉的空气中。江漠远夹着烟，胳膊搭在车窗上，不经意想到了那晚……

他承认得到庄暖晨的方式很卑鄙，但当她迷迷糊糊地窝在他怀里时，那种对她压抑的渴望便如洪水般席卷过来。他是那么想要得到一个女人，这种疯狂的念头连他自己都吓了一跳。

于是，他便那么做了，他将她变成了他的，是意外，更是狂喜。

抽完了一根烟，他才开口，嗓音暗沉："查明白了吗？是许总的女儿？"

周年道："是，已经查清楚了。"

"叫什么？"江漠远收回胳膊淡淡问了句，车窗缓缓关上。

"许暮佳。"

"许暮佳？"江漠远细品，饶有兴致地看向司机，"老王，你觉得这个名字怎么样？"

老王回头憨厚笑："挺好听的名字，就是叫起来有点绕口，长得应该挺漂亮的吧？"

江漠远挑眉一笑："周年，漂亮吗？"

周年恭敬："挺漂亮的。"说完这话暗自观察了一下江漠远又道，"您放心，我马上打电话安排。"

到了年根儿，传播公司更忙了，手头上的客户要分门别类，根据不同情况来选购各色礼品相送，除此之外，年前的各类宣传工作也不能松懈，大家也都在为年底的奖金而铆足了劲。

庄暖晨是个做事有计划的人，为部门人员依次排好任务。夏旅任务较重，年底大量的新闻稿件都由她来负责，高莹主要负责客户礼品派送一事，与其他同事一起分摊好后再根据情况来安排走访的人员，或高级客户经理，或庄暖晨亲自拜访。

标维作为主要客户按常理说应该由庄暖晨亲自拜访，但她交给了夏旅。一来，她不想再横生枝节，二来，顾母病情加重。

其实早前医生已经下了病危通知书，顾墨这段时间天天往医院跑，她尽量减少工作也陪着他往医院里扎。顾母清醒的时候也能说上几句话，得知他们两人有结婚的打算后异常高兴，拉住庄暖晨的手死死不放，庄暖晨从她眼中能看出明显的歉意。

许是因为年底，许是对方公司撇开了江漠远的关系，催款催得紧，顾墨一时间忙得不可开交，照顾母亲，还要应付对方公司的蛮横，与此同时他还要参加面试。

庄暖晨将卖房一事揽上了身，这天直奔中关村与约定人见面。

某家远离熙攘人群的咖啡馆，在靠窗位置，她见到了买家。一位身穿玫粉色贴身羊绒衫的姑娘，皮肤白皙。椅背上随意搭了件银灰色的羊绒大衣，是范思哲今年秋冬新款。

庄暖晨快走几步上前，轻声问："许小姐？"

"是。"女子的声音很好听,清脆得像是水珠滚落,"你是庄暖晨?坐吧。"

"许小姐,我看我们还是先去看房吧。"

"不着急,在看房之前我还有件事想跟庄小姐谈谈。"女子叫来服务生。

庄暖晨坐了下来,点了杯热牛奶。

牛奶和咖啡上全,女子说得了当:"房子的户型和面积我都满意,价钱方面你放心,我会按照你们规定的价格支付,而且是一次性支付。"

庄暖晨从没遇上这么痛快的主儿,惊喜:"那太好了,这样吧,我可以现在就带你去看房,合同我都备好了,就看许小姐的时间了。"

女子喝口咖啡:"我都说过了这件事不急。"

庄暖晨心想,我和顾墨着急啊。但也不好太催,问:"许小姐还有其他问题?"

"来之前我查了一下,那套房子业主不是庄小姐。"

"哦,房子的业主的确不是我,是我男朋友的。"庄暖晨解释,"你放心,合同肯定是你跟业主当面来签,我只是帮忙的。"

女子点了下头:"也对,一边要应付追债公司,一边还在找工作,这边房子要卖,那边又要顾着母亲的病情,的确有人帮忙比较好。"

庄暖晨愕然,盯着她,一种不祥的预感油然而生:"你是谁?"

女子放下咖啡杯,身子朝后倚靠:"我叫许暮佳,许作荣是我父亲。"

"许作荣?"就是催债公司的老总。

"庄暖晨,"许暮佳微微挑眉,"人如其名,很温暖。今天见到你,我总算知道顾墨喜欢你的原因了。"

庄暖晨大脑空白一片,又像是胡乱塞了一团麻似的,她还知道顾墨的名字?

"我不明白今天你找我来的目的。"

那边许作荣催着还款,这边他的女儿突然上门要买房,这父女俩是在演哪出戏啊?

"我和顾墨在国外念同一所大学,我很爱他。"许暮佳开门见山。

庄暖晨瞪大双眼,她爱顾墨?

"我第一次见到顾墨就是在大学校园,他倚靠在树下,穿着浅色格子衬衫和休闲牛仔裤,那么清爽那么帅气,一眼我就爱上了他。后来,为了能够认识他,我特意选修了第二专业,也就是顾墨所学的专业。"

庄暖晨心里不是个滋味,从许暮佳的目光里她能清晰看到那份爱恋,那分明是曾经的她,在初见顾墨的时候,她也曾有过这种惊艳,再到后来的迷恋。

"我知道他心里藏了个姑娘,他说他要回国找他的爱,而我呢,这些年像个傻瓜一样一直在等他。"许暮佳苦笑,收敛了眼里的湿润,直击重点,"所以,只要你离开顾墨,他的所有问题都会迎刃而解。"

庄暖晨抬头:"许小姐这种桥段老套了。"

许暮佳抬起染有蔻丹的手指拨弄了一下发丝,低笑:"现实也许比小说更残忍,我可不是跟你开玩笑。顾墨欠了我爸公司四千万,还款期限就在这个月底,如果在这个月底前还不上款,我爸会告上法庭,到时候他的前途声誉统统都毁了。我不出面买房子,我敢保证绝对不会有买家出面。还有他母亲的高额医疗费,这期的顺利交上了,下期的呢?一旦他没了稳定收入,他能有多少辆车子可以卖?有多少房子可以卖?我听说顾墨正在面试一家媒体,巧的是我爸跟那家媒体的社长是大学校友。"

"你是在威胁我?"

"对。"许暮佳丝毫不掩藏前来的目的,"六年前你可以为了顾墨的前途提出分手,六年后你也可以同样为了他的前途主动离开。"

她的话轻描淡写,却震惊了庄暖晨。

"你怎么清楚六年前的事?"连顾墨都不知晓,她怎么会这么门儿清?

许暮佳笑了:"除了时间上我输给你,剩下的,我敢保证绝对不会输给你,尤其是对顾墨的关心和了解上——其实你俩真正在一起的时间连一年都不到。顾墨如果跟我在一起,我完全有能力帮他渡过难关,你呢?你能帮他摆脱困境吗?"

许暮佳的话像是把刀子直插她心窝,鲜红的是血淋淋的事实。

"我们彼此相爱,只要这点就够了。"

许暮佳像是听了笑话似的:"听说你升职加薪了,但你也填不了顾墨的坑,而且以顾墨的性子,他绝对不会花你的钱。那时候,你省吃俭用却吃力不讨好,你以为,你们的爱情之路还能走多远?"

庄暖晨缩回手,心底的凉一直蔓延到指尖,她一字一句地问:"这就是你所谓的爱?将自己爱的男人逼到了死路?这样你会开心吗?"

"开不开心我不知道,我只知道得不到顾墨我就会很不开心。"许暮佳的语气轻柔,可言语犀利,"既然他所选择的路不幸福,我为什么要成全?我完全有能力令他幸福。"

"你太自私了。"庄暖晨紧紧攥着拳。

许暮佳不怒反笑:"在爱情上,你跟我一样都很自私,我拿物质来捆绑他,你是拿精神来捆绑他,不是吗?"

庄暖晨脸色苍白,她起身:"许小姐既然无心买那套房子,那我们也没必要在这儿浪费时间,不好意思,我还有事。"

"我相信你会好好考虑我的建议。"身后,许暮佳轻轻含笑。

庄暖晨头也不回地走掉了。

许暮佳透过落地窗看着楼下那抹娇小身影,寒风将她的长发吹得有点乱,遮住了她原本就是巴掌大点的脸。

掏出手机拨了号码,等对方接通后她轻轻一笑:"被你看上的女人,是她的幸运,也是她的不幸。"

顾墨从医院回来就开始收拾房间,见庄暖晨进了门,问了句:"对方什么意见?"

庄暖晨心口堵堵的,轻轻摇头。

顾墨眼底闪过一丝失望,但还是笑了笑:"没事,年底本来希望就渺茫,等过完年之后说不准就好卖了。"

她想起许暮佳的话,情不自禁搂住他。为什么她越来越害怕呢?

顾墨以为她心情不好,温柔低语:"别难过了,年底这样很正常。"

"可是,没时间了。"窝在他怀里,她忍着泪说。

顾墨将她微微推开,双手箍在她的肩膀上:"什么没时间了?"

"许作荣不是将最后的期限设在月底吗?"

顾墨脸色一变,不自然地说了句:"你怎么知道?"

庄暖晨心疼,原来他真在瞒着她,事情其实已经朝着很坏的方向发展了。

"今天我见的人是许暮佳。"

顾墨不解:"许暮佳?她怎么会有钱买房子?"

闻言,庄暖晨才明白顾墨压根不知道许暮佳的身份。

"她是你大学同学?"

顾墨点头。

"那你知道她就是许作荣的女儿吗?"

这下顾墨愣住了,半晌后脸色阴沉,从鼻腔里冷哼一声,"原来如此,真是一丘之貉!"他看向庄暖晨,严肃道,"以后别搭理她。"

"如果她能出手买这套房子——"

"就算她想买我也不会卖!"顾墨不悦,转身进卧室里收拾东西。

庄暖晨心里像是打翻了五味瓶似的,跟了上去,站在门口望着他的背影。她很想跟他说:我们结婚吧,马上就结婚。

许暮佳的话不停地在她脑海里撞击，撞击后所滞留的疼一直卷进心底深处，又像是井喷似的蔓延全身。

顾墨收拾了一会儿后才停手，坐在地板上，抬头与她对视。两人中间就隔着一些杂物，对望着，谁都没说话。良久后，顾墨问她："如果我真坐牢了你会不会等我？"

"会。"但是，她怎么能忍心看着他坐牢？

他笑了，朝她一伸手："过来。"

庄暖晨坐在他身边，他紧紧将她搂住："我什么都不怕，最怕的就是失去你和母亲，这世上我只剩下你们两个了，为了你们，我也要努力。"

庄暖晨忍不住吻上他的唇，心中却在拼命祈祷。

如果可能的话，她愿意用自己一生的幸福来换这一刻一样的平静，只愿时间停得长一些、再长一些。

而事实上顾墨的处境越来越糟糕。

顾母的身体因出现并发症需要加大药量和治疗强度，所以在费用上每一天的消耗都触目惊心。顾墨有多少存款庄暖晨是知道的，有时候她会偷偷赶到医院，将一些急需的治疗费用提前交了，但顾墨是个极要面子的人，被他知道后他就很不痛快。

这天下班，庄暖晨先去了趟超市再回了顾墨那儿，没成想他在家，一屋子的酒气。他坐在地毯上倚靠着窗子，酒瓶子倒了满地，一脸的颓废。

庄暖晨将包放下赶忙上前："怎么又喝酒了？还喝这么多。"

顾墨抬脸看她，辨别了许久，笑了笑："没什么，喝点酒心情还能好些。"

"因为面试的事吗？"

顾墨的眼神暗沉："那个社长还要考虑，我知道他要考虑什么！不就是知道我现在的状况吗？"

庄暖晨将他搀扶到沙发上："要不换个行业吧，不一定要做媒体啊。"

"换行业？除了这个我还能做什么？"顾墨醉醺醺起身，走到柜子前拿起一个信封，愤然，"许作荣一心想要逼死我，哪个行业还敢收我？"

庄暖晨接过信封一看头发丝都竖起来了，竟是法庭传票。

"怎么这么快？"

"他早晚都得走这一着！"顾墨咬牙切齿。

庄暖晨紧紧攥着法庭传票，大脑拼命搜寻着自己认识的人中有没有靠谱的律师或是有法庭关系的人，搜索了半天也想不出一个来，看向顾墨："也许找律师来帮忙情况会好些。"

"谁愿意免费蹚这浑水？"顾墨冷哼。

"不用免费啊，我这不是还有钱吗？"庄暖晨心里着急。

顾墨盯着她，半晌没说话。

庄暖晨轻叹："这个时候就不要分你的我的了，我是你女朋友，为你分担很正常。我们这样，先找个律师看看能不能拖一下时间，然后我再想办法还上许作荣的钱。"

"你想什么办法？"顾墨一下子捏住她的下巴，眯着眼，"你想去求江漠远？"

庄暖晨一愣："你瞎说什么呢？"

"我没瞎说！"顾墨突然低吼了一嗓子，"庄暖晨，你是不是真以为只要陪他一晚上就能赚到四千万？"

庄暖晨全身冰凉的，顾墨哪点都好，但这种反复争吵的话题实在令她寒心，良久后她哑着嗓子道："我现在只想着我们的将来。"如果没有元旦事件，她还可以再理直气壮点……

顾墨踉跄地走到飘窗前坐下来，拎起个酒瓶子，咕咚咕咚地又开始喝酒。

"别再喝了，你这样会伤到胃的。"庄暖晨走上前想要夺走酒瓶。

"不用你来管我！"顾墨一把甩开她，一巴掌打在墙上，吓得庄暖晨心惊肉跳的。

"许作荣不是想整死我吗？那就让他来好了，坐牢就坐牢！"

庄暖晨心疼不已，站在离他不远处的地方，良久后轻声道："要不我们离开北京吧？我们在哪儿不是一样地生活？只要咱俩能够在一起。"

顾墨将酒瓶放在窗台上，转头盯着她，眼神红得像是头狼。

庄暖晨被他的神情吓了一跳。

顾墨冷笑，语气竟是鄙夷和讥讽。

"只要咱俩在一起？这话你为什么不早说？如果六年前你不跟我分手，我现在能这样吗？如果不是你招惹上了江漠远，我就不会面临今天的境况！"

他的话冰冷锋利，是她头一次听到，她心如刀割。

"我告诉你，我不会离开北京！"顾墨咬牙切齿指着庄暖晨，"一切都是你的错！你知道我是为了你才转的专业，你也知道我为了你才做的媒体！为了你我砍掉了自己所有的枝杈，你到现在才来告诉我，我们一起离开这儿，到另一个地方重新开始？开始什么？我还能做什么？难道我要你养一辈子吗？你这是在可怜我？"

"我没有。"她从不知道他还藏着这么多的话，原来他这么不甘啊。

"你有！六年前你对我早就没有爱了，所以才分手不是吗？那是我妈啊，就那么跪在你面前求你，你却一点情面都不讲！"顾墨眼睛里红红的，声音像是嘶哑的兽，"你现在是寂寞了才跟我在一起是不是？那条手链就是你的吧？是江漠远买给你的吧？"

庄暖晨几乎咬到唇齿都有血腥味了才松口："为了你我可以付出一切，我以为你会知道。"

"你能为我做什么？除了在我面前炫耀你的能力外，没错，我现在就像是只可怜虫似的得依靠着你才能生存！庄暖晨，我告诉你，我不稀罕！我宁可坐牢也不想接受你的施舍！"顾墨狠狠一挥手，歇斯底里。

庄暖晨恨不得一巴掌打醒他，可这些是他的真心话啊，她听了比任何时候都要难堪和心疼。

"你醉了，我去给你做点解酒汤。"

顾墨却冲上前，一把从背后将她搂住，脸埋进她的发丝间痛苦低语："对不起暖晨，我不是要骂你，一点都不想，可我控制不住我自己，不要离开我，不要走……"

她转身，心疼地轻抚他："我不走，我只是想给你做点东西吃，别喝酒了好吗？别这么折磨自己。"

顾墨紧紧搂着她不放手："我现在除了能爱你之外，什么都做不了了，什么都没了。"

十点多，顾墨沉沉睡去。

庄暖晨一直在床边看着他，看到了深夜，她为他备好了头疼药、胃药，整整齐齐地放在床头边。

灯光下，顾墨的脸颊一如六年前棱角分明，她看着看着，轻轻笑着，可眼泪就那么流下来。

泪水中，她仿佛又看到那个白衣少年，默默地跟在她身后。

庄暖晨轻抚顾墨的脸，描绘着每一处轮廓，下巴的胡茬刺痛了她的指尖，她轻轻趴靠在他身上。

如果离开真的是唯一的办法，那么她情愿背负相思到老，只要他能渡过难关，这是她唯一能为他做的事。只要，记得彼此深爱过就好。

"顾墨，"她呢喃，泪水湿了彼此衣衫，"你要好好照顾自己，一定要好好照顾自己。"

她吻上他的唇，心念：我爱你。她知道，这是最后一次的倚靠。

从今以后，这胸膛不再属于她，他的气息、他的笑、他的温柔、他的一切的一切都与她无关了。

卧室里，顾墨睡得极不安稳，皱着眉无意识喃喃了一个名字：暖晨……

再见许暮佳是在一个午夜咖啡馆里，寂静的冬夜没什么人。庄暖晨以前经常来这儿，大多数是她失眠的时候。

店里没有菜单，店主会根据客人的心情备上喝的东西。所以她为庄暖晨准备了杯苦菊茶，给对方准备的是杯玫瑰甜茶。

"两位慢用。"几只黑猫跟在店主身后，喵喵叫着一同离开。

"顾墨他，"庄暖晨低眼看着杯中的苦菊，被热水烫得散了花瓣，像是一颗心被扯得七零八落的。"不会接受你的，你要想什么办法？"

这句话是费了很大的力气才说出来的。

"如果我没有那么大的把握是绝对不敢跟你谈条件的。"许暮佳喝了一口玫瑰甜茶，笑由内而外，"他一定会接受我。"

"为什么？"

许暮佳挑挑眉："这是我和他的事。"

庄暖晨心口堵堵的："我只要你保证，让顾墨的生活回到正常的轨道上。"

"那是当然，他会成为我丈夫，我当然会全心全意为我自己的丈夫。"许暮佳看着她，"只是，你如何保证让顾墨死心？"

庄暖晨有些喘不过气来："我不知道。"

"你这样回答令我很为难。"许暮佳不满意这个答案。

庄暖晨恨不得将茶水泼在她脸上："你总不能让我随便找个人嫁了吧？"

许暮佳耸肩："逼你嫁人我哪有那个本事？倒不如找个可以让顾墨死心的人陪你演场戏。"

"你要先撤掉控诉。"庄暖晨一字一句。

许暮佳好笑地看着她："你还有本钱跟我讨价还价吗？"

"有。"庄暖晨与她对视。

"什么？"许暮佳皱眉。

"顾墨。"

许暮佳一愣。

"如果你不想让顾墨更恨你的话。"庄暖晨清晰说道。

空气中浮动着苦菊和玫瑰的清香，相互撞击。

良久后许暮佳才轻轻一笑："好，我答应你，但是庄暖晨，如果你敢反悔的话就别怪我不客气,那时候别说顾墨一无所有,我也会不遗余力让你不会好过。"

庄暖晨只是淡笑:"我好过不好过不要紧,只要顾墨好,就行了。"

"好,我就给你两天时间,两天一过,别怪我不讲情面。"

咖啡馆安静了。

庄暖晨没离开,因为她是透支了所有精力才跟许暮佳谈完的这场交易,她从没想过,她跟顾墨会有这么一天。

喝了一口苦菊茶,第一口异常苦涩。

一道深紫色的身影走过来,坐在她的斜对面。庄暖晨知道是店主,她很想问她,为什么为许暮佳备的是玫瑰茶,而她的偏偏就是苦菊茶?可口腔里太苦了,被泪水淹满,一句话说不出来。

"我曾经,也卖了一个人。"店主先开了口。

庄暖晨手一颤,抬眼看她。

店主摸着猫,脸上是沉静的笑。

"我也曾经将最爱的男人卖了。"

庄暖晨压住心底的痛,良久后低声问:"然后呢?"

店主轻轻一笑:"没然后。"

她一愣。

"这世上有太多不确定的东西,失去了就是失去了,现实如此,人要随遇而安。"

庄暖晨只觉得莫大的悲怆席卷而来。

翌日周末,庄暖晨只睡了两个小时,赶到标维楼下时是十一点半。

江漠远听到庄暖晨的主动邀约后告诉她,他在公司等她。

进了标维,只有楼下的部门在加班,秘书见她来了告知:"江总在办公室呢,您直接上前就行。"

她没坐电梯,走楼梯上去的,每走一个台阶都倍觉艰难。办公室门口,她犹豫了好久才鼓足勇气敲门。江漠远在打电话,见她进来后指了指沙发示意她等一下。

他在谈正事,隐约听到什么资金问题,他提出了些条件,每一条都精准苛刻,庄暖晨心底凄凉,跟这样的男人做交易,她能有胜算吗?

他略显慵懒地倚靠在窗子旁,一边打电话一边毫不遮掩地打量着她。

她低下头,攥着手套,这一刻很想走,他的样子令她不经意又想到了那晚,可怕的夜晚。

江漠远将手机收好后,走上前。她突然站起看着他,像个刺猬。

"外面冷吧？"江漠远不怒反笑，拉过她的手。

她想要抽回手却被他攥紧，他笑着将她的手包裹掌心之中，拉至唇边轻呵出暖气。"我以为，你一辈子都不会来找我。"

是啊，这么想的何止是他？

庄暖晨抿了抿唇："江总，我有事情想请你帮忙。"想起他刚刚谈生意时的毫不犹豫和狠戾，一时间竟不知道该如何开口跟他说。

"吃过午餐了吗？"

庄暖晨一愣，抬头。

江漠远伸手揽过她的肩："走吧，边吃边谈。"

66楼餐厅，江漠远是常客，不用提前预约，到了之后餐厅经理立刻安排了最好的位置。

江漠远遇上了熟人，对方挺能聊。庄暖晨在座位上坐立难安，不知过了多久，一道熟悉的嗓音扬起："暖晨？"

她抬头，是程少浅。

程少浅先跟客户交代了几句，问她："你怎么在这儿？"

"我……"

"怎么了？"程少浅关切低问。

庄暖晨看着他，心里七上八下地乱扑腾，她反悔了，她不能离开顾墨，她不要跟江漠远谈所谓的交易，她不要。她想开口请求程少浅来帮她，她会还钱，以后也会拼命工作来还钱！

人一旦下了决定就异常高兴，那层阴霾一扫而光，她舔了舔唇，看着程少浅："程总，我想——"

"程总，我跟你的下属吃顿便饭不用这么紧张吧？"身后是江漠远含笑的嗓音。

庄暖晨到嘴的话硬生生咽了下去。

程少浅转身，对上江漠远的笑眸："这么巧。"

江漠远走到餐桌旁坐下后，轻轻一抬手："一起？"

程少浅唇边笑意扩大，看向庄暖晨，压低嗓音："你是不是有话要对我说？"

"我没事。"

她没法说出刚刚的决定，再说，一旦反悔，许暮佳能做出什么更疯狂的事情来谁都说不准。

"程总，暖晨只是你的下属。"江漠远拿过餐布，淡淡笑着。

程少浅看了一下江漠远，眉头轻蹙，跟庄暖晨说："有事的话就给我打电话。"

又剩下她和江漠远两人，餐桌上每一道菜都是她喜欢的口味。

他温柔开口："说吧，有什么我可以帮忙的？"

庄暖晨盯着杯中的红酒半晌没说话，突然拿过来喝了一口，呛了一下咳嗽几声，眼眶泛红，但还是忍了回去。

江漠远安静地看着她。

"请你跟我做场戏。"她艰难开口，"让顾墨心甘情愿离开我。"

江漠远静静听着。

"就是这样？"他拿起酒樽倒了点红酒。

庄暖晨点头："让顾墨相信我移情别恋了或是什么的都好，只要能让他对我死心，重新过自己的生活。"因为顾墨最不能接受的，就是她跟他在一起。

江漠远拿起酒杯轻轻晃了晃："你确定让我来帮你？"

庄暖晨没由来地颤抖了一下，他的话意味深长，她总觉得自己正像是一头猎物走近猎人精心设计的陷阱。

她看向他："你要什么？"天底下没有免费的午餐，这个道理还是他身体力行教会她的。

"什么时候变得这么了解我了？"

"元旦。"

对面的男人眼神一滞，眉梢快速闪过一丝不悦。半晌后他开口："尝尝这里的甜品，应该也是你爱吃的。吃完饭，跟我去个地方。"

"去哪儿？"她害怕，这可是酒店……

似乎看出她的心思，他的笑蔓延眸底，拉过她的手攥住："放心，我还没那么饥肠辘辘。你先吃，我打个电话。"

他从不会跟她说这样的话，暧昧得像是一把刀子，扎得她浑身生疼。

竟是上次来过的珠宝店，庄暖晨的双脚像是被钉子钉住似的，一动不能动，她不明白江漠远带她来这里做什么。

VIP休息室，经理小心翼翼地将上次的锦盒拿出来："江先生，这是您上次没带走的手链。"

江漠远接过来，打开，温柔地将手链戴在她的手腕上："很漂亮。"

她想抽手，却忍下了。

"东西准备好了吗？"

"当然当然，江先生打电话交代了之后，我马上命人准备了。"经理赶忙道,"稍等,我马上让人拿进来。"

经理出去了后,庄暖晨不解:"准备什么东西?"

江漠远拉过她的手轻轻攥着:"一会儿就知道了。"

很快,经理带着两个人走了进来,手里抬着个小型的保险箱,打开后里面竟是三款硕大的钻石戒指。

她愣住了,转头看着江漠远。

"选一款你喜欢的。"江漠远凑上前,从背后将她搂住。

她轻颤:"选戒指做什么?"

"当然是结婚了。"江漠远低笑。

"结婚?"她第一个想到的是她和顾墨的婚礼。

江漠远似乎看穿她的心思,唇边眼梢尽是宠溺:"是我要娶你。"

"什么?"

经理见状后赶忙打圆场:"这样吧,两位慢慢看,慢慢选,不着急。"说完递给柜台小姐一个眼神,示意一起出去。

"不用,她已经选好了。"他执起她的手,选了枚钻戒就那么一点点地戴上了她的无名指。

"江漠远,你——"

"喜欢吗?如果不喜欢的话,还有两款可以选。"

庄暖晨全身都压抑不住在颤抖,良久后才找回自己的声音:"你疯了?"

闻言他轻轻拉开她,笑了笑,转头看向经理:"就是这款了。"

"好,您稍等一下。"

"等等。"庄暖晨二话没说将戒指摘了下来,"江漠远,你这样太儿戏了。"

江漠远淡然开口:"戴上。"

"什、什么?"

"戒指戴上。"他面色平静。

庄暖晨看着他,呼吸急促。

江漠远与她对视,眼神黑得深邃,嗓音压低:"既然你都决定放下,那就嫁给我,只要我们结了婚,他就可以死心了。"

"不……"她接受不了这种荒唐的方式。

"你没有选择。"江漠远低下头,"顾墨你了解,这么排斥这种方式,除非是你还想给你和他的爱情留有余地。"

"我没有。"她百口莫辩。

江漠远的脸几乎贴近她:"还有你别忘了,你的第一次是给了我,你和顾墨中间永远不可能没有隔阂。"

庄暖晨的脸变得煞白。

江漠远意味深长道："庄暖晨你听好了，是我江漠远要娶你，我从来没把结婚当成儿戏，明天一早，我们就去登记。"

庄暖晨被他的严肃吓到了："我和你怎么能真正结婚？"

"我和你怎么就不能真正结婚？"他反问了一句。

"我……"她被他说得哑口无言，好半天才挤出了一句，"帮我的方式有很多，未必是这种。"

"可这种，是永绝后患的最好方式。"

她不再说话了，窒息似疯长的荒草死缠着她。许暮佳只给了两天时间，这种被人操纵的感觉生不如死。

江漠远转头示意了一眼经理，经理领会，马上去安排。

"等一下。"庄暖晨再次开口。"如果真的要选戒指的话，让我自己选吧。"

最后她来到柜台，选了一款白金戒指，那柜台小姐对她有印象，当时她选这款戒指的时候，跟她一同来的男人似乎不满意。

江漠远从她手里拿过戒指，皱了皱眉头看向她。

庄暖晨垂眸："你不需要为了我下那么大的血本。"现在的她，不值得任何人为她付出什么，她受不起。

江漠远沉默良久，最后没在戒指的问题上强迫她，她喜欢的连同之前那款钻戒一并买下了。

"回家休息一下。"江漠远很体贴，"晚饭我带你去家新开的餐厅，味道不错，在西城那边。"

庄暖晨摇头："我自己回去就行了。"

"从今天起，你都要跟我在一起，听我的话。"他将她拥入怀里，"你要习惯我在你身边的日子。"

庄暖晨没想到会被江漠远带到了他的家，她站在门外，始终不肯迈进去一步。

"我想回家。"她的声音略显颤抖。

江漠远摘下围巾，转头看着她："从今以后，这就是你的家了。"

"不，这是你的。"她没由来地恐慌，这里只有令她鄙视自己的回忆。

江漠远将围巾扔到了沙发扶手上，拉她进了屋："我的不就是你的吗？明天我们先去登记，然后倒出两天时间回趟古镇。"

"回古镇做什么？"

"当然是选个良辰吉日举行婚礼了。"江漠远唇角温柔勾起,"然后你还要跟我回趟瑞士,至少你要见下未来的公婆吧?"

庄暖晨一愣,这是他第一次在她面前提及家人。

包里的手机突然响了,她惊了一下,掏出手机一看怔住。是顾墨。

身边男人顺势夺过手机,她伸手要来争:"给我。"

"你想跟他说什么?"他将手机扔到一边,见她冲过去,伸手拦住她。

"他找不到我一定会着急的。"她急切地看着一遍遍不停响的手机,带着哭腔。

江漠远俯下头:"你现在接电话,一切都前功尽弃了,或许,你压根就没打算跟他分手。"

他的话深深刺痛了她的神经,她顿时安静了下来。

江漠远扳过她的脸:"我给你两个提议。要么马上关机,等我们登记完你再去见他;要么你现在接电话,约他明天见面,但要在登记之后,这样的话他今晚不用着急。"

庄暖晨脑袋里乱糟糟的,喃喃:"为什么一定要等到登记后?"

"没有让他死心的证据,他可能会跟你分手吗?"

心口猛地紧了一下。手机再响时,他看向她:"是接还是挂?"

她的心又开始疼,良久后轻声说:"我接。"

江漠远回了书房,给了她接电话的时间。坐在沙发上思考半晌,探身拿过手机。

手机那头很快接通了。

"你打电话也太不是时候了吧?"孟啸抗议,身边有女人娇笑声。

江漠远看了一眼墙上挂钟:"这么快吃晚餐,晚上吃什么?"

孟啸听出他的冷嘲热讽,轻哼:"晚上?晚上吃大餐喽,要不要给你留一份儿?"

"别废话,找你有正经事。"

"说。"

江漠远调整了一下坐姿:"明天你去趟大使馆帮我取份证明送到民政局,你有认识的人吧,先替我通融一下,补办的材料会尽快交上去。"

孟啸听得一头雾水:"你要证明材料干什么?"

"我是外籍,结婚的手续比较麻烦。"他说完这话,很有先见之明地将手机先放到一边。

果不其然,孟啸足可以震塌房梁的大嗓门飙起来了:"结婚?你要结婚？你跟谁结婚？"

"是我要结婚，你激动个什么劲？"他卖着关子。

"不说是吧？不说的话就别想让我帮你。"孟啸威胁。

"哦？"江漠远倚靠在沙发上，不疾不徐道，"你试试看，如果明天上午十点耽误了我结婚，我会有很多招整死你。"

"明天上午十点你就去登记结婚？到底跟谁——"

"记住，明天九点半来民政局找我。"

"我现在马上去找你，是不是在家？"孟啸八卦。

"不方便，家里有女人。"江漠远干脆不给他刨根问底的机会，断了通话。

放下手机后，他的薄唇忍不住扬起。想想庄暖晨就在他的家里，就在他身边，那种从未有过的满足感油然而生。

他从没动过结婚的念头，从没想过还可以用这种方式来拥有这个女人，直到当她小心翼翼敲开了他办公室的门。其实依照他的计划，她会属于他，作为情人。可在她开口求助的瞬间，他做出了连自己都惊讶的决定，结婚。

他要娶她，因为他根本容忍不了以后再有哪个男人要来拥有她。结婚这个决定看来还不错，至少他现在很期待。

可时间一分一秒过去，他没由来地紧张，这一刻竟然担心她会反悔。他朝前探了身子，紧紧盯着墙上的时间，秒针每跳一下他的心也跟着悸动一下。

直到书房门外响起敲门声。

"进。"他提着气。

书房门推开，庄暖晨静静地站在门口看着他。

"过来。"他伸手。

她缓步上前，看着他的大手发愣。

江漠远拉过她的手："怎么跟他说的？"

"我约他明天下午见面。"她坐下来，将头埋进两膝之中，蜷缩得如同个虾米，压根没注意到身边的男人终于松了一口气。

"那很好。"江漠远伸手将她整个揽入怀里，"我会陪着你，放心。"

周一，庄暖晨请了一天假。吃过早饭，江漠远开车带着她到了民政局。

登记的不少，离婚的人也不少。庄暖晨坐在等候席上，看着眼前一对对经过的新人或旧人，低喃："这边结婚那边离婚，还离得这么近。"

正拿着她户口本传真件和身份证的江漠远闻言愣了一下，随即温柔道：

"我们不会离婚。"

九点半,孟啸准点赶了过来,手里拿着一个牛皮纸文件袋,见到庄暖晨后大吃一惊。"你、你们……"

江漠远从他手里拿过纸袋,然后交给庄暖晨,要她等会儿他。她抬头看着他:"我想跟爸妈打个电话……"

江漠远沉思了一下。

"这么大的事,最起码要通知一下爸妈才行。"见他犹豫,她有点着急。

他轻叹一声:"你想节外生枝?"

"不是……"

"一切等登记完了之后再说。"他轻声安抚,"放心,我会亲自跟他们解释这件事,不会让你为难,好吗?"

庄暖晨敛下眸,不再说话。

江漠远低头吻了一下她,然后起身对孟啸说:"你跟我来。"

民政局门口,江漠远点了一根烟,孟啸疑惑:"你这是玩的哪出啊?你疯了跟她结婚?"

"那我跟谁结婚才不疯?"江漠远好笑地看着他,悠闲吐了个烟圈。

"我的意思是,结婚是大事,你不能说结就结吧?"孟啸可没他那么闲情逸致。

"男大当婚女大当嫁,我结个婚怎么了?"

"你是不是把她当成是沙琳了?"孟啸突然道,"要是这样的话你可别结这个婚。沙琳的事压根就不怪你,你也不用为了自责赔上一辈子的幸福吧?"

终于,等他啰里吧唆之后,江漠远将烟熄灭,淡淡开口:"说完了?今天叫你来的目的一是送材料,二是要你暂时管住你的嘴。"

孟啸恍然大悟:"你不想让家里人知道这件事?"

"不是不想,只是不想通过你的嘴巴传出去,我会让暖暖慢慢适应,别吓到她。"江漠远淡淡说道,"还有,我很清楚我娶的是谁。"

孟啸看着江漠远的背影不解,他这是爱上庄暖晨了?

婚姻登记处的大姐是地道北京人,人挺热情,嗓门也大,见两人坐下后很是高兴,"我在这儿做了这么多年就没见像你们这么急的,得,我也算是做件好事,瞧这姑娘长得多漂亮呀,郎才女貌,不错不错。"大姐边说边在红证上贴照片。

庄暖晨盯着大姐手里挥舞的那两个小红本,心里一阵发紧。

"小江啊,今天登记完你还得回趟瑞士更正个人材料才行呀,可别忘了。"大姐提醒。

江漠远笑着点头。

"好了,现在开始盖章了,章盖下去之后就是合法夫妻了。"大姐手里拿着红本,看着他们两人说。

庄暖晨有点眩晕。

"小姑娘,你脸色怎么这么不好?"大姐看着她觉得挺奇怪的。

江漠远拉过她的手对着大姐笑了笑:"她太紧张了。"

"嗨,我当什么事儿呢,正常,有的新人来我这登记,登记完了激动得连结婚证都忘拿了,有的新娘子还哭了呢。"大姐挥了一下手,笑呵呵。

"我们没什么问题,自愿结婚。"江漠远含笑,暗自催促着大姐赶紧盖章。

大姐笑了笑,将一个红本塞进钢印下,咣当一声,大印盖了上去,庄暖晨听到自己的心也跟着咣当一声。

大姐紧接着将另一个红本也塞了进去。

"等一下……"她抖着唇,死盯着那只红本。

大姐愣住,停住动作。

江漠远转头看着她,压住心头紧张温柔开口:"怎么了?"

"我……"庄暖晨用力咬了一下唇,觉得乱极了。

她的害怕映在他的眼底,伸手揽住她,脸贴在她的耳畔:"暖暖,你是我的。"说完竟主动伸手按在大姐的手上,一用力,咣当一声,尘埃落定。

大姐吃惊地看着江漠远,江漠远暗自松了一口气,庄暖晨大脑倏然一片空白。

"辛苦了。"江漠远起身,拿出一包喜糖塞进大姐手里。

庄暖晨愣愣地坐在那,耳朵嗡嗡作响。没有歇斯底里的哭泣,也没有电视剧电影里夸张的抢婚镜头,一切都这么平静地完成了。

她和江漠远,就这么结婚了。

与顾墨见面之前,庄暖晨给许暮佳打了电话,许暮佳听她结婚的消息后笑得别提多开心,一个劲恭喜她。她没再多说一句话就挂断了电话,她是在恭喜她自己吧。

还是那家午夜咖啡馆,下午三点多开门,店主刚打扫完室内,闻上去还有些淡淡的柑橘香。

午后的阳光温暖,馆内的猫儿们慵懒地趴靠在沙发上、木椅上,在高高的屋梁上也有猫的身影。

当庄暖晨推门进来的时候,恰巧看到顾墨正皱着眉头驱赶着上前来卖萌的小猫。店主见她进来没说什么,继续慢悠悠地磨着咖啡豆。

顾墨的背影被光亮扯得虚幻,外套随意放在一边,穿着件浅色羊毛衫,这还是她为他选的衣服。

见她来了,他赶忙拉过她:"暖晨,这两天你跑哪儿去了?快坐下。"

庄暖晨忍住心中苦涩,在他对面坐了下来。店主端来两杯咖啡,顾墨一愣,抬头笑了笑:"老板,我们还没点呢。"

店主的声音平静:"在这里,客人不需要点单。"

顾墨低头看了一眼:"我平时不喝黑咖啡。"

"也许,从今天起你会喜欢。"店主的目光轻轻落在庄暖晨身上。

庄暖晨看着眼前这杯咖啡,跟顾墨的黑咖啡不同,喝第一口略感涩,等咽下去之后喉咙泛起一丝甜。

"谢谢你。"她与店主目光相对。

店主轻轻一笑没说什么,转身离开。

"这里很奇怪。"顾墨还是拿起杯子喝了一口,苦涩的味道令他直皱眉。

庄暖晨没说话,静静地看着他。以后,再也没机会能够这样看着他了。她想记住他的样子,他说话的表情,他的一颦一笑。

顾墨拉过她的手轻声问:"你还没告诉我这两天你去哪了,我昨天打电话找你快急死了。"

"对不起,让你担心了。"

"是我不好,暖晨我跟你保证,以后我再也不喝酒了。"顾墨做发誓状。

庄暖晨艰难挤出一丝笑容:"这是你答应我的,以后别再喝酒了,对身体不好。"

顾墨以为她原谅他了,笑了,点头。

"今早上许作荣那边突然撤销了控告,又说什么主要责任不在我,说不准他们是抓到了当时陷害我的那小子,不管怎么样,最起码我现在不用马上还四千万给他们,今晚我们庆祝一下,我亲自下厨给你露一手,怎么样?"

许暮佳遵守了承诺,他渡过了难关,可陪在他身边的已不再是她。

"那就好,顾墨,我相信一切都会好的。"良久后她轻声说了句。

"走,回家。"顾墨拉起她的手起身就要走。

"顾墨。"

"怎么了？"顾墨转头，目光不经意扫到她的无名指，蓦地抬眼盯着她。

庄暖晨放下手，无力道："回不去了。"该来的还会来，该说的也一样要说。

顾墨站在光影中，脊梁僵直："你什么意思？"又一把抓起她戴戒指的手，"这又是什么意思？"

"跟你在一起真的太苦了。"她没有看他，亦没挣扎，"我不想总是在你跟江漠远之间跳来跳去，所以，我还是选择了江漠远。"

顾墨的呼吸加促，牙根咬得咯咯直响："你的意思是跟我分手？"

"对，分手。"庄暖晨的喉咙像是被刀割伤，分手二字说出来痛得要命。"这两天我都是跟他在一起。"

"我不信。我们不要他的戒指，我现在就带你去买戒指，你想要什么样的我都给你买。"顾墨一把抓过她的手腕，语无伦次。

"顾墨！"她陡然提高了声调，忍住想哭的欲望，用尽所有力气叫出了他的名字。

顾墨停住了动作，转头看她，她看到他的眼圈红了。

她深吸一口气："我戴的是结婚戒指，我和江漠远结婚了，今天上午。"泪水就那么倒流回了心里，苦涩，疼痛。

阳光穿过两人中间，有着死寂般的沉默。良久后顾墨才找回声音，抖颤道："你刚刚，说什么？"

庄暖晨的手狠狠扣住桌沿，戒托硌得手指之间生疼："我结婚了，跟江漠远。"

"你撒谎！"顾墨的牙齿都在打战，说完这句话艰难扯出一丝笑容，"我知道了，你是在故意气我是吗？暖晨，我知道上次我说的话太过分了，我——"

庄暖晨从包里拿出个红本："这是我和他的结婚证。"

他低头，半晌后才颤抖着手拿起结婚证，好半天才打开。结婚证上，女的笑得温婉，男的笑得灿烂。

结婚证跌落在桌面上，顾墨高大的身子摇晃了一下。

"为什么？"他先是喃喃，紧跟着一张脸变得铁青扭曲，冲着她低吼，"为什么你要嫁给他！"

吼完，眼泪就下来了。六年前，她跟他分手的时候他也没流泪，可今天他哭了。

庄暖晨死死攥着桌布，她明白他的泪水，六年前他是那么有把握可以再爱，可六年后他再也没机会。

"我是个女人，希望有人疼有人爱。这段时间其实我们都明白在一起时是多么小心翼翼，这不是爱情而是束缚，我不想这样。"

"我爱你，难道你不知道？"顾墨的拳头攥得紧紧的，痛不欲生。

"顾墨，你给我的江漠远也能给，你给不了的江漠远也能给我，我只想好好享受人生，而不是跟着你吃苦受累。"

"你撒谎！"顾墨歇斯底里，拿起结婚证便给撕了个粉碎。

庄暖晨平静地站在原地："你成熟点吧，我和江漠远结婚已经成了事实，顾墨，我们彻底完了。"

顾墨的手死死抵着桌面，眼眶火红，盯着庄暖晨。

"跟你在一起我压根就没有安全感。所以，你要是真有本事就让我看看你以后过得有多好，到那天你再来骂我恨我，我也认了。现在你可以照照镜子看看自己，落魄潦倒像个没用的废物，你拿什么跟江漠远比？"

她了解顾墨，不说这些他不会死心。

顾墨闻言突然仰头大笑，眼泪顺着眼眶滑落下来。

庄暖晨这一瞬很想冲上前搂住他，告诉他她爱他，很爱很爱他。

"庄暖晨！"顾墨终于停了大笑，死死盯着她，"真有你的！我想知道，当初你发誓的时候是不是也没心没肺的？"

庄暖晨心底一抽："誓言这种东西，就是说说而已。"

"说说而已。"顾墨含泪笑着，"是我太笨，我还真信了你的誓言。庄暖晨，你给我记住，从今以后我不会再原谅你，无论你今天为了什么跟我分手我都不会再去原谅你！因为，你根本就没有相信过我！"说完，他转身踉踉跄跄冲出了咖啡馆。

这一次依旧是他转头离开，只是庄暖晨知道，从此他彻底走出了她的世界。

下一刻，她的世界彻底黑暗，轰然倒塌。她像是风中支离破碎的风筝落地，摇晃着跌坐在椅子上，铺天盖地的苦楚将她压住，眼泪就夺眶而出。

回到家，庄暖晨哭着睡着了。

手机响的时候，她从梦中惊醒，看了一下时间竟快六点了。

电话是江漠远打来的，问她在哪。

"在家呢。"她抽了抽鼻子，拉了个抱枕在怀里。

"家？"手机那头的江漠远似乎很疑惑，顿了顿含笑道，"家里的钥匙还在我这儿你怎么回的家？"

庄暖晨一愣，嘴巴张了张："我在我家。"

男人沉默了一会儿，低低笑了："你忘了我俩已经结婚了？我现在马上回去接你。"

"啊！不用了。"庄暖晨赶忙道，"我、我约了夏旅吃晚饭。"

跟顾墨分手成了一场浩劫，她那么自然地回到了自己租的房子里疗伤，忘了给江漠远打电话，也忘了他已经成为她丈夫的事实。

江漠远轻轻叹气："暖暖，你已经是我妻子了，以后去哪儿、跟谁在一起，提前告诉我一声好吗？"

庄暖晨抿了抿唇："对不起。"

另一端轻笑："夫妻之间不用说对不起。晚上别太晚，快结束的时候给我打电话，我去接你。"

庄暖晨原本想拒绝，但一想到自己已经结了婚只好点头："好。"

挂断电话后她重新窝成一团，她真的就这么结婚了吗？

酒吧，灯红酒绿，来这里的人大多数是寂寞的，找乐子的。当孟啸赶过来的时候，也顺便赶走了上前缠着三位女士的小痞子们。三位女士不是别人，正是庄暖晨、夏旅和艾念。

艾念是被夏旅一个电话从外地叫回北京的，而夏旅是被庄暖晨叫出来的，在电话里她没多说一句话，就说了句我结婚了，跟江漠远。夏旅这边炸了锅，越想越不对劲，只好给艾念打了电话。

夏旅赶来的时候庄暖晨已经喝了不少，艾念见了直心疼，问及原因，她只是说庆祝新婚之喜。没办法，夏旅只能又叫来了孟啸。

孟啸上前夺过她手中的酒，看着桌子上满满的空杯子，大吃一惊："你们三个怎么喝这么多酒？"

夏旅一脸无奈："是暖晨一个人喝的。"

孟啸瞪大双眼："别让酒保上酒了。"

"已经交代了，酒保往酒里兑了水，要不然暖晨早就趴地上了。"艾念叹了口气。

夏旅一把揪住孟啸："怎么回事啊？什么叫她跟江漠远结婚了？"

艾念见她火了赶忙道："你轻点揪他，别吓着他。"

"我管他呢！"夏旅提高声调，"你赶紧给我说！"

孟啸被勒得差点上不来气，艰难道："我也觉得这事儿离谱啊，但两个人结婚是事实，是我亲眼看着他们两个领了结婚证，就在今天上午。"

艾念一惊："怎么可能？那顾墨呢？他们两个怎么会突然结了婚？"

孟啸招架不住一连串的问题，赶忙道："先放开我，让我慢慢说。"

夏旅松手。

孟啸好不容易喘过来气，坐下来，将他知道的事情一五一十说了出来，最后叹了口气："至于这两人为什么会突然结婚，我真的不清楚了。说实话，我跟你们一样都很震惊。"

夏旅和艾念面面相觑。

半响后艾念才开口："夏旅，今晚上咱俩就陪着暖晨吧，一切等明天她酒醒了之后再说。"

孟啸哑然失笑："两位小姐，你们要弄清楚一点，暖晨她已经结婚了，就算要陪也是江漠远的事。"

艾念和夏旅哑口无言，别说庄暖晨了，连她们也没习惯好友闪婚的事实。

孟啸说："不塞车的话这会儿应该到了吧。"在他来酒吧的路上就顺便给江漠远打了个电话，对方正在开会，他便只说了句"听说你老婆喝醉了"。

光影交错间，艾念和夏旅果然看到了江漠远的身影，一看就是刚从公司赶过来，西装革履的。许多女孩子主动缠了上去，他倒是冷着一张脸不理不睬。

孟啸起身踩在了椅子上，朝江漠远用力挥手叫喊。

江漠远瞧见了，冲着这边过来。艾念担忧："他看起来脸色不大好，暖晨真的要交给他呀？"

"新婚第一天，新娘却在酒吧买醉，换作是谁脸色都不会太好。"孟啸跳了下来。

夏旅走上前搂住庄暖晨："回家了，你老公来接你了。"

庄暖晨大半个身子都倚在她身上，醉眼蒙眬："老公？我哪来的老公。"

"你结婚了，跟江漠远结婚了。"夏旅在她耳边大声道。

"结婚？"庄暖晨蒙眬间看到一道高大的男人身影走上前，记忆像是断了片怎么也连不上。

江漠远挤上前的时候，就看见庄暖晨一脸困惑地盯着他瞧，皱了皱眉，将她拉入怀里，目光扫向孟啸几人时变得严苛："怎么回事儿？"

夏旅和艾念都没说话，孟啸懒洋洋地替庄暖晨回答："她高兴嘛，新婚之喜。"

江漠远没再搭理他，低头看着怀中女人。她伸手钩住他的脖子，呵呵笑道:"你来了?"

"是,我来了。"他伸手搂住她的身子。

她笑得更明艳:"你不是顾墨,你是谁?"

江漠远唇边的笑滞了滞:"我是你老公。"

"老公?"庄暖晨眉头皱成了一团。

江漠远低头,唇轻轻抵在她的耳畔:"从今天起,你是属于我的。"

男人呵出来的热气弄得她痒痒的,她闪躲,却被他搂得更紧。

"江总,你是不是要给我们一个交代了?"艾念鼓足勇气问。

江漠远看向艾念几人,淡淡说了句:"婚礼举行那天诚挚邀请几位观礼。"说完抱起庄暖晨,挤出了人群。

艾念瞪大双眼,指着他背影:"他、他怎么这样啊?"

孟啸笑了笑:"他就那副德行。"

回到家,庄暖晨晕乎乎地半支着身子,环视一周:"这是哪儿?"

"我们到家了。"

"家?"庄暖晨眉头死命拧起来,"这不是我的家,我要回家……"

江漠远伸手将她搂住,耐着性子低语:"这就是你的家。"

庄暖晨停止挣扎,张大双眼茫然地看着他,看着看着,眼泪却流了出来。江漠远心口一疼,伸手抚去了她的泪水。他情愿她一反常态地跟他闹,只要别这么哭。

良久后她又笑了,醉态酣然地盯着他:"你谈过恋爱吗?爱过谁吗?"

搂着她的胳膊蓦地一僵,他没接话回答,低声轻哄:"你醉了,躺下来好好休息。"

"我谈过恋爱呢。"她说着又哭了,"很用心地爱着他。"

"我知道。"江漠远搂着她,就算如此,他也没有后悔过。

"你知道吗?顾墨哭了。"她哽咽,眼泪浸湿了他的衣衫。"我第一次见到他哭。我把他给卖了,卖了。"

江漠远轻抚她的后脑做安抚状,整个过程都没开口说话。

"我违背了誓言,这辈子我都不幸福了……"

江漠远手臂收紧,道:"庄暖晨,你的幸福我来给。"

直到她累了疲了,哭睡在他怀里的时候,他才将她放平,擦干净她的脸,复杂的神情窜过他的眸底。

"为什么,你会这么爱他,即使嫁给我了还这么念念不忘?"

再睁眼时,阳光刺穿了梦里的黑雾,耳边似乎还回荡着顾墨在梦里的嘶吼："你违背了誓言，这辈子你都别想得到幸福！"

庄暖晨抚了额头的汗，喘了好半天急气才缓过来。环顾四周，这是江漠远的卧室。

她努力回想，脑子里只有跟顾墨分手的片段，然后她叫了夏旅去酒吧，再然后就不记得了，真是喝大了。

楼下的光照明亮，晨光从落地窗的玻璃透了进来。客厅沙发上，是男人逆着光的背影。庄暖晨光着脚站在楼梯上，紧张铺天盖地席卷过来。

江漠远没去公司，穿得不像平时那么正式，正悠闲地喝着茶，看着报纸。这样的清晨，是庄暖晨从没想象过的。

心里揣着紧张，她蹑手蹑脚地下了楼，正准备趁他不注意从旁走过去，他却抬头看了她一眼。

她蓦地刹住了。

江漠远放下报纸，起身拿过一双拖鞋朝着她走过来，庄暖晨后退一步靠墙而立。他被她的模样逗笑，拖鞋放在地上："穿上，别着凉了。"

"谢谢。"

"头还疼吗？"江漠远低问。

她摇头："昨晚上我是不是喝多了？"

"不记得了？"他含笑。

她目光茫然。

"都喝断片了。"江漠远捏了捏她的脸。

"我有没有对你做什么？"

江漠远不语，低头含笑凝视着她。

她最怕的就是这样，不经意又想到第一次在他面前喝大的情景，那次好像将他给绑了吧。据夏旅和艾念说，她每次喝大的时候花样都不同，有一次硬逼着艾念跑到别人面前大声说自己是头猪。

就算生活再无望，她也不想在江漠远面前自残。

"倒没有，昨晚你挺乖。"江漠远好心说了句。

庄暖晨松了口气。

"但是，"他话锋一转，手臂一抬撑墙上，一手摩挲着她的脸，"新婚第一天就喝得酩酊大醉，得惩罚啊。"

他的指尖染满好闻的气息，语气也太过轻柔，不期然抬眼撞上他的眸，黑亮得吓人，也暧昧得明显。

庄暖晨"我"了半天也没说出一句完整的话来，又被他看得心脏跳得更厉害，顺着他的目光低头，这才发现睡裙的衣领敞得有多夸张。

江漠远整个人看上去有点邪恶,她没见过他这一面,艰难咽了一下口水:"我、我去洗漱了。"

十几分钟后,她再到客厅时,江漠远又坐在沙发上继续喝茶看报纸,她奇怪,他不用上班吗?

慢慢走上前:"那个……"

江漠远抬头,盯着她浅笑。

"我衣服呢?还有,"庄暖晨支支吾吾说,"一会儿还得麻烦你送我去公司。"

江漠远放下报纸拉过她的手:"我刚刚已经替你请过假了,今天你不用去公司。"

庄暖晨一愣,也忘了抽回手:"你替我请假?跟谁请假?为什么要替我请假?"她不想待在这儿,总觉得怪怪的。

江漠远将她一把拉坐在自己身上,她脸颊蓦地通红而后挣扎,却被他箍得更紧:"再乱动我会要了你。"

庄暖晨全身一紧,不敢动了。

见她放乖,江漠远低笑,将怀中女人圈紧:"我打给了程少浅。"

庄暖晨愕然心惊,转头瞪着他。

"你吃点东西,今天我陪你回去整理一下,你自己的东西总要搬过来吧。"江漠远轻声道。

"可也不差这一天两天啊,我手头上还有很多工作要做,事情那么多,很忙的。"庄暖晨急声道。

江漠远眼底闪过笑谑:"你在我面前跟我说忙?"

她噤声。

他伸手扳过她的脸,认真道:"你要请个长假,两周左右。"见她又要开口他紧接着解释,"先听我说。首先古镇我们得回一趟吧,结婚这件事要知会一声爸妈才行,见完爸妈后你还得跟我回趟瑞士,一些手续要办,有些人也要知会,这么一来一回两周的时间差不多。"

庄暖晨一时间还没明白过来他口中的"爸妈"含义。

江漠远见她没明白,淡淡道:"总之我会让你在最短时间里适应跟我在一起的生活。"

庄暖晨蹙着眉,半晌后轻轻点头。

"还有,从今以后对我也要改称呼才行。"

"啊?"庄暖晨被他说蒙了。

"不能连名带姓地叫我。"江漠远被她傻乎乎的样子逗笑,语气跟着放轻,"你可以叫我漠远,又或者直接叫我老公。"

庄暖晨心猛烈撞击一下,她叫不出口:"习惯得有个过程。"

江漠远薄唇微扬:"好,我不逼你,先吃饭吧。"

"哎,等等,我不知道怎么跟我爸妈说这件事。"这是最郁闷的。

江漠远轻轻扣住她的肩头:"这件事我来处理。还有,是咱爸咱妈。"

庄暖晨抬眼看他,心里窜过一丝难以言喻的感觉,有点小小的疼,还有点小小的感动。

见他目光灼热地看着自己,她又觉得全身不自在,尴尬地低头清了清嗓子:"我、我上楼先换件衣服。"

江漠远轻声说:"你昨晚的衣服让干洗店的取走了,楼上右手边第二间是衣帽间,我给你备了些衣服,试试看合不合身。"

她舔了舔唇,低着头说了句:"谢谢。"说完直接跑上了二楼。江漠远无奈地笑了笑,怎么跟兔子躲狼似的?

昏睡的房间,厚厚纱帘遮住阳光。

顾墨和衣倒在床上,手里还拎着个空酒瓶子。睡梦中时不时紧紧蹙眉,胡茬长了,整个人看上去颓废不堪。

当许暮佳推开卧室的门,看到的就是这么一幕。

抬手轻挥了一下气流中的酒气,走上前坐在床边静静地看着他,这个桀骜不驯的男子终于属于她了不是吗?

她不敢去想象,曾经多少个日夜她只能在梦中得到宽慰,顾墨从未爱过她,哪怕在大学期间她一直追随着他。

轻抚他的脸,男人下巴上的胡茬刺痛了她的手指。她顺势躺下,凝视着他紧合的双眼。

"我知道得到你的方式很可耻,但是我真的很爱你。"

醉梦中的顾墨呢喃了一句,许暮佳听得仔细,他刚刚叫了声"暖晨"。心倏然疼痛,将他的头轻揽怀中,顾墨啊顾墨,到底什么时候你才能忘了她?

回到租房里,整理东西的重任落到了江漠远身上,在庄暖晨踩着凳子拿行李箱差点被箱子砸到后,江漠远就毅然决定让她待在一边,自己一个人从卧室忙到客厅,再到客厅忙到洗手间。

庄暖晨心里不是滋味,只能跟在他屁股后面帮着打打下手,之前她搬过来的时候也都是艾念和夏旅帮忙的。

"随便装起来不就行了吗？"她蹲在行李箱旁，看着他。

"东西要有序放好，这样等你再找的时候就方便。"

"那也未必，乱中有序啊。"庄暖晨皱眉。

江漠远正在用胶带缠一些小玩意，闻言后好笑地看着她："这是哪门子理论？"在来这儿之前他曾想过直接雇人收拾，但想想算了，收拾房间也是相互了解的一个必要环节。

庄暖晨辩解："就是这样啊，你收拾得太整齐我反而找不到了。"

"找不到的时候就问我。"江漠远心情极好。

夕阳西下，房间大致收拾完毕，只剩下墙上的那把尤克里里。庄暖晨站在它跟前，迟迟没有伸手摘下来。

这么多年，每当她很想很想顾墨的时候总会拿它下来轻轻抚摸，看着这把琴便能想到顾墨，如今她还有什么资格来想他？有什么资格再来拥有他的琴？

她红了眼，心口还是那么疼啊，像是有把刀子一下下地剜去她心底的那个名字——顾墨。

江漠远从身后走过来，她赶忙低下头，遮住眼眶的红。他从身后将她搂住，轻轻地。

庄暖晨微微一颤，他说："暖暖，尝试着来爱我。"

她惊住了，好半天才转头看向江漠远，他第一次说爱。可是，爱情是可以尝试的吗？她不知所措，也无法回答。

她的心思落于他的眼，轻捏了一下她的鼻尖："把琴带上吧。"

庄暖晨愕然，他竟然同意了？

转头看着他小心翼翼拿下尤克里里，她轻声道："尤克里里坏了。"

"我找人替你修好，放心。"

时间还早，庄暖晨和江漠远兵分两路，江漠远将她的行李先送回别墅，她直接去了公司。

程少浅听说她要请假后思索了一下，放下请假单子后抬头看着她："坐吧。"

她在沙发上坐下。

程少浅也走过来在她对面坐下，给彼此倒了茶："现在可以跟我说说你和江漠远的关系了吗？"

今早，江漠远的一通电话直接打到了他手机上，这很难得。

庄暖晨知道早晚得跟程少浅交代，抿了抿唇："我和他结婚了。"

程少浅愕然，手下意识轻颤了一下，杯中茶水溅了出来。庄暖晨见状赶忙抽来纸巾，递给他。

他接过，漫不经心擦了擦手指，若有所思道："你爱他？"

庄暖晨低头看着杯中茶水，勉强挤出一丝笑容："是，我爱他。"如果不这么说，别人会怎么看她？

"你不是一直在跟顾墨谈恋爱吗？"他曾看见顾墨来公司接过她，两人很甜蜜。

庄暖晨疼痛的心努力收紧："不爱了。"

程少浅狐疑地看着她，良久后叹了口气："真要请假？"

她抬头，充满抱歉。"我知道这个时候公司很忙，但爸妈那边真的需要交代。"

"我明白。"程少浅想了想，"假我可以给你批，但你们部门总要暂时选个负责人出来。"

"我已经选好了，夏旅可以，她手头上负责的都是重点客户，要她暂时管理部门应该没问题。"

"夏旅？"程少浅略微思考，"你真认为她可以？"

"是。"她相信夏旅有这个能力。"当然也许她在管理上会有欠妥，还希望程总能够多多帮忙。"

"倒是没有问题。"程少浅看向她，"既然你推荐了，那就让夏旅在这两周暂代你的工作吧。"

"谢谢。"

在庄暖晨即将离开办公室的时候，程少浅又开口叫住了她。眼里隐隐闪过的光意味深长："如果，我只是说如果，你想找人倾诉的话，可以找我。"说到这儿他又补上了句，"不单单是工作上的事情。"

"谢谢。"庄暖晨笑了笑。

这世上还会有比将最心爱的男人卖了更痛苦的事情吗？

等走出大厦时，薄凉的空气袭来令她下意识打了个寒战。华灯初上，轻呵出一口气漾在空气中，光华的影子穿透了呵气的朦胧。

庄暖晨朝着公交车站走去，走了几步后蓦地顿步，她该去哪儿？

江漠远的家，她应该去那儿。手机攥在手里，是不是要给他打个电话问问具体路线？最起码得让计程车司机能找到吧。

正想着，手腕蓦地被人攥住，庄暖晨失声惊叫，下一刻却被揽入怀里，耳畔是男人憔悴低沉的嗓音："暖晨是我。"

熟悉的声音，熟悉的气息，她不需要抬头也知道来者是谁。她不敢抬头去看他，只怕好不容易建立起的坚强一眼便被摧毁。

"暖晨，"男人痛声低语，"为什么不看我？"

空气中的凉风是万根针密密麻麻地刺进庄暖晨心坎上，痛得她几乎喘不过气来。她抬眼，不想撞入眼帘的是一张极度憔悴的男人脸。

这还是顾墨吗？她竟然将他伤害成这个样子。

眼前的顾墨神情颓废，原本英俊的脸消瘦得不像个样子，棱角分明得吓人，胡须也没有刮，眼里充满痛苦。

她眼眶倏然红了。

见状，顾墨又将她紧紧搂在怀中："你是在乎我的，对不对？暖晨，你爱的是我。"

男人一声声的低语像是锥子入心，刺得她心痛万分。"顾墨。"一句话便哽住了喉。

他凝视着她，眼眶也变得湿润。

"跟我走。"

跟他走？

这句话里他透着太多的心酸，她体味得一清二楚，她何尝不想跟他走？

"我已经决定了，只要有你在身边其他的什么我都不在乎。"顾墨紧紧攥着她的手，"我们离开北京，回老家或是去其他城市，我什么都不要了，只要能跟你在一起。"

庄暖晨还是忍不住落了泪，心像是被人活生生给撕裂了："我已经结婚了。"

"我不在乎！"顾墨突然提高了嗓音，大手箍住她的肩头，眼神急切而坚决，"我要你！马上就跟他离婚，我们明天就走，离开北京。"

"顾墨……"她震惊。

她从未想过跟江漠远结婚，但也从未想过跟他离婚。

顾墨痛苦地看着她："跟我走吧，我知道你根本就不爱江漠远。跟我回家，从此以后我们再也不分开了。"

是啊，她多想跟他再也不分开了。脑中的理智也逐渐被情感所取代。她要跟他走！因为她很清楚，在没有顾墨的日子里每一分每一秒都是煎熬。

心底的那道由她亲手建立的墙终于伴着他的最后这句话轰然倒塌，是，她不想再受谁摆布，她要跟他在一起！

"顾墨，"她要让他知道她愿意跟他走，"我——"

"暖暖。"

两人身后一道温和嗓音，不早不晚刚刚好，却倏然扯回了庄暖晨的理智。

她循声看去，路灯下江漠远的身影被拉得很长，面色平静得如同镜面，在不远处的路边停靠着他的车。

紧攥顾墨手的手缓缓松开，她的眼又恢复了寂寥。还差那么一点点，她就真的可以跟他走了。为什么，她和顾墨之间总要差那么一点点？

顾墨不可思议地看着她，眼底尽是伤痛，再转头看向江漠远的时候，痛倏然转为恨。

江漠远走上前，没理会顾墨怨恨的眼神，搂过身边的女人："该回家了。"

庄暖晨呼吸痛如刀割，是啊，她该回家了，跟眼前这位和她有法律关系的丈夫。

顾墨一把将她的手腕箍住："跟我走！"

江漠远顺势看过去，眉梢悄然染上一丝戾气，声音寒凉："顾先生，你拉着我太太的手让她跟你走，于理不合吧？"

"你太太？"这个称呼刺激到了顾墨，脸色变得铁青，"江漠远你给我听好了，她是我的！"

"顾墨，"庄暖晨轻声打断了他的话，摆脱了他的手，轻轻挽住了江漠远的胳膊，"我爱的是他，我的丈夫。"

江漠远转头看着她，女人的脸像是天边月色般皎洁，一股难以言喻的情感在心头炸开，他知道她在撒谎，他也知道这不是一句由衷的话，可他还是情不自禁陷入这句话的温柔里。

她不忍再看顾墨，抬眼对着江漠远轻声说了句："走吧。"

江漠远点头，收紧胳膊搂着她转身便走。

"暖晨！"身后是急促痛苦的脚步声。

庄暖晨的心狠狠一缩，眼泪哗哗流了下来。

身边的江漠远却倏然转身，一把揪住顾墨的衣领，眼神瞬间变得森冷。

"漠远，"庄暖晨叫了他的名字，站在原地，"我冷了，回家吧。"

她不能回头，怕让顾墨看到她泪流满面的样子，怕自己真的会心软，怕一回头就真的是"一眼万年"了。

"别再纠缠我太太，否则我不客气。"江漠远落下句警告，声音凉到了骨子里。

顾墨狠狠攥着拳，恨不得一拳打在他脸上。江漠远松手，走上前拉住庄暖晨的手，两人回了车上。

顾墨始终站在原地。后视镜里他的身影渐渐模糊，泪水盖住了眼睛。

回到家，庄暖晨默默收拾东西，没有再哭，也没说话，很安静。江漠远始终在她身后,终于还是忍不住说了句:"如果你想哭就哭吧。"

她愣了一下,转头看着江漠远,半晌后轻轻摇头:"我没事,真的。"说完又转头收拾东西。

安静持续了一分多钟,她倏然被他拉了起来。他从身后将她搂住,她紧贴着男人的胸膛,有一瞬的眩晕。

"别再见顾墨了。"江漠远偏下头在她耳畔落下这么一句话,像是恳求又像是命令。

庄暖晨转头,对上他的眼。这一刻她才知道,在这场爱情与婚姻之中谁都不是赢家。

"我不会再见他了。"她声音无力,"你的生活已经被搅乱了,我不能让别人在你背后说三道四,不是吗?"

她跟顾墨真的没有希望了,有缘无分,哪怕只差一点点,毕竟还是差了一点。

江漠远轻叹,执起她的下巴:"暖暖,我只在乎你。"

她愕然。

"我只在乎,你能不能爱上我。"

他大胆言语使得庄暖晨眼神慌乱,想要躲闪却被他强行逼回,她不得不看着他的双眼,看着他的薄唇轻落一句话来:"因为暖暖,我跟顾墨一样,也深深为你着了迷。"

因为第二天两人准备先回古镇,所以还有部分东西没来得及整理。

庄暖晨身心俱疲,推门进浴室的时候脚步一停,很快又退了出来。

"对不起,我不知道你在用浴室。"

江漠远刚冲完澡,上身还挂着水珠,虬结肌理的轮廓浮动着,下身一条浴巾围住。见她一脸尴尬地站在门口,他放下刮胡刀,好笑地看着她。

"我用楼下的浴室。"庄暖晨被他看得全身不自在,转身要走。

男人大步上前一把将她拉住,她一动不敢动。见她像只刺猬似的,江漠远忍不住低笑,偏下头,唇沿着她的脸一点点下移,滑落耳畔,话中透笑:"浴室我用完了,你用吧。"

庄暖晨看他,敏感发现他的唇梢泛起一丝笑谑,他在逗她。关门的瞬间,她听到江漠远爽朗大笑。

在浴室磨蹭了半个多小时,都快要泡了一层皮下来,庄暖晨才从浴室里出来,不想一出来就看到床榻上的男人。

江漠远斜倚床头,漫不经心地翻着本杂志,见她进来了后将杂志放在床边,冲她一伸手:"过来。"

庄暖晨的心咯噔一下，这样一个夜晚，他似乎有了邀请意味。她大脑空前活跃了，尽量让自己笑得自然些："明天一大早我们就得出发，你早点休息吧，我、我到隔壁的房间。"

江漠远放下手，并不急着阻拦，一动不动地坐在那儿。

房门紧闭，庄暖晨开了一下没打开，应该被锁住了。她蓦地回头，对上了江漠远饶有兴致的双眼。心没命地扑腾，紧张变成了害怕。

"怕我吃了你？"江漠远微微挑眉，含笑，"现在还害羞？"

"我、我睡觉喜欢蹬被子，会影响你休息。"

江漠远耐性极好："没事，我帮你盖被子。"

"干吗那么麻烦？你帮我开下门不就行了吗？"她有点着急，脑子里不停地回荡着那晚残留的记忆画面。

"不行，我懒得动弹。"江漠远高大的身子一沉，躺在了床上。

她没见过这么赖皮的男人，怎么会这样？

"你打算在门口站一晚上？"江漠远轻笑。

庄暖晨没办法，加上本身就又累又疲的，只好慢慢走向床边，小心翼翼的。她背对着他躺下，中间有大片的面积，虽然如此，紧张感依旧没能消失。尤其是身后蓦地一沉，江漠远从背后将她搂住。

她一惊，却被他直接压在了身下。

"你要干什么？"庄暖晨吓得心脏都要跳出来了。被子下是男女纠缠的身体，一个强健，一个娇柔。

"终于舍得回床上了？"江漠远低笑，眼神黑亮得可怕。

"别……"庄暖晨吓得声音都跟着发颤。

"别什么？"江漠远嗓音听上去略微粗壮，"暖暖，今晚是新婚之夜。"言语之中透着明显的暗示。

庄暖晨听到牙齿打战的声音，手抵住他的胸膛，却不敢乱动。

江漠远低头轻吻，温柔又有坏意："聪明。"

"江漠远，不要。"庄暖晨的心跟着他掀动得很快的手跳着，怕得要命。他的手那么温柔，可她还是抑制不住地颤抖。

"害怕？"他温柔道，"暖暖，我是你丈夫。"他又想起那晚，一切都令他难以抑制。

"我、我很累了，想休息。"

江漠远凝视着她好久，突然又低下头。庄暖晨没有挣扎，也没有将他推开，他是她丈夫，如果想要她不会拒绝，这是他的权利。

男人意识到她的不反抗，抬头看着她，明显察觉到她全身颤抖。心蓦地软了,暗自深吸了一口气翻身躺下来。

庄暖晨被男人意外的举动弄得一愣,睁眼看着他。江漠远似叹气又似纵容:"睡吧。"

心底的那块石头轰然落地,她将被子拉高转身。

男人的手臂从身后伸过来,她下意识要去躲闪,却又被江漠远收紧搂住:"再乱动我会随时行使做丈夫的权利。"

庄暖晨再也不敢动。

翌日,庄暖晨顶着对熊猫眼跟江漠远到了机场,在飞机上睡得昏天暗地的时候又被提前接洽好的司机拉着一路赶赴了古镇。

到了古镇已是黄昏了。

这个季节农活不多,古镇的居民三三两两地坐在外面聊天,大红灯笼早早地就点成了长串红龙。当江漠远牵着庄暖晨的手出现在古镇口的时候,一群孩子嬉笑着从他们两人身边经过,其中有认识庄暖晨的,嚷嚷着要到庄家报信儿。

其实他们在回来之前早就给家里打过电话了。

有居民热情地上前打着招呼:"庄丫头啊,又把男朋友带回来啦?"

想来是上一次他的到来已经引起了轰动。

庄暖晨和江漠远到了自家门口的时候,空气中浮动着淡淡的柴火香,抬头看了一眼身边的男人,恍如隔世。上一次她和他是朋友,这一次她和他是夫妻。

二老早就将晚餐备好了,只是见到两人牵着手进来后倍感诧异。

晚餐的气氛融洽,庄父是个健谈直爽的人,江漠远上能跟他谈天文,下能跟他谈地理,中间还能谈到各国军事政治,庄父一脸的高兴。

直到江漠远提到了两人的婚事时,庄母的脸色一沉,庄父也略显不快。庄暖晨不知怎么解释好,江漠远很镇定,主动为庄父庄母斟了一杯酒,做了赔罪状。

庄父和庄母不是胡搅蛮缠的人,但庄母还是忍不住说了句:"怎么讲婚姻都是大事,你们也不能就这么说结婚就结婚,连个日子也不选,甚至也不提前通知家长。"

"妈……"

"妈,"江漠远主动道,"我和暖暖是真心实意想要结婚,对于婚姻我从来没将它当成是儿戏,虽说是先斩后奏,但请二老放心,婚礼仪式上我们绝对会遵从老人的意思。"

庄妈看了一眼庄暖晨,想要问什么却没开口。

这边庄父喝了一口酒，良久后问了句："我想知道，你们这么急着结婚的原因。"

还没等庄暖晨回答，庄母突然惊声："暖晨，你不会是怀孕了吧？"

庄暖晨吓了一跳，连连摇头。江漠远拉过她的手，笑吟吟地看向父母："二老别误会，我和暖暖只是相互喜欢，想要一辈子在一起，就这样。"

庄暖晨看向他，心头划过一抹异样。

庄父似乎看出点门道来，清了清嗓子道："罢了罢了，孩子的事我们做父母的也不想跟着瞎操心了，你们有你们的主张，只是漠远啊，你父母那边怎么个意思？"

江漠远将庄暖晨的手攥在手心中："我会亲自带着暖暖回瑞士，婚礼原本也打算在瑞士，当然要看二老和暖暖的意思，我父母那边应该没有太大问题。"

庄父点点头："婚礼操办上的确要好好想想。"

"我会安排。"江漠远承诺。

"这个，爸妈你们收着。"江漠远从衣兜里拿出一把电子钥匙来，放到了庄父庄母面前。

二老不解，庄暖晨也一头雾水。

"这是一处四合院的钥匙。一份小小心意，还希望二老能够收下。"

庄暖晨愣住，她从不知道江漠远还备了这么份大礼。能够让江漠远送出手的四合院，八成是幢完整规格的老建筑，所以他的本事究竟有多大，底子究竟有多深她一概不知。

她能想到的问题，庄父自然也能想得到，他是老北京人，又是军人出身，听江漠远这么一说也自然明白其中的门道，脸色变得难看，将电子钥匙往江漠远跟前一推："我不收这个，我要是收下了让别人怎么看我？我又不是卖女儿！"

庄母见丈夫起了急，也赶忙打着圆场："漠远啊，你的孝心我们收下了，但房子我们不能收，你快把钥匙收好了，别丢了。"

江漠远看向庄父庄母："爸妈，我对暖暖是认真的，这辈子我都会好好照顾她。"

他严肃认真的话使得二老愣住了，连同庄暖晨。

"爸，妈。"江漠远将钥匙重新推到二老跟前，"暖暖一直有个心愿，就是希望能够陪在二老身边，爸是老北京人，一方面舍不得古镇，另一方面还想回北京，有了这套房子二老至少可以想住哪儿就住哪儿。还有就是，"他又转头看了一眼庄暖晨，微微笑着，"等以后有了孩子，二老不是也得总往北京跑吗？"

庄家二老一听到孩子，眼睛倒是亮了。庄暖晨一脸尴尬，绯红一直蔓延到脖子根。

吃吃喝喝到了夜深，庄父又拉着江漠远下了几盘棋这才尽兴。庄母在收拾房间的时候，庄暖晨死活黏着要跟她一起睡。

江漠远见状后既无奈又想笑。

知女莫若母，庄母笑了笑："这丫头每次一回家就喜欢跟我睡。"

夜深了又下起了雨，淅淅沥沥的。庄暖晨帮着母亲铺好被褥后坐在床上发愣，听着雨声，意外地感到平静。

"现在可以跟妈说实话了吧？"忙完后两人躺在床上，庄母问了句。

庄暖晨知道母亲一定会问，想了想："我跟顾墨有缘无分了。"

庄母眼尖，看出她眼底的落寞："是真的有缘无分了还是其他原因？"

庄暖晨搂住庄母，撒娇地将头埋在她怀里："你们不是挺喜欢江漠远的吗？现在我嫁给他了，您怎么还不放心呢？"

"我和你爸爸是挺喜欢江漠远的没错，但你呢？"庄母叹了口气，"你心里还装着顾墨的话，这对他不公平啊。"

"我知道。"庄暖晨咬了咬唇，"我是爱着顾墨，但我和他已经不可能在一起了。"

庄母见她不说，也没逼着问了，想了想披了件衣服下了床。打开柜子，从抽屉的最里层拿出张银行卡，上了床后递到她手里。

"妈，您这是干什么？"

"这里的钱你拿着。"庄母道，"卡里的钱原本就是要给你置办嫁妆的，收着吧，以后万一用钱的话还有保障。"

"妈，我不能要这钱——"

"听我说。"庄母打断她的话，"那套四合院我和你爸爸是绝对不会收的，你现在结婚了，以后用钱的地方多得很，而且我能看得出你对漠远的情况也不是十分了解，有钱傍身总比没钱要好。"

庄暖晨其实也不想让爸妈收下那套房子，她不想欠别人的太多，毕竟在这场婚姻中她始终是对不起江漠远，怎么可能还要他破费？

没办法之下只好先将卡收着，心想着日后有机会再还给他们便是了。

"不过话又说回来了，漠远这孩子真不错。"庄母又开始唠叨。

庄暖晨哭笑不得："一晚上您已经说这话不下二十遍了。"

"人好当然就要说了。"庄母叹了口气，"你也知道你爸爸那人，能够让你爸都心服口服的人倒也真没几个。"

"我知道他很好。"庄暖晨抿了抿唇。

"你跟他都结婚了,在娘家倒是没什么,难道回了家也要分床睡吗?"庄母苦口婆心,"现在是新婚还没过新鲜劲儿,漠远还会对你纵容,总这样的话,你们的婚姻会出问题。既然你跟他结了婚,他就是你丈夫,该上心的上心,该管的要管,该了解的就主动去了解,都选择了在一起就用点心。妈看得出来,漠远他的确很疼你,是发自内心来爱你。"

"他爱我?"充其量只是喜欢吧。

庄母伸手摸了摸她的头:"丫头你要记住,没有哪个男人会轻易动了结婚念头,一旦真的提出结婚,那就说明他已经深思熟虑了。不爱你,干吗娶你?"

庄暖晨攥着被子,久久没再开口。

第二天一大早,庄暖晨便跟着庄母去了集市买东西,中午两人赶回来的时候,庄父在厨房热火朝天地做饭,再看江漠远正在院子里劈柴。

庄家跟古镇的一些住户一样保持着烧柴的习惯,这样烧出来的饭菜好吃。柴垛上都是陈年累积的粗木,冬天会劈来烧烧,夏天随便拾点枯枝就可以了。

下了一夜雨的院子清新微凉,中午了还有薄薄的雾气没散,不知从谁家跑来了一条小狗老老实实地趴在江漠远的脚底下看着他劈柴。

他衬衫袖子随意撸了起来,露出深麦色的结实胳膊,抡着斧头一个用力劈下去,粗木变成了两半。

庄母赶紧上前:"怎么能让你干这活儿呢?死老头子也真是的。"

"没事,闲着也是闲着。"江漠远笑道。

"我得去说说你爸去!"庄母气势汹汹地进了屋子。

院子里只剩下江漠远和庄暖晨,还有一条小赖狗。

雾气被天边的光亮渐渐扯清,庄暖晨走上前:"我能帮你做什么?"她又想起上次江漠远打井水的模样,这样一个男人做粗活还别有一番风味。

江漠远眉眼含笑:"给我倒杯水吧。"

"嗯。"她跑进屋子,没一会儿端了个杯子出来递给他,"是温水,天气太凉喝温水比较好。"

"谢谢。"江漠远接过来,咕咚咕咚几口喝个干净。

男人宽阔的额头上泛了汗水,不像平时温文尔雅,倒像是个山野汉子般豪迈。看着看着,她忍不住伸手拭去了他额头上的汗,还是炙热的。

江漠远没料到她会有如此动作,微怔却很快又笑了。

她收回手,指尖还沾染他的汗水,被风一吹略感凉,就这样看着他砍完了柴,心底总涌着那么一股子说不清道不明的感觉。小赖狗不知闻到哪家有肉香了汪汪地撒丫子跑远,庄暖晨看着就笑了。

"笑什么呢?"江漠远迷恋于她的眉眼笑靥,忍不住也勾唇浅笑。

"不知道。"像是多日的乌云被阳光撩开了一个角似的,她突然觉得心里好像进了一丝光明。"不知为什么就是挺想笑的,你为什么笑?"

"看你笑我就笑了。"他如实回答。

阳光穿透云层,晨雾消散,空气中浮荡着好闻的柴火香,家家户户炊烟袅袅,古镇祥和宁静。

"苏黎世美吗?"看着浮动的炊烟,庄暖晨轻声问,她没去过苏黎世,但是他的故乡,倒是第一次有想去了解的冲动了。

江漠远走上前从身后搂着她,内心也多了从未有过的宁静:"是个适合偷懒走神的城市。"

她靠着他,脑海中浮现插满瑞士旗子的街道,阳光将地面的鹅卵石照得光亮,有年轻美丽的少女在白色座椅上慵懒地喝着下午茶。

"那你父母呢?他们又是怎样的人?结婚这么突然的事会不会让他们不高兴?"

苏黎世、没见过面的公婆、她与江漠远的婚后生活、未来的人生之路……一切似乎都那么遥远,接下来要面对怎样的人生她无法预知,人总会因未知而惶恐。

江漠远的嗓音自头顶落下,温柔体贴:"放心,有我在。"